小説への誘い

日本と世界の名作120

小池昌代
芳川泰久
中村邦生
［著］

大修館書店

目次

少女の時間

少年の日々

いのちの根源を見つめて

旅に招かれて

都市をさまよう

性の深淵をのぞく

老いつつある日々のなかで

動物さまざま

ゆたかな物語の世界

方法の探究

奇想のたのしみ

短篇集を味わう

これぞクラシック

小説への誘い　日本と世界の名作１２０

［少女の時間］

秘密の花園

The Secret Garden (1909)

フランシス・H・バーネット

わたしの庭

この物語には、子供たちの心を育む、三つの要素＝宝ものがある。一つは自然の「外気」である。メアリが引き取られたクレーヴン家の屋敷は、ムアと呼ばれる荒野の端にある。冬には荒涼とした風が吹き渡り、春や夏、ヒースの花盛りには、辺り一面とても美しく、いい匂いに満ちるのだという。召使たちにかしずかれ、身体もひ弱、性格にも大いに難があったメアリやコリンは、この外気にあたってバラ色の頬を持つ子供になっていく。

二つ目の要素は「孤独」である。親がいたとしても子供というのは、魂のレベルでは皆、「孤児」として在る。一人ぼっちで世界と対峙しているのだ。メアリは文字通りの孤児だけれど、従兄弟のコリンには父がいる。しかしその父は息子を疎《うと》い、外国旅行にばかり出かけている。ディッコンにはすばらしいおっかさんがいるが、彼がのびのびと自発的に生きるさまは、まるで野に放たれた子馬のよう。階級の違いはあれど、彼らは驚くほど独立

”私も一言

ほとんど人間的感情を喪失しているかのようなメアリがコマドリを好きになり、ディッコンのおっかさんにも心を寄せてい

Frances Eliza Hodgson Burnett
(1849-1924)
イギリス生れのアメリカの小説家・劇作家。4歳のとき、父を失う。24歳で結婚。バーネットは医者である夫の名で、“バーネット夫人”の表記で親しまれた。代表作は本作のほか『小公子』『小公女』『消えた王子』など。

的で、いずれの子の魂も「孤独」によって磨かれている。そんな三人が心を一つにして、庭の再生に力を尽くす。後にメアリは快活で優しい少女に変わっていくが、面白いことに、そうなってからの彼女は、ひねくれていた頃の個性的な鋭さを失い、むしろ平凡といっていい美しさ。どんな表情でいるのかが、今一つ見えなくなった。幸福の別の名は凡庸ということだろうか。悪い子でも良い子でも、ポイントは「変容」というところにある。

さて、三つ目には「秘密」をあげよう。メアリがこまどりの案内で、偶然見つけた秘密の庭。そもそもはコリンの母が愛したものであったが、彼女が亡くなる原因を作ったのも、その庭の樹木だった。妻を深く愛していたクレーヴンさんは、それ故、庭園に鍵をかけ、閉ざしてしまう。この時点で、秘密の花園は、クレーヴンさんの「心」という意味合いも担わされる。人間は一人ひとりが違っていて、その人の秘密を解く鍵も、一人に一個と決まっている。同じ鍵穴を持つものは、クローン以外にあり得ない。鍵のかかった花園とは、自分すらも知らない自分の心のことなのかもしれない。息子を愛せなかったクレーヴンさんが、旅先の、チロルの美しい谷で、青い小さな花に心惹かれ、心のなかに不思議な変容を自覚したちょうどそのとき、息子もまたあの庭にいて、「ぼくはいつまでもいつまでも生きるよ！」と瞳を輝かせていた——この同時性の神秘には誰もが深く心を動かされるだろう。土を掘り、芽が出やすいように庭の手入れをしてやりなさい、同じように、あなたも自分自身を愛しなさい——澄み渡ったそんな声が、土のなかから聴こえてくるようだ。心というものは育ち切るということがないのかもしれない。その証拠に、わたしは充分に大人になったが、今もこの物語を時々読み返し、そのたびに心を幸福で満たす。（小池）

くとき、私たちは深い安堵をおぼえる。いじけていて、コンプレックスが強く、しかも心を閉ざした人間が、生きる力を獲得していくのには、何が必要なのか。〈生〉の感触と言うべきものを豊かなイメージで具体的に描き出す。寝たきりのコリンお坊ちゃまが初めて「外気」に触れ、「花園」に入る瞬間など、その繊細な五感の描写もすばらしい。（中）

『秘密の花園』山内玲子訳（岩波少年文庫〈上下〉）／土屋京子訳（光文社古典新訳文庫）〈写真〉

［少女の時間］

不思議の国のアリス

Alice's Adventure in Wonderland (1865)

ルイス・キャロル

Lewis Carroll
(1832-98)
イギリスの児童文学作家。本名はチャールズ・ラトウィッジ・ドジソン。オックスフォード大学の数学教師として、ドジソンの名で専門書も出版している。アマチュア写真家としても名高い。他の代表作に『鏡の国のアリス』『シルヴィーとブルーノ』など。

少女の奇妙レテキツな異界体験

英語で書かれた最初のシュールレアリスム小説にして、子どもから大人まで読まれてきた人気作。ほとんどすべての児童文学の叢書に収録され、芥川龍之介と菊池寛の共訳をはじめ、多くの小説家や詩人たちも日本語訳を試みてきた。ウラジーミル・ナボコフは若き日にロシア語に訳した（『ロリータ』にはアリスも投影されている）。よく知られているように、キャロルが大学の学寮長の娘アリス・リデルに語り聞かせた話が基になっている。

アリスは姉と川べりに座り、退屈な時間を過ごしていた。そこへ白兎が走りすぎる。心配そうに時計を確かめ「たいへんだ、たいへんだ、これじゃ遅れちゃう」と何やら急いでいる様子。アリスは面白そうなので後を追うと、白兎は大きな穴に飛び込んだ。アリスも遅れてはいけないと穴の中へ。のんびりした退屈な時間と兎の慌ただしさの対比から始まるシーンに、早くも物語展開の緩急の面白さが覗《のぞ》く。めまぐるしい話の動きと共にまこと

”私も一言

少女の頃に読んだアリスの物語は、わたしにまず「恐怖」を運んできた。兎の穴のなかへ落ちてしまったらどうしよう。身

に緩慢な時間が流れている。アリスは井戸のような穴をどこまでも落下していくのだが、井戸の深さのためか、落ちる速さがのろいのか、地球の反対側まで落ちていくのではないかと思ったりする余裕がある。着いたところは、別世界の家の広間で、瓶に入った液体を飲むとアリスの身体は小さくなり、次にケーキを食べると大きくなった。この伸び縮みする身体のモチーフは、奇想天外な出来事が次々と起こる物語の基調でもある。

夢と現実、正気と狂気、常識と非常識、センスとノンセンスなどの布置に伸び縮みを起こす。いわば物事の認識の尺度そのものが縮小・拡大する世界に迷いこんだ少女の異界体験を描いている。ただし、アリスの異界での試され方は、けっこう苛酷なもので、〈少女いじめ〉の物語だと言った人もいるほどである（高橋康也）。それでも、異様な世界のボケたち相手に、アリスはストレートな言葉でツッコミを入れる感じがあって、なかなか手ごわい少女（ある意味で、イノセントであるからこそ）であることも確かなのだ。

スケール感、尺度感覚の混乱は、この物語の持ち味のひとつである言語遊戯にも重なり、大いに笑いをもたらす。これは翻訳者たちが、一様に苦労してきた課題だけに、本書ほど多種の訳書を愉しめる作品はない。たとえば、身体の変化に驚きの叫び声を上げるアリス語 'Curiouser and curiouser!' は、「奇妙れてきつ！奇妙れてきつ！」（柳瀬尚紀訳）とか。九章の海亀もどきが習った学科名なども訳語の競作が楽しめる。

ふと笑いが止まることもある。気ちがい帽子屋は水銀中毒の犠牲者なのだ。羊毛繊維を水銀によってフェルト化するため、当時の帽子屋の職業病だった。ちなみに英語辞典で、Mad Hatter's disease の意味を引けば、誰しも驚くであろう。

（中村）

体が大きくなったら、あるいは小さくなったら？　巨大化したアリスは家にいじめられているようで、その孤独と痛みは他人事ではなかった。恐怖がナンセンスに反転し、やがてわたしを解き放ってくれるようになったとき、わたしは大人になっていた。A very merry un-birthday to you！「なんでもない日（誕生日でない日）、おめでとう！」（小）

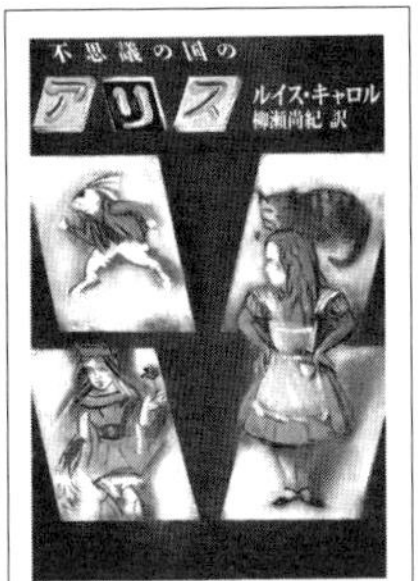

『不思議の国のアリス』柳瀬尚紀訳（ちくま文庫）〈写真〉／高橋康也・迪訳（河出文庫）／高山宏訳（東京書籍）／矢川澄子訳（新潮文庫）ほか。

地下鉄のザジ

Zazie dans le métro (1959)

レーモン・クノー

Raymond Queneau
(1903-1976)
フランスの作家。様々な文体的実験を行い、1933年、哲学的内容を話し言葉で書く『はまむぎ』により、最初のドゥ・マゴ賞受賞。他に『わが友ピエロ』、『人生の日曜日』等がある。10の14乗の読み方が可能な『百兆の詩篇』も。

私のセンチメンタル・ロマン

生田耕作訳では「けつ喰らえ」と訳され、新訳の久保昭博訳では「オケツぶー」と訳されるセリフ mon cul（「いやだ、違う」の意）を大人に振りまくザジ。その言葉は大人たちにも伝染してゆくのだが、この口癖の一言で、直前のセリフを小気味よくあっさり反転させてしまう。その繰り出すタイミングが絶妙なのだ。

そんな『地下鉄のザジ』は、ザジの母親が恋人との逢瀬を楽しむために、ザジを三日間、伯父のガブリエルに預けることで繰り広げられる奇想天外な物語だ。伯父は、オカマ・バーで女装してダンスを披露している。ザジは絶えず伯父に、ホモとは何か、あなたはホモなのかと訊き、伯父はその度に否定しているものの、真相は分からない。というのも、ガブリエルといっしょに暮らしているマルセリーヌが物語の最後で、男性名マルセルで登場するからだ。（このあたり、吉本ばななの『キッチン』を連想させせなくもない。）

”私も一言

「ザジ」という愛称のある、年上の魅力的な女詩人がいた。ある日、なぜ「ザジ」なの？と尋ねると「地下鉄のザジよ、ザジの唯一の望みは、パリで地下鉄に乗ること。しかし、地下鉄はストで動いていない。タイトルの『地下鉄のザジ』とは、まさに「地下鉄に乗っているザジ」という意味だから、タイトル自身が内容を拒否している。その上、到着したザジをガブリエルは友人シャルルのタクシーに乗せ、自宅まで連れて行くが、途中のパリ案内が二人で食い違うのだ。いったい、どこを通っているのか、いや、ひょっとして、そこはパリなのか、とさえ疑いたくなるほど、背景のパリが宙づりにされている。

そのパリに、ザジは翌朝、ひとりで逃げ出す。そうして奇妙な男につきまとわれるのだが、この男が変幻自在の変装マニアで、神出鬼没。新たなキャラクターのもと、物語は常に思わぬ方向に導かれる。そのドタバタ感がまた楽しめる。ザジという超・少女を抱えただけでパリが異貌を垣間見せ、非日常が姿を見せはじめる。抱腹絶倒の一冊なのだ。

『地下鉄のザジ』では、クノーが標榜するネオ・フランス語が駆使され、たとえば俗語や口語的表記に不意打ちされる。それを、大学三年の夏休みに、通信教育で学ぶことにした美容学校のスクーリングを抜け出して読みつづけたのは、一九七〇年代前半の池袋の喫茶店の片隅でだった。いきなりDoukipudonktan？というネオ・フランス語に出くわし、頭をひねって、D'où qu'il(s) pue(nt) donc tant ?（「（こいつら）なんて臭いんだ」の意）に変換するのに、どれほど時間を要したことだろう。ザジは小説の最後で母親に、地下鉄も見ないで「何をしたの？」と訊かれると、「年をとったわ」と答える。そして一夏かけて『地下鉄のザジ』をボロボロにして何とか読了した私もまた、「俺も年をとったな」とつぶやきながら、フランス文学を生涯の仕事として選ぶ決心がついたのだった。

（芳川）

知らなかった？」。それがきっかけで本書を知った。「喋れ、喋れ」という鸚鵡〈緑〉のけしかけ通り、作中人物たちはよく喋る。弾むリズム、小気味のよいテンポ。ザジの悪態には憂さも晴れるが、ラストの一言には苦い含蓄が。「言葉」の作る明晰な世界に、「人生」の陰影がそっと差し込む。（小）

『地下鉄のザジ』久保昭博訳（水声社、「レーモン・クノー・コレクション」所収）

［少女の時間］

たけくらべ (1896)

樋口一葉

移りゆく日本語、移りゆく子供の時間

『たけくらべ』には、様々な変容がとらえられている。作品の季節は夏から秋へ。千束神社の祭りの前後。表町組と横町組で、反目しあっていた子供たちも、やがてはその結束を解き、それぞれの運命を歩き始める。明るい喧騒の前半から、切なく静謐な後半へと、作品の様相は、水彩画の色のにじみのごとく、移ろっていく。冒頭、お歯ぐろ溝にうつる燈火は、揺れながら、あらゆる変容を暗示するようであるし、末尾に置かれた、信如が「学林に袖の色かへぬべき当日」（僧侶として修行に入ったその日）という表現も、「変容」という核心テーマを、最後まで読者に意識させる。

　論争を呼んできたのは美登利の「変容」。勝気な彼女がある日を境に物静かになったのは、初潮がきたから、遊女として初めて客を取ったから、いや、店に出る前の検査にショックを受けたからだなどと諸説が出た。書き切らず、読者の想像に委ねたあと、作者は姿

Higuchi Ichiyo
(1872-1896)
小説家。本名奈津。東京の士族の家に生れたが、父の死で没落、生活のため近代以降初の職業女流作家となる。作品『大つごもり』以降、『にごりえ』『十三夜』『たけくらべ』など代表作を短期間の内に次々発表。24歳で肺結核により死去。

”私も一言

私が畏怖しているのは、なんといっても樋口一葉の文体である。正確には、その文を読むときの、こちらの息継ぎをコント

をすっと消す――繊細で大胆な書き方だが、一葉が日本の古典文学に親しみ、表現の手段に「和歌」を持っていたことは無視できない。雅俗折衷体と言われるその文体は、言文一致に移行する手前、最後に咲いた文語の花だった。流麗で、言葉の音韻がよく響く。同時に足腰の強い日本語である。そんな文章で活写された、子供たちの魅力的なこと。

十四歳になる主人公の美登利は、姉の身売りを機に、一家で紀州からやってきて、大黒屋の寮に移り住んだ。父母共に遊郭がらみの仕事、それ故、家族全員が色街の論理で動いている。母親さえも我が娘の価値を、身体本位で見ているようなところがあり、その意味でも美登利は孤独な少女である。彼女が心を寄せる龍華寺の信如は「生煮えの餅のように真があって気になる奴」と称される。父は僧職にありながらかなりの俗人、お花という姉がいるが精神的な繋がりは薄い。彼にもまた孤独な翳《かげ》がある。同じ翳は正太にもあり、この子は三歳で母をなくし、父とも離れ、今は祖母と二人暮らし。家業は田中屋、金貸しである。他に、鳶人足の頭を父に持つ最年長の長吉や、子沢山の貧家の子、三五郎が登場する。三五郎の家は、地所が龍華寺所有、家主が長吉の父で、田中屋から金を借りているという複雑さ。彼らは、親の所属する社会階層の歪みを、そうして各々引き受けながら、押し寄せる重たい未来をせきとめ、今この時、唯一無二の、存在の輝きを放っている。

美登利と信如は、互いの思いを表明することもなく、最後は別々の道をゆくが、二人の間に置かれた「紅入り友仙」や「水仙の作り花」は、清らかさを象徴したまま、大人になる「手前の世界」を永遠に凝固させる。この美しさが切なく胸にしみ入るのは、本作に一方で、金を物差しとした容赦のない現実認識が描き込まれているからだろう。

（小池）

ロールされる感覚にほかならない。文体といっても、私が惹かれるのは句読点の、真似できないような打ち方である。望むべくもないが、彼女がこの現代に生きていたら、どんな句読点を打ってくれたか、どの作家よりも読んでみたい。野坂昭如がある時期、少し近づいたのだが。

（芳）

『にごりえ・たけくらべ』（岩波文庫）〈写真〉／（新潮文庫）／『明治の文学　第17巻』坪内祐三編（筑摩書房）／『一葉のたけくらべ』（角川ソフィア文庫）

女生徒

（1939）

太宰治

Dazai Osamu
（1909-1948）
津軽の大地主の家に生まれた。左翼運動に走るが脱落。処女作品集を『晩年』と名付ける。井伏鱒二に師事し、『富嶽百景』『走れメロス』『津軽』などを発表。敗戦後は「無頼派」を宣言。『斜陽』『人間失格』など。昭和23年玉川上水で入水心中。

ちぐはぐな身体

少女を語り手とした、キラキラ一人称小説。透明で明度の高い文章だが、ある悲哀のトーンに貫かれている。軍事色を強めていく時代を背景に読むと、少女特有の疎《うと》ましい自意識も、いっそ美しく感じられる。「美しさに、内容なんてあってたまるものか。純粋の美しさは、いつも無意味で、無道徳だ」。文中、「ロココ」に託して語られたこの言葉は、本作を支える思想である。流れる水のごとく、自由きままに綴られていく少女の思いは、極めて感覚的で感傷的。本来は無力なそれが、ときに鋭いナイフとなって、日常の強者を皮肉り、欺瞞をやっつける。

父不在の家にやってきた今井田ご夫婦を饗応しながら、彼らのあつかましさを厭《いと》い、「ぶんなぐりたい気持ちがする」と女生徒は思う。ぶんなぐる——なんて勇ましい、なんてほほえましい、懐かしい言葉だろう。思うだけで決してぶんなぐりはしない。しかし彼

”私も一言

初めて読んだとき、少女の内面の落差に驚いた。そして観察のこまやかな太宰治だからこそ書けるのだな、と感心した。母

女にそう言わせている太宰は、女性のなかに、溌刺として聖なるものを探し、それと一体化したいと願っているようだ。この「ぶんなぐる」をはじめ、「おみおつけ」なんて言葉も出てきて、女生徒の使う言葉は、今ではもうあまり聞くこともなくなってしまった東京方言。山の手の少女という設定である。

　最後の一文が、「もうふたたびお目にかかりません」。これからどこかへ死ににいくかのような、不思議な覚悟の調子がある。太宰のなかに一人の女生徒がいる。女生徒のなかから太宰が現れる。女装する太宰。太宰には妙にセーラー服が似合っている。少女と作者の接触点は、本を語るときあらわになる。『クオレ』やケッセルの『昼顔』が俎上に乗り、永井荷風の『濹東綺譚』については、「作者の気取りが目につ」くものの、「わりに嘘のない、静かな諦めが、作品の底に感じられてすがすがしい」、「私は、好きだ」と言っている。こう語っているのも、セーラー服を着た太宰。

　一方で、夫をなくした母を守ってやらなければ、と思っているところなどは、可愛らしい娘そのものだ。自分をたびたび「いけない女だ。わるい子だ」と思い、夕焼けを見れば、唐突に「みんなを愛したい」と願う。潔癖で、純粋で、無垢で、娼婦的。それまで着ていた古い制服を脱ぎ、別の面立ちを次々とあらわしながら、少女は魅力的な矛盾を体現する。

　読者の目をいっときも飽きさせない、恐ろしく勢いのある太宰の筆だ。奔放で感覚的なところは、清少納言「枕草子」にも通じるものがあるし、現代の若手作家作品のなかに、いきなりこれを並べ置いても、違和感はまったくないだろう。太宰はいつだって、時代を超越した、華のある流行作家なのだ。　（小池）

から傘をもらって歓び、パリを歩く自分を想像する少女の一面と、人生を半ば悟りきったような一面とが鮮やかに切り取られていて、その何気ない共存に凄みを感じた小説。それでも、そんな少女の内面のギャップに魅了されることじたい、幸なのか不幸なのか自分には分からない。（芳）

『女生徒』（角川文庫）

［少女の時間］

悲しみよ　こんにちは

Bonjours Tristesse (1954)

フランソワーズ・サガン

Françoise Sagan
(1935-2004)
フランスの小説家。本名フランソワーズ・コワレ。処女作の本書は世界的なベストセラーとなり、その後の多くの作品と同様、映画化された。『ある微笑』『ブラームスはお好き』『冷たい水の中の小さな太陽』など。戯曲に『スウェーデンの城』。

曖昧なドレスの色

地中海に面した海辺の貸し別荘に、四人の人間が集合する。主人公・セシル、セシルの父、父の情人エルザ、そして亡き母の古い友達だったアンヌ。夏の間、女たらしの父は魅力的なアンヌに惹かれ素早く結婚を取り決める。するとセシルは、共犯者を使い、なんとしても二人の仲を引き裂こうとする。悪魔みたいな未熟な女の子。十七歳にしてまるで老婆のよう。けれどその瞳には一点の曇りもない。そんなセシルに、なぜ我々は「感染」してしまうのだろう。わたしたちが失ったり、最初から持てなかったものを、セシルがてらいもなく体現しているからだろうか。生の快楽をむさぼる純粋性、鋼鉄のような孤独と自由、そして罪悪感の無さ。

しかし一方では、この娘に、天罰が下ればいいと思わないわけでもない。彼女の自由は豊かな金銭に守られている。だがそのことは話題にすらならない。この別荘では、いった

”私も一言

たしかにアンヌのドレスは夜明けの海の色。この姿だけでも魅力的な女性だ。作中でただ唯一の「大人」かもしれない。気

い誰が食事を作るのだろうという疑問も、いきなり出てきた「女中」という言葉が解決するが、彼女には目鼻が与えられていない。「階級差」という見えない壁が、本作のなかには、スパイスのように見え隠れしている。

安定した家庭は一つも出てこない。皆、片親。アンヌの登場によって、父娘の共犯関係は破壊され、両親と娘という正三角形ができそうになるが、これも前述のとおり阻止される。いびつな不安定さこそが、むしろ求められている。セシルはそういうところでしか、息ができない。つまり、似た者同士が、グループ外の良識派の女を死に追い込んだが、死因は自殺か事故か不明という話――あらら、これって「いじめ」の話？

そしてアンヌは死んだ。享楽的な自由のため、自ら落伍者の地位を選んだセシルは、アンヌのいきなりの不在に、「またもやアンヌが私たちよりも優れている…」という認識に至る。自らが為したことに傷つき、初めての感情、〝悲しみ〟に遭遇したセシル。生活の表層は元通りになったが、セシルの生きる世界の肌合いは、根本から変わってしまったかに見える。十代の自意識が、真夏の太陽に乱反射する、著者十八歳のデビュー作。

わたしは本作を朝吹登水子訳で知った。その上品な日本語が、とりわけ父娘の会話に生きていた。享楽的な内容こそ、丁寧で正確な言葉で語られなければならない。

カンヌへ出かける夜の、アンヌの描写がとても素敵だ。彼女が着ていたドレスは、不思議なネズミ色の――暁の海の色調のような――と描写されている。どんな色だろう。悲しみを色にすれば、そんな色彩になるかもしれない。それをまとったアンヌは、どんなに美しかったか。

（小池）

まぐれで未成熟な父親が「大人」になれるチャンスを、娘が幼くも狡猾な策略で潰した話にも思える。それにしてもアンヌのような聡明な女性が、なぜこんなアホな男に惚れるのか、この恋愛心理の不合理な現実がわからないうちは、まだ「お子様」なのかもしれない。なお、かつて安東次男の訳書もあり、私はそのやや硬質な文の感触を楽しんだ。（中）

『悲しみよ、こんにちは』朝吹登水子訳（新潮文庫）〈**写真**〉／河野万里子訳（新潮文庫）

モモ

Momo (1973)

ミヒャエル・エンデ

「早く、早く」ってもう言わないで！

灰色ずくめの「時間どろぼう」の企みから人々を救う少女モモの物語。イタリアの古い都市の廃墟となった円形劇場を中心に繰り広げられるスリリングな展開、浮浪児モモと仲間たちの生き生きとした交流、寡黙な亀のカシオペイアの知恵など、多くの魅力をそなえたファンタジーだ。しかしもっとも心うたれることは、モモの「超能力」なのである。

「超能力」？　私はそんなものに関心はないし、そのようなことを描いた小説なども、とりたてて読む気が起こらない。しかし、ここでの「超能力」は、誰もが可能であるのに誰もが困難を自覚している、実に平凡なものなのだ。

人々は「時間どろぼう」に言葉たくみにそそのかされ、仕事も遊びも効率的にし、時間を節約することに励む。灰色のどろぼうたちは、奪った時間を貯蓄して生き延びる。一方、時間を効率化した人々の生活はぎすぎすした気ぜわしいものへと変わっていき、先に恐ろ

Michael Ende
(1929-1995)
ドイツの児童文学作家。ミュンヘンで演劇関係の仕事につきながら、児童文学の創作を続け、『ジム・ボタンの機関車大旅行』の刊行で注目される。15年ほどイタリアに移住。『モモ』はその間の作品。他に『はてしない物語』、『鏡のなかの鏡』など。

”私も一言

これは現代人のバイブルではないか。というのも、現代を生きるわれわれに突きつけられた大いなる問いに、本書が答えを

しい事態が待つ……。ところが、「時間どろぼう」の企みの大きな障害が、廃墟にひとりで住む年齢も素性もわからないモモで、その最大の秘密が、「あいての話を聞く」というモモの「ほかにはれいのないすばらしい才能」にあるのだ。頭が特によいわけではないし、問題点の指摘や名案を考えてくれるわけでもない。ましてや魔法が使えるわけでもない。モモにできたのは、大きな黒い目でじっと相手を見つめ、話に耳を傾けることだけなのだ。ところがモモに話を聞いてもらうと、思い悩んでいた自分のほんとうの意志がはっきりするし、生きる気力もわきだし、誰もが「この世のなかでたいせつな者なんだ」と気づく。

追い立て、急《せ》き立てられながらも、〈効率〉の追求が絶対的な価値としてある社会にあって、相手の言葉を「ただじっと聞く」受動の能力は、私たちがもっとも苦手とするものかもしれない。「ほんとうに聞くことのできる人は、めったにいないものです」とエンデも述べる。したがって、この聞く力こそ、簡単そうで難しい「超能力」なのだ。

モモという少女に寄りそうことは、「語る、諭すという、他者にはたらきかける行為ではなく、論じる、主張するという、他者を前にしての自己表出の行為でもなく、〈聴く〉という、他者のことばを受けとめる行為、受けとめる行為」（鷲田清一『「聴く」ことの力――臨床哲学試論』）の今日的な意義に重なる思索にも結びつくのだ。

私たちの日々は、いかに「早く、早く」の連呼に満ちていることか。「早く、早く」ってもう言わないで！　親たちはその小さな声を押しのけて、なお口にする。急《せ》かすほうだって、本当はわかっているのだ。この物語はそうしたすべての急ぐ人にとって、このうえない贈り物となろう。

（中村）

差し出しているからで、それがモモである。時間に追い立てられ、効率という思いに洗脳されている私たちは、滅多に思い悩まず、悩んだとしても、どうしてもっと素早くことが運ばないのか、自分をうまく表現できないか、と考えてしまう。そんなときこそ、ご一読を。（芳）

『モモ』大島かおり訳（岩波少年文庫）

銀河鉄道の夜（1993）

宮沢賢治

Miyazawa Kenji
(1896-1933)
農事改良指導者にして詩人・童話作家。岩手県花巻市出身。『春と修羅』が生前出版した唯一の詩集で、有名な「雨ニモマケズ」は死後発見された。童話集も『注文の多い料理店』のみで、「風の又三郎」「銀河鉄道の夜」などは生前未発表。

時間差ではじける宝石のような謎

ジョバンニと親友カムパネルラが、銀河鉄道に乗って、四次元・宇宙の旅へ。臓腑に宇宙の闇がしみわたる。この物語ほど、多くの人に、強い思いで愛されてきた作品もないだろう。しかしそこには、固い星粒のような触感の、無数の「謎」が散りばめられている。例えばジョバンニには病気のお母さんがいるが、お父さんは家に不在。北のほうの漁に出ているようでもあり出ていないようでもあり、これがはっきりしない。「おとうさんが監獄へはいるようなそんな悪いことをしたはずがないんだ」。わざわざジョバンニがそう言うので、監獄に入っているのかもしれないと不安になる。この不安、そもそも登場人物すべての存在感に起因するもの。彼らはいったい、どこにいるのか。読んでいる方にも次第に浮力がつき、柔らかな闇を足の裏に感じる。つまり、いつのまにか浮遊している。彼らもわたしも「いる」というより、生と死のはざまを「流れている」のではないか。

”私も一言

怖かった。幼いときに初めて読んだせいか、しばらくその印象が消えなかった。ジョバンニに存在感はあるのに、どこか実

汽車が動き始めたとき、「赤ひげの人」が二人に聞く。「あなたがたは、どちらへいらっしゃるんですか」「どこまでも行くんです」とジョバンニは答える。どこまでも行く、この言葉は、限りない未来を示唆するのに、なぜかさびしく胸にこだまする。「どこまでも」の先には何があるのだろう。「鳥を捕る人」との会話も、そのかみあわなさ加減が魅力的で、同じ汽車に乗っていながらその人は、ジョバンニたちと、少し違う時間を抱えている。彼はジョバンニに捕獲したがんを食べさせてくれるが、それはお菓子のような味がする。何かをごまかしているような鳥捕りに対し、（……けれどもぼくは、このひとをばかにしながら、この人のおかしをたべているのは、たいへん気のどくだ。）と思ったり、鳥捕りが消えてしまうと、「ぼくはあの人がじゃまなような気がしたんだ。だからぼくはたいへんつらい」などと言うのも正直で、ジョバンニの臓腑のなかは、まるで宇宙のように、いつでも、誰にでも、見渡せるように透明だ。

けれど一方で、わたしには、その透明さが怖い。自分の濁りに気づかされるせいだろうか。「ほんとうにみんなのさいわいのためならば、ぼくのからだなんか百ぺんやいてもかまわない」。このような言葉には、偽善を焼き尽くす激しさがあり、文学者というより宗教者としての賢治がのぞく。

本書中に出てくる「星めぐりの歌」については、賢治自身が作詞作曲した愛らしい曲が残されている。単純といっていいメロディラインに、星座をめぐる素朴な歌詞がついている。編曲によって七色に輝く曲で、原石のような楽曲である。聴いていると、哀しみが広がり、この身が宇宙大に希釈されていく。

（小池）

在感がないのだ。夜、ローカル線に揺られ、母親の実家に行くとき、母が傍らで寝ていても、人がどんどん降りて減って行くと、この作品を読んだときの怖い感じが甦ってきた。とっくにその印象は消えたが、いまだに童話とは怖いものだという固定観念が消えない。（芳）

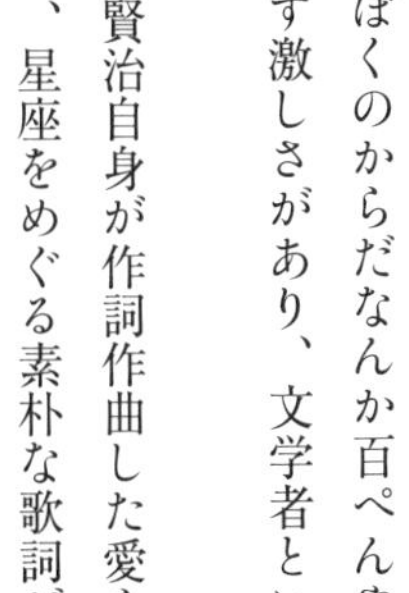

『銀河鉄道の夜』（ちくま文庫〈**写真**〉／新潮文庫／角川文庫／岩波文庫の他、絵本も多数）

ハックルベリー・フィンの冒険

Adventures of Huckleberry Finn (1885)

マーク・トウェイン

Mark Twain
(1835-1910)
アメリカの作家。ユーモアと風刺に富んだ作風で知られる。活気あふれる口語表現でアメリカの国民文学を確立した。本書と『トム・ソーヤの冒険』が代表作で、ともに故郷のミシシッピ河が舞台。他に『王子と乞食』など。

この小説をまだ読んでいない人は幸せである

この小説をまだ読んでいないとすれば、何と幸福なことであろう。なぜなら、これから読む喜びが待っているからだ。もし小説の楽しさを知らない人がいれば、その人にこそ一読を薦めたい。さっそく理由を述べたいところだが、本書の扉ページには恐ろしげな「警告」の文面が記されている。この本に「主題」や「教訓」を見つけようとする者は「告訴」と「追放」を受け、さらに「筋書」など見出そうとする者にいたっては、「射殺」されるというのだ。私はこのような脅しにすこぶる弱い。したがって、わが身の安全を最優先で、この小説の楽しさをいくつか挙げてみたい。

まず、大らかな語りのスタイルだ。母とは死別、父親は飲んだくれの行方知れずで孤児同然のハックは（むしろそうした境遇に自由を感じている）、読み書きの未熟な家出少年であることを反映して、スペリングの間違いや非文法的な用法、方言など、奔放な口調を

”私も一言

子供のころ、ある時期、冒険熱にとりつかれた。道路を挟んだ前の竹やぶに、秘密基地をさっそくつくった。ハックとジ

駆使している。それはミシシッピ川の筏《いかだ》下りの冒険に同行する逃亡奴隷の黒人ジムをはじめ、多彩な人物たちとのやり取りでいっそう躍動感を持つ。この小説の強い影響下にあるサリンジャーの『キャッチャー・イン・ザ・ライ』は、同じく少年が自身の言葉で体験を語るスタイルを持つが、中退はしたがエリート校の生徒だったホールデンのシティ・ボーイ的な逸脱ぶりとは対比的に、ハックはまさしく野生児の活力にあふれている。

何よりの魅力は、「嘘つき少年」としてのハックの巧みな騙りだ。文字通り、語りが騙りとして機能していると言ってよい。ハックは虚言のみならず、扮装と擬装、才智にたけた少年であり、その点で決して素朴な野生児ではない。自分が殺されたように巧みな偽装工作をしたり、女装したり、他人に成りすまして危機を脱したり、虚実を上手に操りながらサバイバルしていくのだ。嘘に嘘を重ねていくうちに混乱していく遣り取りは、ときにかけ合い漫才を思わせ、大いに笑いを誘う。さきの語りの効果とともに、多面的なユーモアの発生装置を持つ小説だ。

さらに、強調しておきたいのは、この小説は五感の刺激に満ちていることである。夜明けの岸辺の静謐な情景、大河の夜の気配、ゆるやかな移動の感覚と自然の生動感が共鳴し合う、十九章の冒頭の場面を読むだけでも了解できるであろう。

なお、「アメリカの近代文学はすべてマーク・トウェインの『ハックルベリー・フィン』という一冊の本から出発している」（『アフリカの緑の丘』）という必ず引き合いに出されるヘミングウェイの賛辞があることも付記しておきたい。また、大江健三郎はこの小説への共感によって作家として出発したことも。

（中村）

ムの二人組に憧れたからだ。自分にもそんな相棒がいたら？　黒人のジムとミシシッピを筏でくだる。当時の少年なら、一度くらいは家出を夢みたのではないか。そんな思いの支えになった一冊。いま読み返すと、心のなかの少年が疼くような、動きだすような感触が起こる。（芳）

『ハックルベリー・フィンの冒険』西田実訳（岩波文庫、全二巻）

グラン・モーヌ

Le Grand Meaulnes (1913)

アラン・フルニエ

Alain-Fournier
(1886-1914)
フランスの小説家・詩人。『グラン・モーヌ』は単行本としては初の作品で、ゴンクール賞の有力候補に挙げられたが、受賞せず。その翌年に勃発した第一次世界大戦に招集され、同年二七歳で没したため、生前刊行された唯一の書籍となった。

迷子という方法

『モーヌの大将』の邦題でも紹介されていて、フランスでは二〇世紀で最も広く読まれた小説の一つである。「私」は上級学校の校長の一人息子、母も教師で、一家は学校と同じ建物に住んでいる。「私」が十五歳のとき転入してきたのが主人公のモーヌで、二人はすぐに親友となる。冒険好きのモーヌに対し、「私」は内省的だ。動と静。「行う」のがモーヌで、「語る」のが「私」。この冒険譚が読者を惹きつけるのは、この差に起因する情報のずれを、語りがサスペンスを生み出すように並べていくからだ。それでいて、モーヌはもうひとりの「私」のようでもあり、後出のフランツのようでもある。

ことの始まりは、毎年やってくる「私」の祖父母を最寄り駅のひと駅手前で迎えて、通常の迎えを出し抜こうというモーヌの計画だった。彼は駿馬を借りて馬車で行くが、道を知らない上に途中で居眠りをして、目的地に着けず、見つけた農家でパンをもらっている

”私も一言

主人公たちとほぼ同世代のとき、私の読んだのは、パスカル学者の田辺保による翻訳『さすらいの青春』(旺文社文庫)。「愛

隙に馬車も馬も失い、見知らぬ土地で迷子になって、四日目にようやく学校に姿を見せる。その間に、モーヌは何を体験したのか。迷子となったおかげで、新世界を発見したのだ。謎と探求。そのプロセスが冒険となり、そこに恋愛がからむ。その恋愛さえも探求である。離ればなれの恋人たちが相手を捜すその探求は、どことなく夢幻の趣をまとう。

道に迷ったモーヌは、とある屋敷にたどり着く。そこには祝宴が待っていて、その屋敷の娘イヴォンヌと出会う。祝宴は彼女の兄フランツの結婚式のためで、彼は許嫁《フィアンセ》を連れてもどってくることになっていたが、ぎりぎりになって姿を見せたのはフランツ一人だった。モーヌは彼とも知り合うが、フランツもまた放浪の旅に出ると言い、モーヌは途中まで馬車に乗せてもらって、なんとか帰ることができる。

これはまさに夢のなかのできごとそのものだ。その屋敷がどこにあるのかわからず、モーヌは調べまわって、自分の行き帰りを頼りに地図をつくるが、そこには空白が多い。その頃、まるでモーヌを誘い出すように旅芸人たちがやってくるのだが、そのひとりがフランツだった。そしてフランツは、妹がときどき行くかもしれないパリの住所を教え、逃げるように姿を消す。モーヌはパリに転校し、定期的にそのパリの住所に行ってみるが、ある日家の前で、ひとりの娘に遭う。それは、フランツを愛しながら、その夢のような生活から逃げだした許嫁だった。その後は、二つの恋が切なく縺《もつ》れたり、解けたり、切れたりするのだが、なんと言っても、本書の魅力は、迷子の切迫感を助長するような一連の出来事の配し方にある。迷子とは、現実のなかでもう一つの異空間を生きることであり、もうひとりの自分に出会う契機であり、なにより覚めたまま夢を見る方法なのである。（芳川）

のいたみの本質」にふれた映画評論家の荻昌弘の解説もよかった。イヴォンヌへの愛を秘めた「私」＝フランソワが、初めてその愛する人を胸に抱いたのは、遺体を運び出すとき。息を強く吸うと髪が口にかかる。「土のような味」。この「愛のいたみ」と哀切の深さ！（中）

『グラン・モーヌ』天沢退二郎訳（岩波文庫）〈**写真**〉／『モーヌの大将』那須辰造訳（早川書房・ウェルテル文庫）／『さすらいの青春』榊原晃三訳（パロル舎・パロル DE CINEMA）他多数

[少年の日々]

キャッチャー・イン・ザ・ライ

The Catcher in the Rye (1951)

J・D・サリンジャー

Jerome David Salinger
(1919-2010)
アメリカの小説家。作品は他に『ナイン・ストーリーズ』『フラニーとゾーイー』『大工よ、屋根の梁を高く上げよ シーモアー序章』など。1965年に『ハプワース16、1924』発表後は作品を発表せず、隠遁生活を送った。

無垢と狂気

ホールデン（この本の語り手）のように若かった頃、わたしはこの物語を幾度も手にしながら、ついには、しまいまで読み切ることがなかった。たぶん、彼みたいな男の子が、うっとうしかったのだ。落第はするものの地頭抜群で、背が高くハンサム、負い目を持つくらいに裕福だし、もちろん感受性は誰よりも鋭敏。この世のあらゆる物事に我慢がならず、皮肉な目で大人のインチキを断裁する。多少臆病だって嘘つきだって、もう十分にかっこいい。ところが今回、通読して驚いた。こ、こ、これって、こんなに面白い小説だったの！　青春文学の古典となった本書、大人になった人にこそ、薦めたい。

学校を追い出されたホールデンが、家族の暮らすニューヨークのアパートメントをめざす。その途中に起こったできごとが、彼の口から語り尽くされる。うっかり忘れてしまうところだが、最初の頁に「療養のためにここに送られてくる直前に起こったこと」を「今

”私も一言

アントリーニ先生は、人生の指針として、ホールデンにある精神分析学者の言葉を書いて手渡す。「未熟な人間の特徴は、

から君に話そうとしている」と書いてある。つまりホールデンは今、療養所みたいなところにいる。「君」は沈黙していて、相槌を打ってくれるわけではないから、すべてホールデンの「独語」といってもいい。この独語が特殊で人懐こく、読む者をつかんで離さない。聞き手のツッコミを想定しながら、それに前もって自ら答え、しかも話を微妙にそらしつつ、どこまでも「今」を逃げていく。他者が次々と登場するが、純粋な意味で、物語の外側に立つ人はいない。一個の脳内世界が、ここに鮮やかに打ちたてられている。

ホールデンが、アントリーニ先生に、「口述表現」をしくじったのだと話すくだりがある。この授業は、生徒が一人ひとり、立ってスピーチをするものらしい。しかし話がちょっとでもわき道にそれると、みんなが先を争うように「わき道！」と怒鳴るんだって。ホールデンはそれが我慢できなかった（よく、わかるよ）。なぜなら誰かの話がわき道にそれるのが好きだったし、話はそのほうがずっと面白いから。「わき道理論」はいみじくも、この小説についての自注のようだ。わき道だけで、出来ているような小説だから。

兄のＤＢや死んだ弟アリー、妹フィービーについて語るとき、ホールデンはまた別の人格を見せる。身内びいきなんてものじゃない。善なる部分が全開になって輝く。「この子（妹）はときどき気がふれたみたいになるんだよ」。彼ら兄妹は、音程差のある「狂気」を繊細な音楽のように奏であう。その音量はラストにむかって次第に大きくなるので、わたしは兄妹のどちらかが、あるいは二人が死んでしまうのではないかと不安になった。気になる所が満載の小説。真に受けていい所と受けない方がいい所とがある。言葉自体が狂《ふ》れているのだ。語りのぶれが、電流のように読者の心を痺れさせる。（小池）

理想のために高貴な死を選ぼうとする点にある。これに反して成熟した人間の特徴は、理想のために卑小な生を選ぼうとする点にある」（野崎孝訳）。ホールデンの頭には素通りするが、考えさせられる格言ではないか。そこでこの文、ぜひ村上春樹訳との比較を。翻訳の優劣が問題なのではない。意外にも、ホールデンの意識の水準の違いが浮かび出るのである。（中）

『キャッチャー・イン・ザ・ライ』村上春樹訳（白水社）〈**写真**〉／『ライ麦畑でつかまえて』野崎孝訳（白水Uブックス）

蠅の王

Lord of the Flies (1954)

ウィリアム・ゴールディング

William Golding
(1911-1993)
イギリスの小説家。43歳のデビュー作『蠅の王』は、600万部という大ベストセラー小説になったが、当初は21社から出版を断られたという。1983年ノーベル文学賞を受賞。主要作に、『後継者たち』、『ピンチャー・マーティン』、『通過儀礼』など。

この子どもたちを見よ

　核戦争のさなか、イギリスの少年たちの乗った飛行機が撃墜され、南海の珊瑚礁に囲まれた無人島に子どもたちだけが生き残った。少年たちは選挙でラーフを隊長に選ぶ。少年合唱隊の隊長をしているもう一人のリーダー格のジャックは狩猟隊を編成し、野豚を狩ることにする。いわばラーフは文民派で、ジャックは武闘派といったところだろうか。

　まず合議により規則が作られた。集会では、ほら貝を持つものが順に発言の権利を持ち、秩序を守ることにする。自分たちがイギリス本国で習い覚えてきた民主的な共同体の運営を模したものと言えるだろう。ところが、ラーフに対抗意識を持っているジャックはしだいに規則を無視しはじめ、彼を中心とする少年たちは野豚狩によってしだいに野性にめざめていく。パブリック・スクールで「文明人」として規律正しい教育を受けた少年たちが、南海の孤島に放置されると、しだいに欲望をむきだしにし、内部対立と秩序の混乱にいた

”私も一言

　昔、「一日保母さん」として、保育園の子供たちと過ごしたことがある。驚いたのはクラスのなかに親分・子分がおり、そこ

る。そしてついに少年たちは……。皮肉な結末は明かすべきではないだろう。

この小説はR・M・バランタインの『珊瑚島』（一八五八）を転倒させたパロディの要素を持っている。約一〇〇年を隔てた十九世紀の小説の主人公もまたラーフにジャックで、大嵐で南太平洋の島に流れついた三人の少年たちが、海賊や「人食い土人」たちを相手に囚われの娘を救い出す物語である。いわばヴィクトリア朝の楽観的な進歩主義の古典と言うべきものだ。『蠅の王』はこの『珊瑚島』を下絵として、文明の庇護と拘束を離れた少年たちが「蛮性」を獲得していく姿を描き、現代の人間に潜む〈悪〉の寓話へと書き換えが行なわれている。これは作者の戦争体験によって得た人間観が強く反映している一方で、〈善＝文明〉〈悪＝野蛮な野性〉という素朴で図式的な読みに陥りやすい小説であることに注意すべきであろう。はたしてこの小説に「野性」など描かれているのか、まずそうした前提から問い直してこそ、この小説の豊かな読みが開かれるだろう。ことによると、そこにあるのは単に文明の異相としての「蛮性」にすぎないかもしれないのだから。また、細部の綿密な描写力もこの小説の魅力のひとつだ。大人の目の不在のもと、子どもたちがジャングルや浜辺で、奔放にして荒々しい遊びを繰り広げる姿の多彩な表現に、私は大いに心惹かれる。

なお、ぜひ大江健三郎の『芽むしり仔撃ち』（一九五七）を併読することをおすすめしたい。『蠅の王』は南海の孤島、こちらは四国の山奥が舞台。ともに隔離された場での子どもたちだけのサバイバル物語だ。生と死のドラマや物語に戦争が影を落としているところも共通している。

（中村）


から排除された子供、独立した子供もいて、一つの社会が出現していたこと。人を従わせる、恐るべき言葉と態度を身につけた小さな人。わたしは目を見はった。蠅のたかった豚の頭＝蠅の王は今もわたしのなかに鎮座している。本書のラストでは、吹き出す血の勢いで、誰もが号泣したくなるはずだ。（小）

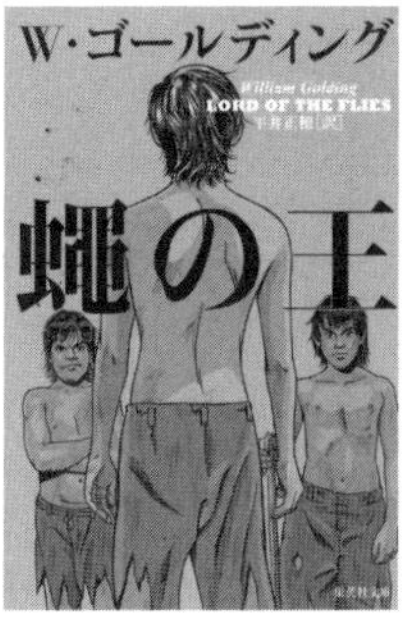

『蠅の王』平井正穂訳（新潮文庫／集英社文庫〈写真〉）

草の花

（1954）

Fukunaga Takehiko
(1918-1979)
福岡県出身の小説家、詩人、フランス文学者。中村真一郎、加藤周一らと文学同人「マチネ・ポエティク」を結成し、日本語の定型詩の可能性を追求する一方、『草の花』で作家としての地位を確立した。作家の池澤夏樹は息子。

福永武彦

弓矢は折れ、舟は艪を失う

四つの章から成る。第一章「冬」では、「私」がサナトリウムで出会った、主人公・汐見が紹介される。強靱な精神を持ち、宿命的な孤独を抱く彼は、当時、受ける人の少なかった「肺摘」の手術を望んで受け、手術中に死亡する。自殺にも思える死に方だった。手術前、汐見から「私」へ託された二冊のノートがあり、それが、第二章の「第一の手帳」、第三章「第二の手帳」を構成する。「第一の手帳」には、十八の春に出会った後輩・藤木忍との愛の空回りが、「第二の手帳」には、藤木の妹、千枝子との愛の挫折が記されている。最終章「春」の千枝子の手紙は、亡くなった者たちの魂を数珠のように繋ぎ、唯一、現実への着地を果たしている。繊細なテーマを扱いながら、構成が実に骨太で明解だ。

芸術を志向する純粋な者たちがおりなす、瑞々しい青春の挽歌。愛と死、信仰と孤独をめぐり、言葉は観念の美しい音楽を響かせる。読み進めるに従って、自らの汚れに気づく

”私も一言

学生時代に読んだ。同性愛的な嗜好だと分かっていても、汐見の藤木忍に対する恋心がわざとらしく感じられ、そののち、

読者は、作中の人物に深く心惹かれもし、反発も覚えるだろう。わたしがそうだった。「本当の友情というのは、相手の魂が深い谷底の泉のように、その人間の内部で眠っている、その泉を見つけ出してやることだ、それを汲み取ることだ。それは普通に、理解するという言葉の表すものとはまったく別の、もっと神秘的な、魂の共鳴のようなものだ」。そう考える汐見は、同性の藤木のなかに美しい魂を見出し、それによって自分だけでなく他人をも美しい眼で見ていくという「美しい魂の錬金術」を言う。しかし藤木は汐見を拒絶する。当然だろう。どうして愛することで相手を傷つけるのか？　相手の愛を待ち望まない愛というものがあるのだろうか？　汐見は煩悶を深めるばかりである。

　藤木の死後、その妹と育む愛は、穏やかで当初、未来も見える。しかし信仰の問題で躓《つまず》き、召集が来て、二人はその愛をも全うすることができない。愛すれば愛するほど、孤独を深めていく汐見。こんなエピソードがあった。汐見が千枝子に、一緒に聴いたショパンの「楽譜」を贈る。千枝子は喜ぶが、この家に実際、ピアノはあるか？　かつて千枝子はピアノを習いたかった。しかし余裕がなく習えなかったという事情がある。つまり汐見の愛はこの「楽譜」のようなもの。そこには頭のなかでのみ鳴り響く、観念の音楽が刻まれている。現実では、弾いて楽しむということが不可能なのだ。千枝子は結局、別の人と結婚するが、最後まで、こうして、すべての人々が、負け続ける。敗北することだけに真実がある、というように。藤木や汐見は作品のなかで死んだ。純粋なものはそうして滅びるが、しかし生き延びた者たちが純粋でなかったというわけではない。多くの小説はここから始まる。しかしこの小説は、「生」が始まる前に、終わってしまう。　（小池）

まるでその代理のように、藤木の妹の千枝子に恋をする汐見に、わざとらしいし、失礼なヤツだと感じた。でも読後、このわざとらしさが、当時の知的エリートたちの特権のしるしだったのではないかと思った。いまだに鮮烈に残っているのは、小説に出てくる百日紅である。(芳)

『草の花』(新潮文庫)

砂男

Der Sandmann (1817)

E・T・A・ホフマン

これぞブルジョワ社会の物語

ホフマンの『砂男』は、フロイトが『無気味なもの』のなかで分析を施し、「小児の去勢コンプレックス」に遡らせている作品だが、私が興味を抱くのは、むしろこの物語を支えている〈無気味の構造〉である。フロイトによれば、〈無気味〉とは、親しかったものが、いったん姿を消し（これを抑圧されて、とフロイトは考える）、再び姿を見せる。そのとき、再び現れたものは、もとの姿ではなくなっているが、両者は同一だと分かる。とたんに、その親しかったものが示す異貌が〈無気味〉に思われてくるのだという。

ところで『砂男』では、主人公は幼児のときに、定期的に父親を訪問する弁護士コッペリウスを、砂をまぶして目玉を奪い去る存在と思い込み、成長して異境で学ぶ主人公のもとに、そのコッペリウスと同じ意味のイタリア名を持つコッポラが眼鏡や望遠鏡を売りに現れると、彼をコッペリウスと同一化してしまい、昔の恐怖そのものを蘇らせてしまう。

E.T.A. Hoffmann
(1776-1822)
ドイツの作家、法律家、作曲家、画家。ドイツ幻想文学の奇才とされる。『夜曲集』、『牡猫ムルの人生観』、『ドッペルゲンガー』で知られる。このうち猫のムルについては漱石の『吾輩は猫である』で言及がある。

”私も一言

十九世紀のヨーロッパに生きたホフマンは、楽器を弾くように言葉を演奏した。音楽家でもあり、芸術の魔や狂気を作品に

曲折を経て主人公は立ち直るものの、最後にフィアンセと昇った塔の上から望遠鏡でたまたまコッペリウスの姿を認め、とたんに「きれいなおめめ――きれいなおめめ」と叫んで発狂し、手すりを飛び越えて落下してしまう。

　姿を見せなかったコッペリウスが再び現れること。たとえコッポラという違う人間でも、コッペリウスと同一だと思い込むこと。これが〈無気味の構造〉にほかならない。そして、ブルジョワ＝市民社会の〈小説の構造〉もまた、いちど登場したものが姿を変えてもういちど小説に登場することにある。しかも、姿を変えてゆく変貌のプロセスを隠さずに（抑圧せずに？）語るのが、ブルジョワの小説なのだ。幼い主人公が艱難辛苦を経て成長を遂げた姿を見せれば、立派な「教養小説《ビルドゥングスロマン》」になるだろう。探偵小説とは、いちど出てきた登場人物が犯人として再び登場する物語であり、犯人とは、後から現れた異貌に対し与えられた呼称にほかならない。変貌のプロセスを最初は隠しておいて、推理の名のもとに変貌を辿ること。その意味で、推理小説はまぎれもなくブルジョワの生んだ物語ジャンルなのだ。「チェーホフの銃」の話も同じである。物語に拳銃を出したら、それは二度目には発射されねばならない。発射こそが拳銃に異貌を付与するのである。

　だから、主人公が幼いときに姿を見せた〈砂男〉＝コッペリウスは、もういちど姿を変えて眼鏡売り＝コッポラとして、さらにコッペリウス本人として登場しなければならない。そのとき起こるものこそ、ブルジョワ＝市民社会に必要な物語なのだ。もちろん〈去勢〉というフロイトが創造した物語も、あったはずのペニスがなくなるという、いわば二度目に異貌を確認するブルジョワ的物語の要諦をなぞっている。

（芳川）

している。「クレスペル顧問官」には歌うことを禁じられた歌姫が登場する。父の顧問官が弾くバイオリンを聴いて「わたしが歌っている」と言うところ、なんとも怖くて美しい。「砂男」にも言えるが、予想外に折れ曲がる筋運びから、人間のグロテスクな想像力が湧いてくる。それに触った感じが怖い。（小）

『砂男　無気味なもの』種村季弘訳（河出文庫）

パワナ

Pawana (1992)

ル・クレジオ

J.M.G.Le Clésio
(1940-)
南仏ニースに生まれる。処女作『調書』により、23歳で鮮烈にデビューする。『発熱』『大洪水』により、作家として自己の世界を確立。エッセイに『物質的恍惚』など。メキシコ文明に傾倒し、世界の文化に精力的に触れている。

〈白鯨〉に着く小さな共生動物のように

本書は、邦訳で六〇枚（一枚四百字換算）に充たない。しかしその短さと反比例して、味わいは優に長篇に値する。最小の分量で、最大の味わい。その味わいは、『白鯨』にも劣らない。『白鯨』を動とするなら、『パワナ』は静である。

バハ・カリフォルニアに、「鯨たちが子供を産みに」集まり、「老いた牝の鯨たちがもどってきて死んでゆく」海域があるという。そこでは「牝の鯨たちが何千となく、すべて一緒に、いちばん若いのもいちばん老いたのも集まり、そして牡の鯨たちがそのまわりにぐるりと防禦線を作」る。その伝説の場所を、年を経たジョンは夢のように思い出す。そして一人の「インディオの娘」アラセーリをも思い出す。彼女はスペイン人に金で買われた「奴隷」だった。少年だったジョンは、彼女が水浴びするところを隠れて見ていた。その泳ぎ方を、ル・クレジオの筆はきわ立てる。「それは妙な泳ぎかたで、まず一方の腕を頭

私も一言

短い小説なのに、たしかに長編を読んだような手ごたえがある。日野啓三もこの掌編に魅了された一人で、すべての人が「こ

の上にふりあげ、そして水面下にすっかりすがたを消し、それから息を吸い込むあいだ、水面すれすれに顔をつけて浮身をし、また姿を消すのだった。」まさに鯨が息をついでふたたび海中に潜る姿、息をしながら水面すれすれに遊泳する姿そのものではないか。アラセーリは、おのずともう一つの鯨として描かれている。

　ジョンは十八になると、メルヴィル・スカモン船長の指揮するリオノー号に乗り組む。やがて病で死に瀕している船長もまた、伝説になった海域を求めた「あの一八五六年一月一日のこと」を思い出す。実在したアメリカの捕鯨家・海洋生物学者（一八二五－一九一一）の名前を借りた船長。一八五〇年代といえば、産業としてのアメリカ捕鯨の最盛期であり、『パワナ』は、歴史的背景にぴたりと照準を合わせている。そしてついに伝説の海域が発見され、銛《もり》を打ち込まれた鯨たちは、潟湖《せきこ》を血で染める。さらにその三年後、その潟湖にもどったジョンは、鯨たちを乱獲する捕鯨者たちの姿を目にするだろう。と同時に、逃亡を試みて「屍体」で連れもどされたアラセーリの噂を聞く。

　船長は死の間際に、ようやく少年ジョンの視線の意味を理解する。「どうして愛するものを殺すことができるのか」と。この視線の問いを受けとめたことで、メルヴィル・スカモン船長とジョンが重なり、その二人の目には、鯨の殺戮とインディオの女の殺戮がともに見えているだろう。そして最後に、船長が〈メルヴィル〉という名を持つことで、『パワナ』という掌篇は、『白鯨』と重なるのであり、無数の鯨の乱獲と一頭の鯨との対決という対比をきわ立てながら、短い物語が膨大な小説と見事に並ぶのである。そして白鯨が一つの大いなる神なら、殺戮された鯨たちは無数の小さな神々となるのである。（芳川）

の短く比類ない物語を読むための一時間を割いてくれることを願う」と書評で述べている。さらには、私たちが滅んだ後、異星人がこの書物を発見して解読してほしいとまで言う。なぜなら、「我々がいかに悲劇的な生物であったかを知ってもらうために」と。あえて「荘厳な」と言いたいこの人間の魂のドラマを伝える悠然たる語りのテンポにも、私は心惹かれる。（中）

『パワナ』菅野昭正訳（集英社）

星

'Les étoiles'（1869）

アルフォンス・ドーデー

Alphonse Daudet
（1840-1897）
十九世紀のフランスの小説家、劇作家。ドーデの表記も一般的。故郷のフランス南東部プロヴァンス地方の人々や風物を情感豊かに描いたことで知られる。『風車小屋便り』の他に、ビゼーの音楽で有名な戯曲『アルルの女』などが代表作。

こういう恋をしてみたかった

副題は「プロヴァンスのある羊飼いの物語り」。短編集『風車小屋便り』に収録の一篇。羊飼いの若者は二十歳。プロヴァンスの山の上で羊の番をしている。牧場にはたった一人、何週間も人の姿を見ない。相手はただ犬と羊たちだけ。麓の村からラバで半月ごとに食糧が届けられるとき、彼の何よりの楽しみは、牧場主のお嬢さんの様子を伝え聞くことだった。ある日曜日のこと、いつもの使いの者の都合がつかず、代わりに当のお嬢さんがやってくる。若者は憧れの人に話しかけられ、どぎまぎするばかり。お嬢さんをこれほど近くで見たことはない。

仕事を終え、お嬢さんは山の小道を去っていく。ところが、谷底が暗くなり始めたころに、夕立で増水した川に落ちてびしょ濡れになったお嬢さんが戻ってくる。家へ帰るには遅すぎる時間だ。七月の夜はすぐ明けますからね、すこしの辛抱ですよ、と若者は慰める。

”私も一言

「最後の授業」の作者として、教科書でドーデーに出会った人も多いだろう。作品の舞台となった仏・アルザス地方は多言

焚火《たきび》をしても暖まろうともせず、お嬢さんは大粒の涙を流すばかり。彼は戸外に出てお嬢さんを守ることにする。胸に燃える情炎で彼の血は煮えたぎるように熱かったけど、「悪い考え」は起きない。むしろお嬢さんが自分を信頼しきって休んでいることに「大きな誇り」を感ずる。それだからこそ、これまでになく空は深く、星が輝いているのだ。ところが、お嬢さんは眠ることができずに、外に出てきて若者の隣に座る。

夜空には満天の星が輝く。空に一番近い場所で暮らす山の牧人は星に詳しい。ほら、私たちのまっすぐ上にあるのが、聖ヤコブの道ですよ。お嬢さんは星の名をめぐる話に耳を傾けているが、やがて眠りで重くなった頭を若者にあずけはじめる。そのままお嬢さんは星が朝日に薄らぐときまで、身動きもせずにじっとしていた。若者は胸をわくわくさせているが、この晴れた星空こそが、彼に美しい思いのみを授け、お嬢さんを清らかに守るのだ。二人のまわりでは、星たちが羊の群れのように歩みを続けている。「私は、これらの星の中で一番きれいな、一番輝かしい一つの星が、道に迷って、私の肩に止りにきて眠っているのだと想像したりするのでした」（村上菊一郎訳）とこの小説は結ぶ。

満天の星のもと、愛する人の眠りを守る青年の姿が、すがすがしく読者の心に沁みる。私が「星」に共感したのは中学生になった頃、自分もこんなふうに星空を見上げながら、大切な人の眠りを守れる男になりたいと初々しい憧れをいだいた。

その後は？　とりたてて邪恋、狂恋の愛のぬかるみを歩いてきたわけではないが、こういう〈純愛〉だけは縁がなく生きてきたなー、と小声で呟くのは、あなたも同じだろう。

（中村）

語地域として知られ、作品に描かれた言語状況をめぐっては多くの批判にもさらされた。現在、教科書からは姿を消しているようだ。かわって「星」は、まさに星の瞬きのような美しい作品。二人の純愛がどうなるか。わたしはあえて想像しない。世界はここで、完結しているのだから。（小）

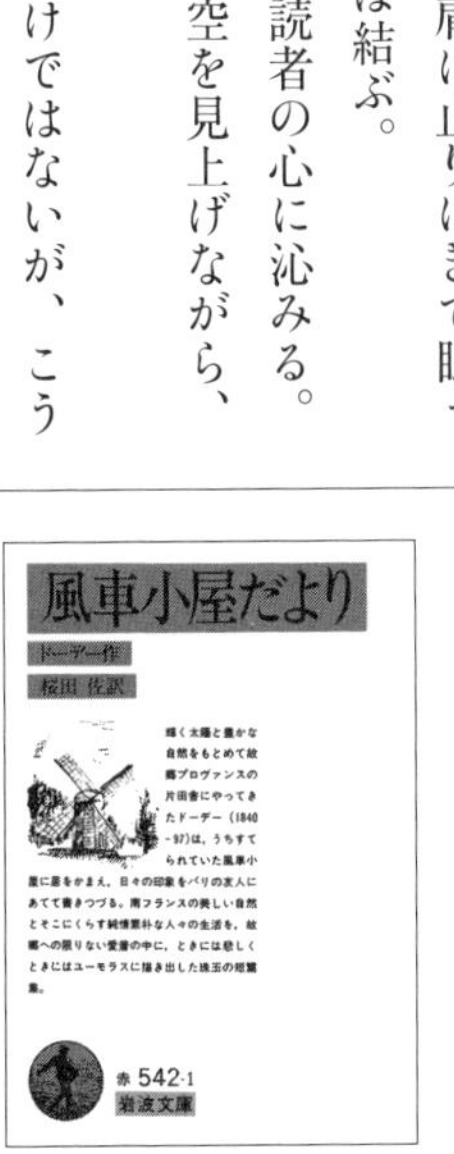

『風車小屋だより』桜田佐訳（岩波文庫）〈**写真**〉／『風車小屋便り』村上菊一郎訳（新潮文庫）

潮騒 (1954)

三島由紀夫

Mishima Yukio
(1925-1970)
東京生まれの戦後派作家。16歳で「花ざかりの森」を発表。『仮面の告白』で作家の地位を確立。『金閣寺』『近代能楽集』などの作品を発表する一方で、政治団体「盾の会」を結成。『豊穣の海』4部作発表後、自衛隊市ヶ谷駐屯地で割腹自殺。

気高い乳房

人間もまた、自然の作物である。自分の肉体ですら、自分が望むようには制御できない。それを考えれば、「健康」とは、実に奇跡的な自然状態だと思う。

本作で、著者は健やかな肉体を真正面から描いている。漁師の新治と海女の初江。前面に立つのは、若い彼らの肉体だが、その奥で静かに発火する、純粋な精神を感じ取ることができる。とりわけ初江から湧き出る「知恵」は、光る川のように素早く肉体を走り、果実のように確かな結果を生む。ここでは思考も恋情も、そして喜びも哀しみも、島を取り巻く海や風、光の変化にたくして描かれる。

舞台は「歌島《うたじま》」。モデルとなったのは、その昔、「歌島《かじま》」と呼ばれた、三重県の「神島《かみしま》」と言われている。神島の現在は高齢・過疎化がだいぶ進んでいるようだが、作品が刊行されたのは昭和二十九年。今、読み返すと、島の生活が一種の理想郷として見えてくる。そ

”私も一言

男子校の友人との二人旅で、この小説を読んだ。高一の春休みに伊豆大島に行き、海が荒れて船が出ない。連泊した夜に、

こでは若い人間と成熟した人間が、言葉でなく行為で支えあう。新治と初江の恋にしても、現代のような恋愛遊戯ではない。欲望に目覚めながらも、最後は周囲の承認を必要とする、「契」と呼ぶに相応しいものだ。嵐の日、焚火を挟み、互いの気持ちを確かめ合う場面は有名だが、挑発するのは常に初江のほう。「汝《んの》も裸になれ、そしたら恥かしくなくなるだろ」、「その火を飛び越して来い。その火を飛び越してきたら」――しかし、彼らは一線を超えることがない。

海女たちが、焚火を囲み、互いの乳房を競いあう場面は面白い。初江のそれは、まぎれもなく処女のものだと認定され、皆の「嘆賞」を集めたとある。老婆がその乳首に触れ、初江が飛び上がる。みんなが笑う。老婆はさらに面白がって、初絵の乳房を青い桃といい、「おらのは古墳で、うまい味がようけい侵み込んどる」と。それを聞いた初江も笑う。男の視線から解放された、まぶしくユーモラスな乳房がここにある。日本文学には珍しいほどの、陽光に満ち溢れた作品だ。舞台をそのまま地中海に移しても、物語はなんなく、成立するだろう。

もっとも、言葉一つの単位で見れば、「算盤《そろばん》」（舟を引き上げるための木の枠）など、特殊な用語も拾われていて、ここはまぎれもない日本の海辺である。以前、わたしは伊豆の夏の浜辺で、この「算盤」を見たことがある。当時は、そう呼ぶとは知らなかった。後に『潮騒』でこの部分を読んで、あっ、あのとき見たあれだと記憶が繋がった。そうして足裏に熱い砂の感触が蘇った。三島の持ち味である華麗な比喩や人工味が、描かれる「自然」とぶつかりあって、端正な作品を内側から突き動かしている。（小池）

宿の近くの書店で、島つながりで購入した本だ。本文にあるように、モデルは鳥羽の「神島」。小説には海が荒れる場面もあり、風雨で荒れた島で読むにはぴったり。焚き火をはさんで主人公の男女が向き合う場面は、まぶしすぎた。ＮＨＫの朝ドラ「あまちゃん」で全国に知れ渡った場面。（芳）

『潮騒』（新潮文庫）

［恋を知るとき］

はつ恋

Первая Любовь (1860)

イワン・ツルゲーネフ

Иван Сергеевич Тургенев
(1818-1883)
ロシアの作家。地主貴族の家に生まれながら『猟人日記』で農奴制を批判、投獄される。代表作は他に『父と子』『ルージン』『貴族の巣』や戯曲『村のひと月』など。長年パリに住み、フランスで亡くなった。

死の平凡さ

「はつ恋」は、澄み切った水の湧く、深く小さな井戸の様な作品だ。読み返すたびに気づきや発見がある。たとえば「わたし」が、初恋の相手ジナイーダを最初に見かける場面。「わたし」は別荘の庭に来る鴉を憎んでいて、夕方になると鉄砲を持って庭をぶらついていた、とある。つまり鴉を仕留め、打ち落とすことが日常になっていた。そこへ高飛車な女の笑声。最初から、恋のまわりに血の匂いがする。

秘密を明かすようで気がひけるが、この物語は、自分の想い人が、父の愛人だったという残酷な話である。作者ツルゲーネフが、実際に体験したことだと書き残している。確かに人物造形にはまったく無理がない。「わたし」が別荘地で経験した数週間の出来事が、回想手記の形で記されていく。十六歳という多感な時期。「わたし」の傷はどれほど深かったことだろうと思うけれど、その痛みは決して「恨み」に転換されることなく、みずみ

”私も一言

高慢で勝気でわがまま。男どもを翻弄するそんな女王様のように振る舞う娘に恋をした。ところがその女と父の密会で見て

ずしい痛みのままに凍結され、「詩」として見事、抽出されている。

「わたし」には、恋敵である父に対する、尊敬とあこがれがある。自分がまだ獲得していない、強さ、男らしさを持った父。美貌のエゴイストで、女から見ると、実にしゃくにさわる男ではある。しかし「人間に自由を与えてくれるものは意志だ、欲することだ」などと挑発するようなことも言い、否定できない魅力がある。その夫に背かれる「わたし」の「母親」は、夫より十歳年上。貴族階級としてのプライドが高く、人を常に上から見下ろす温かみのない女性という印象を受ける。「わたし」には、この母に対する、息子としてのいたわりがない。その意味でたいへん孤独な母親である。この父母像には、作者の現実が重ねられているようだ。「女が年上」という要素は、この作品にいびつで面白い個性をもたらしていて、ジナイーダも「わたし」の五歳上だった。だからこそ、父とジナイーダ=中年男と若い女の組み合わせは、物語的にはありふれた設定ながら、この作品では衝撃的。「女が強く、しかも年上」の世界を、平坦に均《なら》す金槌のように働いている。

「わたし」、「父親」、「ジナイーダ」の三人は、緊張関係にありながらも絆で繋がれていて、ジナイーダは、「わたし」に愛人である「父」を見ている。三人は似た色の魂を持った仲間なのだ。ここでも母親は輪の外に置かれる。ジナイーダに群がる男たちも、哀れ、彼女の多面性を映し出す「手鏡」としてのみ存在する。恋する者と傍観する者とが残酷に区分けされ、恋の衝動は、通念を吹き飛ばす破壊装置として描かれているが、主役のペア（父とジナイーダ）は、驚くべきあっけなさで死んでしまう。誰にも等しく訪れる死の平凡さが、最後、恋よりも強い力で人間の運命を押しつぶしたかに見える。（小池）

しまう。別れ話に聞き分けのない態度を示す娘を父が鞭で叩いているのだ。あの尊大で気ままな女が、「心からの献身と、嘆きと、愛」とで必死にとりすがっている。「これが恋なのだ」と少年ウラジミールはひとり呟く。初恋とは、この人生最初の現実を知るためにこそあるのだ。そうは言いつつ、あらゆる恋愛の挫折は、この呟きを凡庸なまでに繰り返す。（中）

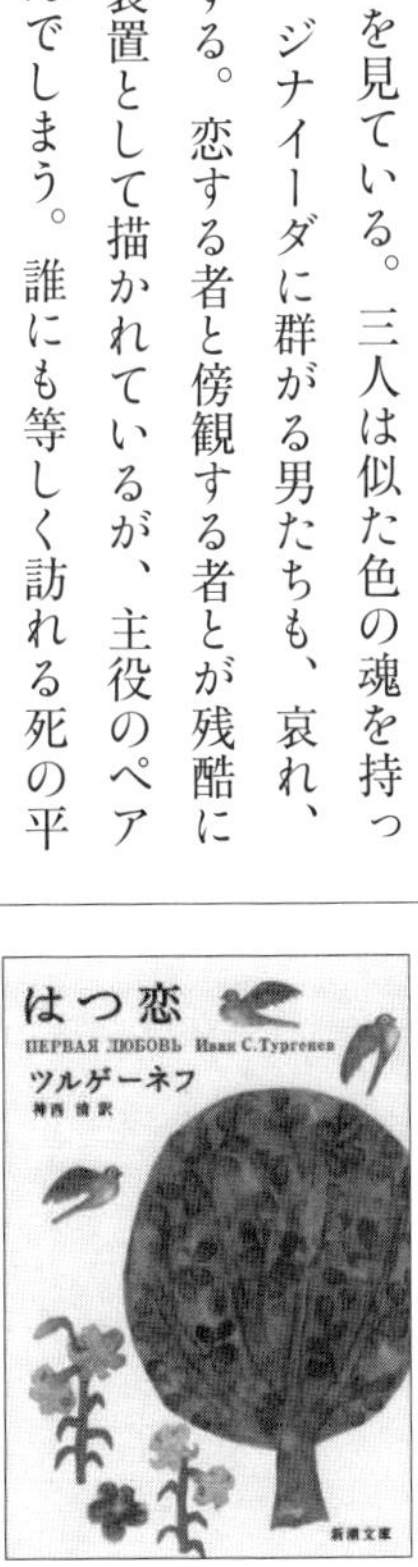

『はつ恋』神西清訳（新潮文庫）

若きウェルテルの悩み

Die Leiden des jungen Werthers (1774)

ヨハン・ゲーテ

Johann Wolfgang von Goethe
(1749-1832)
ドイツの詩人、劇作家、小説家。ドイツを代表する文豪であり、小説『若きウェルテルの悩み』『ヴィルヘルム・マイスターの修行時代』、詩劇『ファウスト』など広い分野で重要な作品を残す。

ボローニャの石から読み取る

正直に言って、最初に読んだとき、私は『若きウェルテル』には惹かれなかった。そのまま、実家の自室の本棚で埃をかぶらせておいたのではないか。粗筋を思い返しても、いい年をした主人公が、いまでいうストーカーまがいの恋をして、そのどこがいいのか、と思っていた。もちろん、そのころ、ストーカーなどという便利な言葉はなかった。

ところが大学生のころ、ロラン・バルトの『恋愛のディスクール・断章』を読んで、思いを一新した。目が開かれたと言ってもよい。豹変ぶりはいささか唐突で、いかにも大学生らしいが、ともかく一つの視点を持ったのだ。

その視点とは、バルトが触れている「ボローニャの石」である。昼間に光をたくわえておいて、暗闇でも光を発するという石。まるで光を、熱のように変えてしまう。この石は、十七世紀のヨーロッパで出回ったという。じっさいには、ボローニャ産の重晶石を加工し

”私も一言

初めて人を好きになったとき、わたしもまたウェルテルのように「一木一草にいたるまで」熱の心が動くという経験をした。い

たもので、硫酸バリウムを焼いて粉末にして固めると蛍光を発するようになるのである。その石は『若きウェルテルの悩み』にも出てくる。「ボロニア石を太陽にあてておくと、日光を吸収して、しばらくのあいだは夜でも輝いている」（竹山道雄訳）という。

主人公はどうしてもロッテに会いに行けないときは、代わりに召使いをやる。「シャルロッテのまなざしを向けられた召使いは、すなわち彼女の一部となる（中略）こうして聖別されたオブジェは、どれもみな、昼間の光を吸収して闇の中でもひとりでに輝くという、あのボローニャの石のごときものとなる」（三好郁朗訳）。その顔や頬や上衣のボタンや外套の襟に注がれたであろう「ロッテのまなざし」を、主人公は身近に置こうとするのだ。ロッテに会えないとき、彼女の見たものを自分も見るということ。この間接性を、バルトは「フェティシズム」と呼んでいるが、そんなことより、こうした場面の美しさに、私はいわゆる「疾風怒濤」式のドイツ・ロマン主義という常識を覆されたのだった。

あるいは、ウェルテルの自殺の場面。主人公はロッテの夫に、旅行をしたいので、護身用にあなたのピストルを貸してもらえまいかと依頼する。そうして、ロッテと初めて踊ったときの「青い燕尾服に黄色いチョッキ」を着て自殺をはかる。もちろん、そのピストルもロッテの視線にさらされている。ボローニャの石のように、そこからロッテの視線が放射される。その意味で、彼女に見守られながら、いわばその視線に撃ち抜かれるようなものだ。そのピストルはまた、ロッテの夫の力の象徴でもあって、そうした物をめぐる小説の細やかな読み方を、大学生の私はバルトに教えられた気がする。

（芳川）

わゆる異常状態である。恋とは実に一方的な「わたし」の妄想世界を言う。ロッテが彼に言う「適度になさってね」の「適度」ほど、こうした情熱に見合わないものはない。自殺をめぐるアルベルトとの対話は、良識派の市民対芸術家、理性対情熱の様相を帯び、恋の悩みを聞くより面白い。ごめんね、ウェルテル。（小）

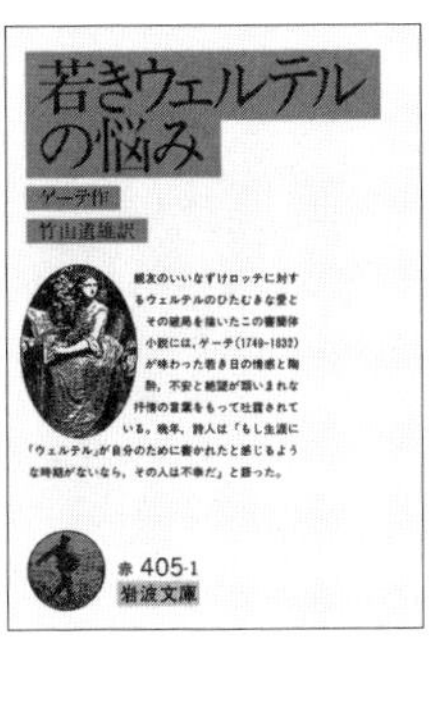

『若きウェルテルの悩み』竹山道雄訳（岩波文庫）

［恋を知るとき］

ボヴァリー夫人

Madame Bovary (1857)

ギュスターヴ・フローベール

Gustave Flaubert
(1821-1880)
フランスの小説家。処女作が「ボヴァリー夫人」。これは写実主義を確立した作品だが、当時、風紀紊乱罪に問われた。他に「感情教育」「ブヴァールとペキュシェ」など。小説の革新に多大な足跡を残す。

間接性こそが新しい

結婚によって農家の娘から医者の妻になるが、夫に幻滅を感じはじめ、結果、地方貴族の遊び人ロドルフにもてあそばれる。いっしょに出奔しようという約束を反故《ほご》にされた痛手から立ち直ると、ふたたび年下のかつての知り合いレオンとの愛にのめり込み、多額の借金を重ね、最後に砒素《ひそ》を飲んで自分の生に終止符を打つ。ヒロイン、エンマの一生をそんな風に要約することもできるが、この小説の本領はそんなところにはない。

出発点は、思春期を尼僧院の寄宿舎で過ごしたこと。若い娘が憧れる、自然のなかでの恋愛を描いた『ポールとヴィルジニー』をエンマも読んだ、と書かれている。これを読んで恋に憧れ、自分もそのような恋をなぞろうとする。その結果、恋に恋する、恋愛に対して頭でっかちの人間ができあがる。十九世紀の小説のヒロインに多いタイプである。そのため、『ボヴァリー夫人』の素晴らしさは、恋にかかわる描写において抜きんでている。

”私も一言

この小説を読んでいるとき、わたしは多重人格者あるいは複眼の昆虫になった。エンマのみならず彼女を取り巻く人々、時

とりわけ、描写の間接性がいっそう意味を際立てている。

たとえば、父親を往診したシャルルに台所でキュラソを振る舞う場面。ごくわずか自分のグラスにも注ぐと、「美しい歯並みのあいだから舌の先が延び、グラスの底をちろちろなめ」（山田爵訳）る。キュラソが少ないゆえの仕草だが、そのことがエンマの官能性を圧倒的に伝えている。そのとき、エンマはこう感じた、こう思った、などという説明は一切ない。代わりにすべて場面の描写に託したのが、フローベールの間接性にほかならない。

あるいは、この女は落ちる、と思ったロドルフに口説かれる場面。恋愛小説で頭がいっぱいのエンマは、物語のなかのヒロインのように口説かれてゆく。しかしフローベールは、その場面を農業共進会の日と重ね、農民を表彰するセレモニーが見える、人の出払った役場の二階にロドルフとエンマを置く。そしてロドルフの口説きがはじまると、見え見えな口説きを茶化すように、広場からの演説や表彰の言葉がとどき、口説き文句と並ぶ。「ですから私は、あなたの思い出を永久に胸にいだいてゆきます」とロドルフが言うと、「メリノ緬羊《めんよう》、牡一匹に対し……」と表彰の言葉がつづく。それだけで、作者のコメントがなくてもわかるのだ。

そしてレオンとの交歓の場面。二人は辻馬車に乗り、ルーアンの町のなかをあてもなく走らせる。「一度、真昼どき、野原の真ん中で」、「黄色い布の窓掛けの下から、あらわな手が一つ出て、こまかく引き裂いた紙きれを外に投げ捨て」ると、「紙きれは風に乗って舞い（…）白い蝶のように散」るのだ。これは必要のなくなった手紙だと言われているが、作者は何一つじかに説明しない。これだけで当時淫らだと騒がれた場面である。（芳川）

には杏の種にまで感情移入。ちなみに籠に盛られた杏は、愛人ロドルフが書いた裏切りの手紙を運ぶための小道具として使われている。籠の底にはぶどうの葉が敷かれ、手紙はその下に隠されてあった。何も知らない夫シャルルは、その種をてのひらに吐き出しては皿に入れる。いい仕事をした杏である。（小）

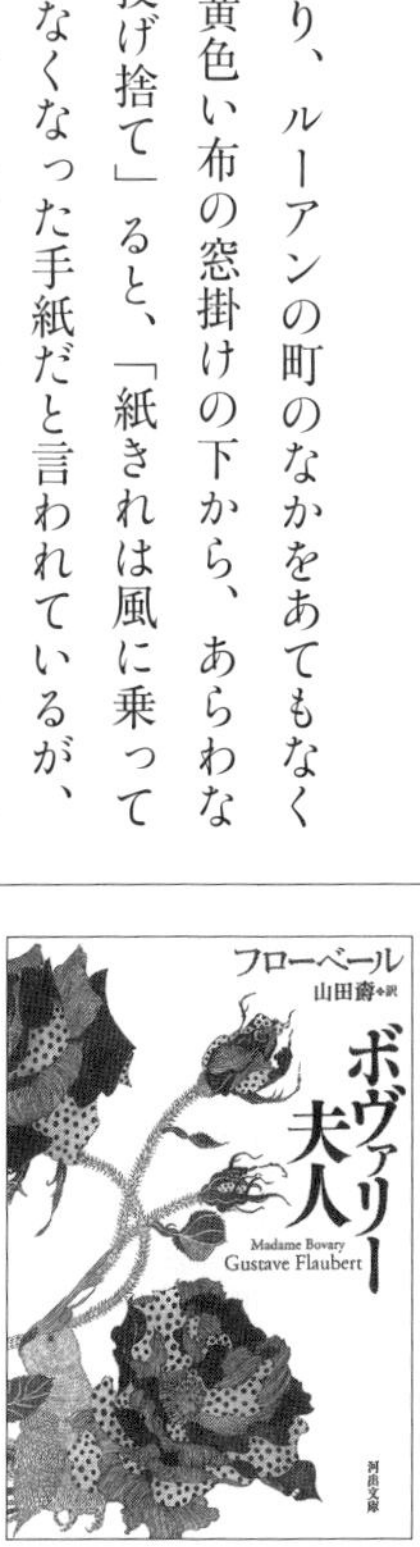

『ボヴァリー夫人』山田爵訳（河出文庫）

［情念の炎に身をこがして］

グレート・ギャツビー

The Great Gatsby (1925)

スコット・フィッツジェラルド

F.Scott Fitzgerald
(1896-1940)
アメリカの小説家。第一次世界大戦後のいわゆるロスト・ジェネレーション（失われた世代）を代表する作家の一人。『楽園のこちら側』でデビュー。代表作に本書の他、『夜はやさし』など。享楽と浪費で生活が破綻、不遇のうちに生涯を終えた。

貧乏青年の愛の妄念のてんまつとは？

アメリカ文学有数の人気作だが、かねてから評価が分かれている。しかし、熱心なファンも多く、サリンジャーの『キャッチャー・イン・ザ・ライ』のホールデン少年は、この作家を愛読の作家にあげているし、村上春樹は、『ノルウェイの森』の語り手ワタナベ・トオルに「ずっと僕にとっては最高の小説であり続けた」と言わせ、やがて「これまでの人生で巡り会ったもっとも重要な本」として自ら翻訳を試みることになった。

一九二〇年代のニューヨーク。愛し合う仲だったにもかかわらず、金持ちの御曹司ブキャナンと結婚した社交界の花形デージーを諦めきれない貧乏青年ギャツビー。ふたたび彼女の愛を得るため、闇の世界の酒を密売し（禁酒法の時代のため）、富豪へと成り上がり、大邸宅で夜毎のパーティを開いて豪奢な生活を送る。パーティはデージーの気を引くためなのだ。生きる目的はひたすら彼女の愛を取り戻すこと。失恋の痛手を克服し、金持ちに

”私も一言

資産とか階級についての正しい態度は、それらをあたかも見えないもののように扱うこと。そのタブーに野心的に触った本

なって見返してやろうという一途さは、いささか異様な様相を見せるが、アメリカン・ドリームを体現しているとも言える。願いかなって、五年ぶりのデージーとの再会、ふたたび愛が復活したかにみえた。一方、ブキャナンも零細な自動車工場主ウィルソンの妻マートルと浮気をしている。この錯綜した不倫関係が皮肉な誤解の運命を招き、惨劇へと進む。

こう書けば、よくある通俗的なドラマの設定にしか思えないであろう。婚約者の鴫沢宮が資産家と結婚することを知った間貫一が、学業を捨て、高利貸しとなって復讐を決心する『金色夜叉』（尾崎紅葉）の粗筋を思いだす人もいるかもしれない。しかし、『グレート・ギャツビー』の小説的魅力は、こうした波乱のドラマがニック・キャラウェイというギャツビーの隣人の陰影に富む内省的な語りをとおして展開されていることなのだ。そこには謎めいた人物ギャツビーを追うミステリ的な要素もある。ニック自身が言うように、浮かれ気分で面白おかしく人の心の中を覗くようなものではない。物語の内部にいるこの証言者は、ギャツビーへの冷静な観察と温情に満ちた理解によって事態の成り行きを語りつつ、多彩な比喩や暗示的表現を駆使して描写しているので、作品に魅力的な曖昧さや重層的な厚みを与えている。最後に読者に一つだけ宿題を出すとすれば、デージーの良く知られた「涙」のシーンについてだ。彼女はギャツビーと再会した後、邸宅を案内され、艶やかなリネンやシルクの美しいシャツを何枚も見て、こんなきれいなシャツは見たことはないといきなり泣き出す。なぜ泣いたのか？　このシーンからギャツビーの人生を狂わせたデージーとは、どのような女性だったと判るか？　村上春樹の短編「トニー滝谷」の涙のシーンとの対比的な読みがヒントになる。

（中村）

作はわたしに人生の悲喜劇を教えてくれた。彼の築いた富は汚れに満ちたもの、だが本来の目的は愛の対象、デージー。しかしその彼女は果たして愛される価値のある女だったのか。だが愛においてはこの問いこそ無意味だろう。ピンクのスーツを着る男を簡単には批判できなくなる。ギャツビーを知った後では。

（小）

『グレート・ギャツビー』村上春樹訳（中央公論新社）（**写真**）／野崎孝訳（新潮文庫）／小川高義訳（光文社古典新訳文庫）、他

［情念の炎に身をこがして］

嵐が丘

Wuthering Heights (1847)

エミリ・ブロンテ

荒野にくりひろげられる愛と復讐の物語…ではあるが

今でこそ『嵐が丘』は世界文学史に不朽の名を残す名作として、たとえば小説家のサマセット・モームが世界十大小説の一つに認定し（伝記的な曲解と憶測を交えたいささか奇態な論評とはいえ）、思想家のジョルジュ・バタイユが悪の根源をめぐる思索を進めた傑作であるが、発表当時は陰惨で不道徳的な作品と考えられ、評価はかんばしいものではなかった。出版のいきさつにしても、姉のシャーロット・ブロンテの『ジェイン・エア』の成功に便乗して、出版社は同一人物の作であるかのように宣伝した。刊行の翌年、エミリは三十歳の若さで無名作家のまま亡くなった。

ヨークシャーの荒野を舞台とした激烈な愛と復讐の物語、と取りあえず言えるにせよ、イギリス文学のなかの「スフィンクス」と言われることもある小説である。主人公の浮浪児ヒースクリフの破壊的情念の造型から、語りの二重構造を支える家政婦ネリーの目撃譚

Emily Bronte
(1818-1848)
イギリスの小説家。姉シャーロット、妹アンの、ブロンテ姉妹の次女。詩作もあるが、『嵐が丘』が唯一の長編小説で、アンの『アグネス・グレー』とともに1847年に刊行されたが、酷評された。翌年30歳で死去。没後に高い評価を得た。

”私も一言

恋の真の姿は、すべての他者をなぎ倒してしまう醜い狂気に他ならない。その火はやがて当事者にも回り、彼らの肉体を滅

とコメントの信憑性などにいたるまで、多くの魅力的な「謎」を内包している。

原題 Wuthering Heights を『嵐が丘』と巧みな邦題にしたのは英文学者の斎藤勇と最初の翻訳者である大和資雄とされている。この「風の吹きすさぶ丘」の物語は、イギリス北部の一地方の寂寞とした風土を舞台とする小説ではあるのだが、自然描写そのものは意外にも少ない。ほとんどの実質的な出来事は、対比的な二つの館〈嵐が丘〉と〈スラッシュ・クロス・グレインジ〉（鴻巣訳では「鶫の辻屋敷」）という室内空間で展開される。意外に知られていないことだが、現代具象画の巨匠バルテュスは『嵐が丘』の挿絵シリーズを制作し、室内を中心に絵を構成している。ヒースクリフとキャサリンの愛憎のドラマをテーブルや椅子、敷物など室内の道具の周到な配置のなかで描き出しているのだ。このバルテュスの挿絵を精細に読み取り、テクストと対比することから、家族部屋、台所、寝室がいかに作品装置として重要な働きを持っているか明らかにし、『嵐が丘』は〈インテリア小説〉であると指摘した興味深い論考もある（久守和子「〈インテリア小説〉としての『嵐が丘』」）。したがって、エンディングに近い二十九章で、ヒースクリフが亡くなったキャサリンの墓を暴き、柩の横板をずらす細工までして、自分が埋葬された後、地の中で一体化することを願う場面では、この究極の〈個室〉とも言える柩は、二人が共に過ごした子ども時代の寝室を想起させ、幸福な時代への回帰願望であるというわけだ。

なお、数ある『嵐が丘』の語り直しのなかで、軽井沢を舞台にした水村美苗の『本格小説』は、愛の情念の深淵を日本語で実現しようとする野心的な試みで、原作との併読によって刺戟的な読書となるであろう。（中村）

ぼした後、次の世代へも憎しみとなって広がる。破壊者ヒースクリフとキャサリンの悲劇的ペアは、ヒースの丘に吹く陰惨な風。「彼はあたし以上にあたしだ」とキャサリンは言う。幼年を共にした二人は特別の絆で結ばれている。冷静な目撃者ネリーによって語られなければ、到底、鎮めようのない恋だった。（小）

『嵐が丘』鴻巣友季子訳（新潮文庫）〈**写真**〉／小野寺健訳（光文社古典新訳文庫）、他

アンナ・カレーニナ

Анна Каренина (1877)

レフ・トルストイ

この恋、いつかは後悔なさいますよ

私にとって忘れ難い読書の思い出を持つ小説だ。若き日の北海道への一人旅のとき、上野駅でちょうどペテルブルグの駅でアンナとヴロンスキーが運命的な出会いをする場面に差し掛かった。アンナのきらきらした眼差し、赤い唇からもれる微笑、何かありあまるようなものが全身から溢れている姿に、たちまちヴロンスキーは魅了される。私は上野駅の人ごみの中で、二人の感情の交錯を追って、大人びた想像を働かせたのだった。列車／駅が物語で重要な役割をはたすことを知ったのは後年のことだ。線路番の轢死のエピソードは、最後のアンナの機関車への投身自殺と重なっているし、アンナがヴロンスキーへの感情を反芻しているとき、汽車は前進しているのか後退しているのか判らなくなったりもする。そしてヴロンスキーが愛を告白するところは、猛吹雪のプラットホームなのだ。

ナボコフは「人はトルストイのなかの芸術家は愛するが、同じ人間のなかの説教者には

”私も一言

これほど主人公たちの行動が際立つ小説を、私は知らない。ふつうは決断が行動を促すが、ここでは行動が決断を示してい

Лев Николаевич Толстой(1828-1910)
ロシアの小説家・思想家。本書の他『戦争と平和』など多くの大作がある。私有財産の否定、非戦論、非暴力主義を唱えた。80歳を過ぎて自己と生活の矛盾に悩んで家出、田舎の小駅の駅長官舎で死去した。

ひどく退屈するのである」（『ナボコフのロシア文学講義』）と述べている。たしかに悲劇的恋愛との対比的な「教訓」として、リョーヴィンとキティの結婚にいたる物語を読み、そのリョーヴィンの語る「農業問題」にも耳を傾けなければいけないかもしれない。

そう承知しつつも、私はたとえば次のようなさりげない一節にこそ目を凝らしてしまう。アンナの死の衝撃のなかで、戦地に赴くヴロンスキーが（またもやプラットホームで）愛の記憶を辿り、いっしょに過ごしたもっとも楽しいひとときを思いだそうとする。ところが、ヴロンスキーは「アンナの威嚇だけを覚えていた」のだ。「この恋、いつかは後悔なさいますよ」という声も甦ってきたかもしれない。喜びに溢れた日々がたくさんあったはずだ。それでも、関係が破綻して、苛立ち、「あらゆることに憤慨の口実」を見つける「威嚇」のアンナのほうを思いだしてしまう。しょせんヴロンスキーはこの程度の男だったと言えるかもしれないが、その凡庸な感慨にこそ愛憎の果てに行きつく生々しい感情のドラマが潜んでいる。

この小説は「幸福な家庭はすべて互いに似かよったものであり、不幸な家庭はどこもその不幸のおもむきが異なっているものである」という有名な書き出しを持つ。先のナボコフは小説『アーダ』の冒頭で、「幸福な家庭は、どこも多少異なったところがあるものだが、不幸な家庭というものはすべて似たりよったりである」と転用しているが、表裏同じ現実を示していることになろう。この表現への言及は数多いが（拙著『書き出しは誘惑する』）、そのなかで、このあまりに単純な幸不幸の認識は、複雑な人生経験を持つトルストイ自身を裏切るものだという、アーシュラ・ル＝グィンの論評は面白い。（中村）

る。そしてアンナとヴロンスキーの偶然の出会いまでもがすでに一種の行動のような印象を受ける。その行動に、二人の決断と小説の顛末までもが含まれている。そしてこの作家にとって、行動の別名とは、宿命である。（芳）

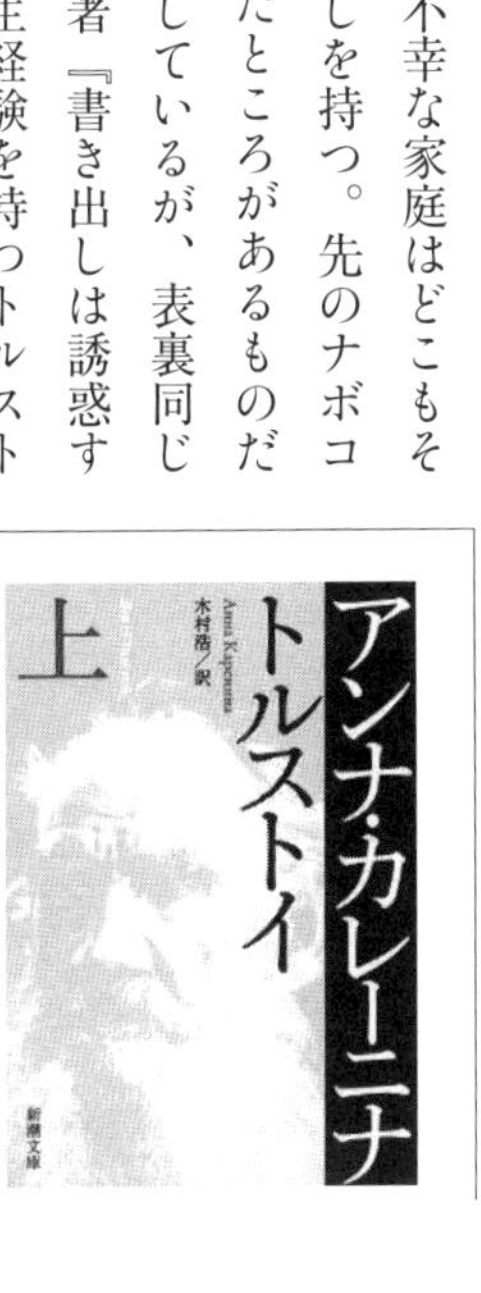

『アンナ・カレーニナ』木村浩訳（新潮文庫、全三巻）

［情念の炎に身をこがして］

ナジャ

Nadja (1928)

アンドレ・ブルトン

André Breton
(1896-1966)
フランスの詩人・文学者。第一次大戦後ダダイズムに参加するが20年代に決別。ルイ・アラゴンらと『シュルレアリスム宣言』を起草。「自動記述」を文学の表現として提唱した。『ナジャ』の他に、『狂気の愛』『通底器』など。

侯爵夫人は五時に外出したのか、しないのか？

ブルトンというと、私がすぐに思い出すのは『シュルレアリスム宣言』（巌谷國士訳）にある、ポール・ヴァレリーがブルトンに語ったという言葉「できるだけたくさんの小説の書きだしの部分をあつめて、アンソロジーにまとめてはどうか」である。そんなアンソロジーができたら、小説が冒頭から企んだ仕掛けが明らかになるかも、と期待したのだった。そしてヴァレリーは、自分にかぎって「侯爵夫人は五時に外出した」などと書くことは拒みたい、とブルトンに告げたという。

「侯爵夫人は五時に外出した」とは、作者が登場人物を自由に操れると表明している無自覚さの同義語だが、まさにブルトンの小説に対する嫌悪をかきたてるものだ。なにしろ、『ナジャ』（巌谷國士訳）の試みとはまるで正反対なのだから。

何も企まないこと。ふつう小説では伏線と呼ばれる仕掛けをいっさい拒否すること。小

”私も一言

挿入された写真、そしてナジャのデッサンと本文の混淆が読者のイメージを刺戟する。たとえば「彼女の羊歯の目」とか。

説的作為に身をまかせずに、偶然に身をまかせること。たとえば「私」がナジャと出会ったときのように。「私」はその「目のなかにひらめくこんなにも異常なものはいったい何なのか？」と自問する。その出会いのやりとりからして特異なのだが、ブルトンはそれをことさら作ってはいない。事態が出現するにまかせていて、いまならさしずめフィルムを回しっぱなしのドキュメンタリー映像を言葉で記述しているにすぎない。偶然の一致に見えるが客観的現実。シュルレアリストたちがそう呼ぶものは、まさしく小説と真逆なのだ。

あるとき「私」はナジャと落ち合い、セーヌ河岸に沿って歩く。彼女はぶるぶる震えている。そして河の流れを見て、「あの手、セーヌにうかぶあの手、どうして水面で燃えているあの手なの？　ほんとに火と水とはおなじものだわ。でも、あの手はどんな意味があるのかしら？」。小説ならこれを、ナジャの幻視という説明に回収するだろう。あるいはナジャの狂言に回収するかもしれない。そしてナジャの狂気の説明に再利用するだろう。しかし「私」はそんな燃える手がセーヌの水面になどない、と否定さえしない。ナジャが見ている、ということを肯定する。そのとき、イメージの強度もまた肯定される。ナジャとは見えないものが見える強度としてある。だから、「私」が読んだばかりの話もしていない本のなかのイメージを、目の前の噴水を見ながら見てしまうのだ。そうしたナジャと出会い、パリを引き回される体験のリポートこそが『ナジャ』なのだ。もちろん最後のほうで、「ナジャは気が狂っている」と「私」に知らせる向きもある。しかし、ブルトンはそれを何かに回収しない。ナジャのすべてを受け入れる。それこそが愛なのだろう。かくして「美は痙攣的なものだろう、それ以外にはないだろう」。末尾の言葉である。（芳川）

巖谷國士の詳註（岩波文庫版）の併読でさらに面白さが増幅する。謎の女ナジャの語録で私が好きなのは、「自分の考えることに自分の靴の重みを負わせない」というもの。妙に面白いのだが、さて、どういうことか？（中）

『ナジャ』巖谷國士訳（岩波文庫）

［情念の炎に身をこがして］

ロル・V・シュタインの歓喜

Le Ravissement de Lol V. Stein (1964)

マルグリット・デュラス

Marguerite Duras
(1914-1996)
フランスの作家、映画監督。フランス領インドシナ（現ベトナム）に生まれる。『モデラート・カンタービレ』、『ヒロシマ、私の恋人』、『ラホールの副領事』、『破壊しに、と彼女は言う』、『愛人』などがある。

デュラスの愛のかたち

この小説ほど、狂おしい愛を語ったものはない。その愛を「欲望の三段論法」と本人が呼んでいるが、これは単なる三角関係とは違う。ともかくも三人であることが必要なのだ。最初のT・ビーチでの出来事がそうだ。ロルの婚約者マイケル・リチャードソンが、ロルの前で、年上のアンヌ＝マリ・ストレッテールに魅せられ、彼女に恋をする。傷心のロルをたった一度の出会いで見初め、結婚を申し込むジャン・ベッドフォールもまた、マイケルの噂を知っているから、純粋に二人の関係だけで結婚を選択しているわけではない。いや、後でこの小説の語り手だとわかる私＝ジャック・ホールドも、医局の同僚の妻タチアナと不倫の関係を結んでいて、その前提に三人が潜んでいる。ならば、タチアナとその友人であるロルと私＝ジャック・ホールドの三人の間にも何かが起こらないわけにはいかない。私＝ジャック・ホールドとホテルで逢瀬を楽しんでいるのはタチアナである。しかしそ

”私も一言

彼女について何も知らない。しかしその眼差し一つを垣間見ただけで、深く、誰よりも彼女を知っているという気持ちにな

れを窓の外の麦畑からロルが見ている。そしてそこにロルがいることを、私は知っている。だが、単なる〈のぞき〉でも〈のぞかれ〉でもない。三人が揃うことで愛がはじまるのだが、そのはじまり方、その愛し方が異様なのだ。いわばその三人のなかで、見られ、見ることを通して、私が私であるのに他者になり、そこにいる私の相手がそこにはいない三人目となり、タチアナがそこにいながら私はロルを愛しているような、ロルは麦畑に身を潜めていながら、私との性愛を受けとめているような、交歓の伝播というより存在の分裂という事態が起こってしまう。愛の極点において、自分であって、自分でなくなること。

「私は思い出す。彼女〔タチアナ〕が髪の世話にかかりきっているあいだに男がそばに来て、かがみこみ、やわらかで量のある髪の中に顔をうずめ、接吻し、彼女のほうは髪をもちあげつづけ、彼のすることには構わずにつづけ、それから放すのだ。ふたりの姿はかなりながいあいだ窓枠から消える」（平岡篤頼訳）

語っているのは私だ。タチアナのそばに来る男もじつは私＝ジャック・ホールドだ。そのとき、語る私が自分を男として思いだしている、という説明は成り立つ。しかし「窓枠」から消える「ふたり」を見ているのは、窓の外のロルである。そのロルには見えないはずの自分（私）を男と見るのは、いわば見えていないロルの視点でもある。私は語りながら、ときどき他者の視点で自分をみる。視点と語りの分離。見る主体と語る主体の分離、と言えばわかりやすいか。語りのなかの操作（私は自分を男と呼ぶ、といった）ではなく、語り手の位置と視点がずれているのだ。そしてこの分離を、存在の分離としても書いたところに、デュラス流の愛のかたちが際立つ。（芳川）

る。そのときわたしたちはロル・V・シュタインの、存在の微熱に冒されている。彼女はいつも、彼方を見る女。彼方からの声に呼ばれて、静かに振れ＝狂れている。振動しているデュラスの文章は、わたしたちの、合わせたばかりのチューニングを狂わせる。そこにデュラスを読む快楽がある。（小）

『ロル・V・シュタインの歓喜』平岡篤頼訳（河出書房新社）

［情念の炎に身をこがして］

蜘蛛女のキス

El Beso De La Mujer Araña (1976)

マニュエル・プイグ

Manuel Puig
(1932-1990)
アルゼンチンの小説家。当初、映画監督を目指したが挫折、代表作に『リタ・ヘイワースの背信』『赤い唇』『ブエノスアイレス事件』等。73年に亡命。『蜘蛛女のキス』『このページを読む者に永遠の呪いあれ』等を発表。メキシコでエイズにより死す。

語りの余熱

冒頭から、声が聴こえる。誰が話しているのか。ここはどこなのか。最初はまるでわからない。映画の始まりのようだ。観ていりゃ、そのうちわかるよというように、読んでいると次第に明らかになってくる。ここは監房。二人の男がいる。一人はゲイの猥褻囚・モリーナ。もう一人は、社会主義者の政治犯・バレンティン。モリーナが、過去に観た映画のストーリーを、バレンティンに語っているのである。実はモリーナは所長とある取引をしていて、バレンティンから情報をうまく引き出せば、刑務所から出してやると言われている。ところが、当人がバレンティンに惚れてしまい、役目との間で葛藤することに。

物語を牽引するのは、ひとえにモリーナの語りだ。言葉だけで映画を上映する。このことが、なぜに切なさを広げるのか。実際に上映されたわけではないのだから、それは「幻」。いわば「無の映画」である。しかし二人はこの映画を媒介にして、確かに何かを分けあっ

”私も一言

本書には物語への強い意志がある。未成年への猥褻罪で服役中のモリーナと、社会変革を目指している政治犯のバレンティ

た。相手が子供でなく大人という違いだけで、絵本の読み聞かせと似ているかもしれない。モリーナの語りには、聴き手の想像力を育む力があり、まさに母が子に対して抱くような、見返りを求めない愛情が介在している。モリーナは、「女」より、いっそ「母」なのだ。

　最後、モルヒネが効いてきて頭のなかが次第に混濁していくなか、いみじくもバレンティンは思う。「あいつ（モリーナ）に毎晩、子守唄みたいに、映画の話を聞かせてもらう癖がついちまったから（ブタ箱の中じゃもう眠れない）」と。モリーナの語りが結末を迎えるときも、「おれが淋しいのは、登場人物に情が移ってしまったからなんだ、そして今映画は終わった、だからさ、みんな死んだようなものなんだよ」などと言う。ここは映画でなく、人間の「生涯」に触った感じのする場面だ。わたしたちの生もまた、粛々と上映される「無の映画」と言っていいかもしれない。

　思想も教養の度合いも何もかもが違う彼らの、共通点は「男」であり「囚人」であり、純粋で繊細な「弱さ」を持っているということ。二人は結局、権力に押しつぶされるように滅びていくけれど、モリーナの語りが、モリーナが消えた後も、「幻の声の記憶」としてわたしたちのなかに残るように、二人の間に育まれた愛情も、本を開くたび、監房の壁に映ったストーブの炎の影のように、読者の胸にゆらめきたつだろう。

　本書の構成は案外複雑で、バレンティンの寝言のような夢の独白や、同性愛についての学術研究の羅列、フロイト理論をめぐる、かなりの長さの注なども付けられていて、読者を大いに戸惑わせる。だがこの複雑な凸凹こそ、南米文学の手触りといっていい。原色に彩られたイメージが、読み手の想像力にダイレクトに訴えかける。

（小池）

ン。二人は獄房で孤独を分かつうちに、愛し合うようになる。この落差がいい。釈放されたモリーナは秘密警察に尾行され、口封じにゲリラ側から銃で撃たれてしまう。物語らしい展開もあって、拷問を受けたバレンティンが、かつて愛した女ゲリラの夢をみるところが泣かせる。（芳）

『蜘蛛女のキス』野谷文昭訳（集英社文庫）

［情念の炎に身をこがして］

千年の愉楽 (1982)

中上健次

反復という換喩的《メトニミック》な殺害方法

中上健次ほど、血を小説的な意匠とする作家はいない。『千年の愉楽』の全六篇では、最後に判で押したように「中本の血」が流され、一族の若者がつぎつぎと死をむかえる。「半蔵の鳥」では、「半蔵は二十五のその歳」で「怨んだ男に背後から刺され」死ぬ。そして最後に「流れ出てしまったのは中本の血だった」とある。「六道の辻」では、「三好が死ん」で「雨が降りつづけ」、オリュウノオバは「その雨が、中本の血に生まれたこの世の者でない者が早死にして天にもどって一つの世界を償い浄め」たのだと思う。「天狗の松」では、「文彦」は「四月の御釈迦様の生まれた日に路地の松に首をくくって死」に、「中本の血でも変わったところのある」「異類と通じた果てに生まれたような不思議な子」だったとオリュウノオバは思う。「天人五衰」では、「オリエントの康」が死に、「また一人、この世から中本の一統の若衆の命を取る事で血の澱んだ中本の血につぐないをさせた」と

Nakagami Kenji
(1946-1992)
和歌山県出身。高校を卒業後、上京して同人誌「文芸首都」に参加、肉体労働に従事しながら小説を書く。「十九歳の地図」などで3年連続芥川賞候補となり、「岬」で戦後生まれ初の受賞。紀州を舞台にした血族の物語「枯木灘」など。

”私も一言

本作をふくめ、『枯木灘』、『日輪の翼』、『地の果て　至上の時』でも、冒頭のシーンに必ず「夏芙蓉」の甘く官能的な匂いが漂

ある。「ラプラタ綺譚」では、「新一郎」が「仏壇の前にひれふすようにして倒れて死んでいる」が、やはり最後の文は「中本の高貴な穢れた血が浄められた」で終わる。

しかし最後の「カンナカムイの翼」だけは、事情が異なる。「達男」はたしかに死ぬ。最後に「中本の高貴な澱んだ血が仏の罰を一つ消し」、オリュウノオバは「ふくろうの鳴いた夜に生れた達男らしい人生だと胸中でつぶや」くのだが、実は最後の場面で「達男」を騙るのは、彼と同行したアイヌの「若い衆」であり、その「若い衆」は「達男」ではないとオリュウノオバは見抜いていて、だから中本の血はこの小説の最後では流れない。

このことに中上健次が無自覚だったはずはない。一つの仮説だが、中上健次はこの小説で、自ら最も意識した先輩作家と言っている三島由紀夫（の『豊饒の海』）を書き換えようとしたのではないのか。つまり三島の最後の代表作を殺害し、否定しようとした。その一端は「天人五衰」という篇題にも現れている。これこそ『豊饒の海』の最終巻と同じタイトルなのだから。その巻では、透という若者が第一巻の松枝清顕の輪廻転生の果てにある若者ではないことが、ついに露呈する。同じ最終巻にある小さな傷。三島にあっては、小説を輪廻転生という思想が食い破ってしまうのに対し、中上は、この輪廻転生を「中本の血」で受け止める。しかも時系列を狂わせるように若者たちの死を語りながら、この血を換喩的に繁茂させ、三島を超えるのだ。若者の死を見つめつづけるオリュウノオバは、さしずめ『豊饒の海』で輪廻転生を見つめつづける本多と言ったところか。中本の血の流出を「反復的に《メトニミック》」語ることによって、輪廻の時系列の垂直的＝隠喩的な連係が断たれる。「中本の血」は三島の輪廻転生を小説的に否定するための装置なのである。

（芳川）

う。面白いことに、白い槿《むくげ》のイメージに重なるものの、植物学的に正確な対応を示す花はない。だからこそ、作品を通底する「聖なる花」として象徴性を帯び、故郷熊野の〈路地〉と呼ぶ神話的な空間の物語群をひそかに支えているのかもしれない。（中）

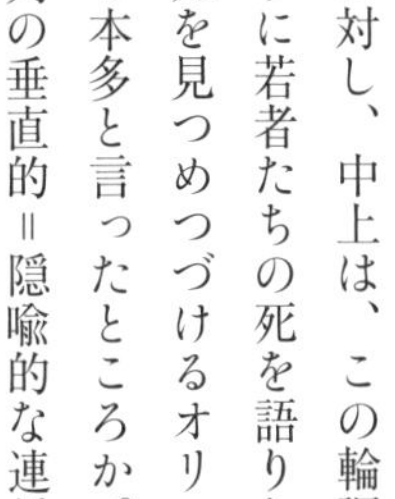

『千年の愉楽』（河出文庫）

［家族の肖像］

楡家の人びと（1964）

北杜夫

歴史と一家の没落のゆるやかな流れ

「この小説の出現によって、日本文学は真に市民的な作品をはじめて持ち、小説というものの正統性《オーソドクシー》を証明するのは、その市民性に他ならないことを学んだといえる」と激賞したのは三島由紀夫である。作者は「とうの昔に、この作品は仮題を付されて、私の創作ノートに載っていた」と言っている。明治期から昭和の戦後までの歴史が、脳病院を通して見事に見えてくる。文庫本で全三冊だが、読むのが苦にならない文体だ。

斉藤茂吉が養子にして婿というかたちで二代目となった青山脳病院。そこをモデルにした楡脳病院。「楡病院の裏手にある賄場《まかないば》は昼《ひる》餉《げ》の支度に大童《おおわらわ》であった」とはじまる第一部は、脳病院の基礎を築き、代議士にまでなった基一郎の活躍する明治期の華やかだが波乱に満ちた様が描かれている。

この基一郎はなかなかの名医で、大仰で、芝居がかっていて、はったりもきかせること

Kita Morio
(1927-2011)
歌人斎藤茂吉の次男として東京に生まれる。精神科医のかたわら、水産庁調査船での船医体験をユーモアたっぷりに描いた「どくとるマンボウ航海記」が好評を博す。「夜と霧の隅で」で芥川賞受賞。

”私も一言

作中で、龍子は基一郎に「お前が男だったらな」と嘆息させる才智たくましい「巫女」のような存在としてとりわけ魅力を

のできるカリスマ的な人物だ。それをまともに受け継いだのが、長女の龍子であり、轍吉（茂吉）の妻である。その轍吉が留学先から船舶での帰途、脳病院の焼失の報にふれる。大震災の直後である。そして「楡基一郎が六十三歳で唐突に（…）たやすく世を去った年の十二月、大正天皇が歿し、年号は昭和と改められた」で第一部が閉じる。

　私が好きなのは、基一郎の次男米国《よねくに》が活躍する第三部である。「昭和十七年の夏の初め、じっとしていても汗の滲むある日の午《ひる》さがり、松原の楡脳病科病院本院の裏手、農場の一隅にある梨園の材木の上に、二人の男が腰を下ろしていた」とあるうちの一人が米国である。本人は死病にとりつかれていると思っているが、健康な男で、彼が「千葉の鉄道第一連隊へ入隊し」た日に、「病気の者、前に出ろ！」と言われ、「脊髄性進行性筋萎縮症」と答える場面は抱腹絶倒で、あっさり軍医に「なんでもないじゃないか！」と喝破される。

　轍吉の長男の峻一にしても、九死に一生を得て戦争からもどってくるが、その肥満した身体をもてあましているだけで、埒が明かない。周二（これが北杜夫らしい）も、高校も医専も落ちてのらくらしており、空襲で消失した脳病院を立て直そうという気概はみられない。

　それがあるのは基一郎の長女・龍子のみだが、その思いが空回りしてゆく。彼女は器量よしに生まれた娘の藍子に立派な医者の婿を迎えたいのだが、藍子の顔には、傷跡の痣《あざ》が赤紫色に変色して、はっきりと残っている。「もういい家には嫁にやれまい」という龍子のセリフが、まるでその傷跡が脳病院の没落の痕跡とシンクロするように響く。（芳川）

放つ。しかし思い込みが強いか、だらしないか、虚弱かといった歴代のダメな男たちの可笑しさで物語は動く。北杜夫とおぼしきサエナイ人物が登場すると、さらにぐっと目を凝らしてしまう。私はこの作家のユーモアをこよなく愛する者だが、〈どくとるマンボウ〉シリーズも不滅の笑撃の書だ。（中）

『楡家の人びと』（新潮文庫）

［家族の肖像］

木馬の勝者

'The Rocking-Horse Winner' (1926)

David Herbert Lawrence
(1885-1930)
イギリスの小説家・詩人・評論家。父は炭鉱夫で教育のある上昇志向の強い母に溺愛されて育った。大学の恩師の妻フリーダと駆落結婚し、各地を放浪しながら、多くの作品を発表。小説『息子と恋人』『虹』、評論『黙示録論』など。

D・H・ロレンス

恐ろしいほどに今の家族の姿を映している

亡霊に取り憑かれた家族の物語だ。はたしてどのような亡霊だったのか、それがこの小説の中心に居座る、まことに厄介な問題となる。

一家は庭つきの快適な邸に住んでいる。中年夫婦の暮らしぶりは派手で、趣味も贅沢。だからいつも金銭的な不安にかられている。会社員の夫は出世コースを歩んでいるとは言い難い。子どもは、男の子が一人、女の子が二人。しかし母親は子どもたちにとりたてて愛情を感じているわけではない。子どもを相手にすると、心の芯にこわばりを感じてしまう。それでも態度だけは取り繕っているので、母としての評判は悪くない。

住み込みの使用人まで雇っているのだから、一家が貧乏なはずはない。しかしいつも生活は逼迫《ひっぱく》している。贅沢でありながら貧乏を余儀なくされているという奇妙な思いにたえず付きまとわれているのだ。「モットオ金ガ、ナクチャイケナイ、モットオ金ヲ、モット

”私も一言

言葉でなく、親の表情や身体から発せられる無言の情報を、それが負のものであればなおさら、子供は深く受け止める。自

…」といつしか家中に無言の声が充満し始める。うちは、どうして貧乏なの、という息子のポールの質問に、パパに運がないからよ、母は答える。それならば、と息子はその「好運」探しを始める。これは母への求愛行動であることは言うまでもない。「好運」の探求の方法は超能力めいたかなり特異なものだ。子ども部屋で木馬を疾駆させ、一心不乱に熱中するなかで、競馬狂の庭師から聞いた情報をもとに、霊感でつぎつぎと競走馬を当てるようになる。天からのひらめきで得た巨額の金が、匿名の遠縁から母に届けられる。しかし、皮肉なことに、一家には新しい贅沢が加わり、「モットオ金ヲ」の囁き声は、ますます大きくなっていく。おまけに霊感もわかなくなり、少年は事の成り行きに怯え、最後の疾走に賭ける。熱病に罹ったように木馬を駆り立てる少年の姿は幽鬼じみているが、亡霊と呼ぶほどではない。実はこの小説のゴーストは、家にとりついている「囁《ささや》き声」なのだ。

この亡霊こそ、さまざまに姿を変えて、私たちの現代の家族に棲息しているものにちがいない。「一戸建ヲ、早ク欲シイ」とか「アノ学校ニゼッタイ合格シタイ」とか。肯定的な動機であろうと、退行的な負い目であろうと、家族の共有する願望や目標は、「囁き」の亡霊として、家族をひそかに呪縛し続ける。亡霊は家族の情緒的な結束を暗黙のうちに要請し、誰かファミリーの成員がそこからの離脱を図れば、家族解体の危機を招く。その意味で、家族という切実な感情の舞台は、きわめて政治的な場とも言える。だから、政治を欠いた家族小説はあり得ないし、おそらく相互の愛の感情の不安と駆け引きの錯綜する恋愛小説も「亡霊」の司る政治を表象しているのだ。それはロレンスの長編『息子と恋人』（主人公の名前は同じくポールだ）を読むだけでも判るにちがいない。（中村）

ら進んで傷を負うように。ここに描かれた不幸な家庭。裕福なのに「もっともっとお金がいる！」という囁き声に支配されている。愛の薄い母親は、お金と運とを結びつけ、夫を小馬鹿にするが、息子に伝染した狂信的情熱は、運の温床、賭け事に彼を向かわせ彼を死に至らしめる。怖い家庭小説。（小）

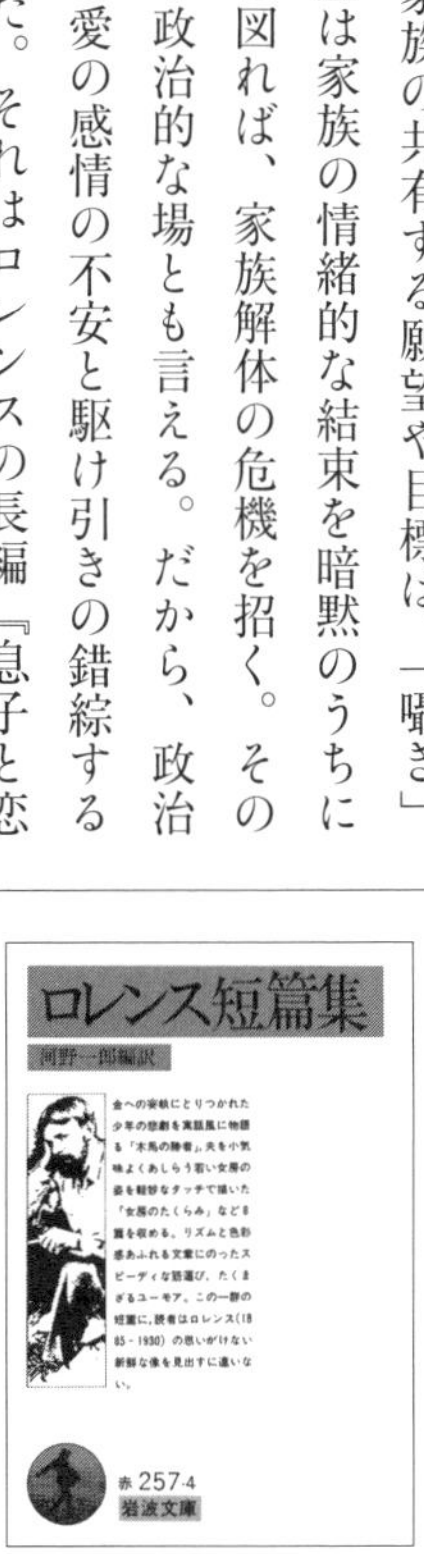

「木馬の勝者」河野一郎訳（岩波文庫『ロレンス短編集』所収）

[家族の肖像]

細雪 (1946-48)

谷崎潤一郎

危機の時代にこそ、心にしみる

何気なく過ごしていた日々の日常が、いかに掛け替えのないものであったか、ある断絶の意識におそわれたときに思い浮かぶ小説が、旧家の四姉妹を王朝絵巻のように描いた長編小説『細雪』だ。どうしてか？　ここには連綿たる語りで描きだされた深く分厚い〈日常〉の確かな感触と手ごたえがあるからである。しかも時局に抗するかのような姉妹たちの濃密な〈日常〉の物語は、第二次世界大戦中の〈戦時下〉で書かれ、軍部の弾圧にもかかわらず、ひそかに執筆が続けられて、戦後に改めて上巻から発表し直して刊行を見た。

『細雪』は大阪船場に暮らす蒔岡家・四姉妹の昭和十一年初夏から十六年四月までの五年間にわたる物語。姉妹の父は晩年には隠居して、家督を長女の鶴子に婿をとって譲り、次女の幸子も計理士の貞之助を婿に迎えて分家していた。三女の雪子は三十歳を過ぎているが、家名にふさわしい相手を望むあまり良縁にめぐまれていなかった。結婚がまとまら

Tanizaki Jun-ichiro
(1886-1965)
東京生まれ。関東大震災後、関西に移住した。若き日から晩年まで耽美的な作品や日本の古典的・伝統的な美に傾倒した旺盛な作家活動を続けた。代表作に、『刺青』『春琴抄』『痴人の愛』『鍵』など、『源氏物語』の現代語訳にも取り組んだ。

”私も一言

船場の商家のお嬢さんたちが話す言葉は、京都弁のようにまろやかで、あんな言葉で頼まれたのなら、たいていの男は殺人

ない別の理由は、五、六年前の新聞の誤報事件があった。四女の妙子は奔放な性格で、あるとき同じ船場の旧家の息子と駈け落ちし、新聞に載ってしまい、雪子が当事者として誤記された。何度か見合いの末に、雪子が三十五歳で結婚が決まるまでの経緯、それと妙子の丁稚あがりのカメラマンとの恋やバーテンダーとの愛と妊娠と死産の顛末など、このふたりの静と動の生活を中心に物語が進んでいく。

話の展開を統合しているのは幸子で、視点人物として物語を運んでいくが、しばしば間接話法的な語りで複数の視点を自在に混ぜこむ。そこがこの小説の語りの妙手と言える。作中の姉妹の発話は、折口信夫のようなネイティブの大阪人からみると、「宝塚歌劇団の座員用語」のような、「新しい大阪語」に感じられたらしい。したがって、『源氏物語』の現代への翻案とは別に、東京人の谷崎による上方文化の「翻訳」だと指摘する人もいる。ちなみに、春の花見、夏の蛍狩り、秋の月見、中巻の大洪水の場面も源氏に対応している。どの場面も感嘆のほかはない見事な描写で、たとえば姉妹が京都に花見に出かけた日の暮れどき、夕空にひろがる紅の雲を仰ぎ見てから、皆が一斉に賛嘆の声をあげる一瞬など。幸子の回想場面として描かれる蛍狩りの描写では、「来年もまた見られますように」という願いに重ねて、私たちは丹念にいつくしむように書かれた季節の年中行事をしみじみと味わうのだ。突然の病と体調の変化を含め人々の日々の暮らしの哀楽、今という時間の中に明滅する追憶の持つ人間的感情、そのひとつひとつが愛惜をこめて語りつがれ、日常的な生のミクロとマクロの情景を描ききった小説と言えよう。（中村）

だって厭わないかも。女の世界を支える些事や、そこに勃発する様々な事件が、着物の帯の鳴る音まで拾われて大切に描写されていく。風土を背負った日本人及び日本文化を、本気で見直してみたくなる絢爛な長編だ。かつてサイデンスティッカーが訳した本書の題名は *The Makioka Sisters*（小）

『細雪』（中公文庫〈**写真**〉／新潮文庫）

［家族の肖像］

死の棘 (1960)

島尾敏雄

契りのおそろしさ

夫の日記を読み、結婚以来の不貞を知った妻は、彼を責め続け、自ら狂気へと振れていく。昼夜の別なく続く諍《いさか》い。先に狂った者の勝ち、先に首を括って死んだ者の勝ち。そんな壮絶な夫婦の間には、入学前の幼い子供たち、伸一とマヤがいた。「私」＝トシオは作家の島尾敏雄、妻は『海辺の生と死』でも知られる島尾ミホ。怒濤の「私小説」である。

中心に置かれているのは、あくまでもトシオとミホのペア。かわって愛人は、「三角関係」というほどにも、その存在が打ち立てられていない。ミホには「あいつ」呼ばわりされ、トシオ自身、当たり前のように狂乱の妻の側に立ち、恋人とは別れるのだ。いなくなった妻を探し、「私」が恋人の家を尋ねる場面がある。「…あたしのこと、きらいになったのね」という恋人に、「きらいになったのじゃない」「すき？」「うん、すきだ」そう言ってから、自分でおどろき、涙がとめどなく出てきたと書いてある。確かに女を嫌いになっ

Shimao Toshio
(1917-1986)
横浜市生れの小説家。第二次大戦では特攻隊長として出撃寸前に終戦を迎えた。後半生では奄美大島に移住、南島論を展開、ヤポネシアという概念を考案した。本作の他『夢の中での日常』『出発は遂に訪れず』『日の移ろい』など。

私も一言

かつて、第十八震洋特攻隊長として、終戦時まで加計呂麻島で出撃命令を待っていた作者だが、『死の棘』の、妻に詰問さ

たわけではないだろう。しかしもう「私」は、好き嫌いで物事を分けてしまえる、単純で優しい世界に生きてはいない。トシオの生きる世界の支配者は、女王・ミホ。「狂気」とは、日常に生きる人々をなぎ倒して前進する、圧倒的な力なのだ。

「あなたさま、と言いなさい」とミホは夫に命令する。そんな夫婦のやりとりを読んでいると、家庭の一室が、「法廷」にも「演劇空間」にも見えてくる。二人して、「破滅に向かう夫婦」を演じているのではないか。それは一層、妻に顕著だ。いや、「狂気」が、「妻」を演じている。実際、発作を起こした彼女の口からは、いつもの妻とはまるで違う、憑依された怖しい言葉が、「せりふ」のような感触でほとばしり出る。

可哀想なのは、放置された子供たちだ。彼らは、夫婦という強烈な契の前に、小さな「脇役」として配置されている。伸一もマヤも、母の狂気をまっすぐに受けとめ、その透明な目で、「カテイノジジョウ」一切を見尽くして生きる。伸一は、「飼い猫だった玉のお墓が動き出し、玉が生きかえる」という、不思議な夢を見る子供だ。彼もまた、生と死とのはざまを揺らめく、青い炎（狂気）を宿した子供であったかもしれない。

取り憑かれた者たちが描かれている本作、妻の狂気を生み出した源には、小説を書くことに取り憑かれた夫の狂気も存在していた。「あなたの小説などどれひとつとしてにんげんの真実を描いていないじゃない。うすよごれたことばかりに細密描写をしているだけでしょ。だからいつまでもうだつがあがらないのだわ（以下略）……」妻によるこの創作批判には、至極まっとうな響きがある。狂者に通う真水の正気が、滝のように読者を直撃する。わたしのなかにもミホがいる。女の読者だったら、きっとそう思う。

（小池）

れる緊張状態の持続こそ、この特攻直前の緊張感の持続につながるのではないか、と私は秘かに思っている。ともに「負け戦」を承知でありながら逃げない。夫婦の家庭生活もまた修羅場という一種の戦線だからである。「私」は妻からの言葉の弾をあえて正面から浴びている。（芳）

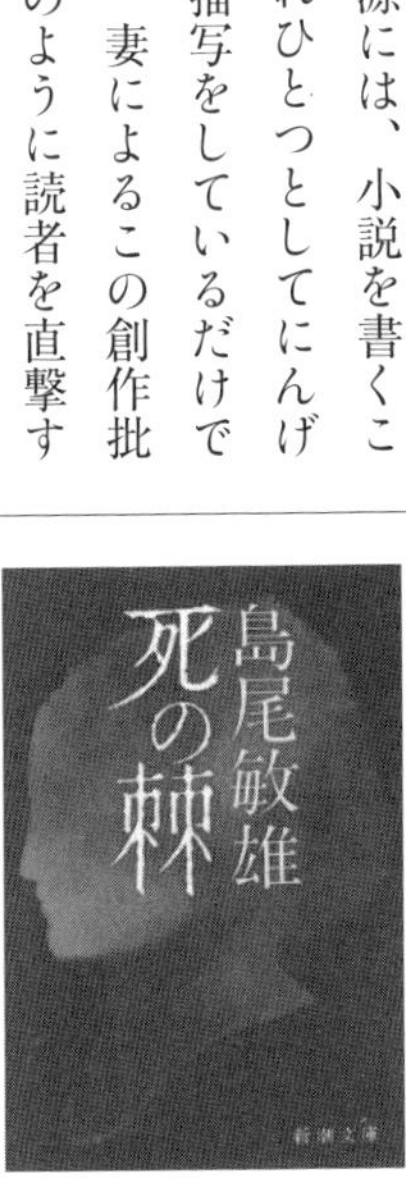

『死の棘』（新潮文庫）

抱擁家族（1965）

小島信夫

「喜劇」と思うくらいでなくちゃだめ

Kojima Nobuo
（1915-2006）
岐阜出身の小説家・評論家。『小銃』で注目され、『アメリカン・スクール』で芥川賞受賞。初期にはいわゆる「第3の新人」と呼ばれたが、私小説に奔放な語りの前衛性が融合した独自の作風を持つ。ほかに『別れる理由』など。

「三輪俊介はいつものように思った。家政婦のみちよが来るようになってからこの家は汚《よご》れはじめた、と」（冒頭の一節）。大学講師兼翻訳家の三輪俊介は、妻の時子と子どもの良一、ノリ子の四人暮らし。部屋の「汚れ」が暗示するように、家族にはかすかな変調が兆《きざ》している。こうして始まった小説は、良一の家出に続き、「こんどはノリ子が……」と俊介が懸念する場面で終わるのだが、はたしてこの家族に何が起こったのか？

俊介が所用から帰宅すると、みちよから時子が若いアメリカ兵ジョージと関係したことを知らされる。ここに、代表作「アメリカン・スクール」にもつながる〈アメリカ〉に翻弄される戦後日本人の屈折した関係意識を読み取る評者もいる。妻の不倫を知って、怒りを向けるものの、庭をぼんやり眺めながら、自分には「所有物に対する情熱が欠けている」と思う。時子から、こんなことぐらい、「喜劇」と思うくらいでなくちゃだめじゃな

”私も一言

文学史的には、これは第二次大戦後を代表する小説である。江藤淳の批評も与《あずか》っているだろうが、私見では、登場する建

い、あなたは外国文学にくわしいのだから、と逆にたしなめられる。「悲劇のように考えるのは、もう古いわよ」というわけだ。その後、時子から急に家の新築の提案がある。新しい家はガラス張りでバス・タブとトイレが一緒のアメリカ風であることが皮肉だ。ところが時子は乳癌が発症し、入院生活を送る事態になる。俊介は若い妻への買い物でもするかのような錯覚をして、ピンクのネグリジェなどを求めてきたりする。やがて時子の死。「私は妻に死なれた男です」と道を歩きながら、夫は誰にともなく呼びかける。家庭再建と一家団欒のために造った家。そこを良一は出たいという。家には「主婦」がいなければならない。俊介は新しい妻を狂ったように探しはじめるのだが……。

小島信夫をめぐる評論（『未完の小島信夫』水声社）で指摘したことなのだが、この小説には初版のみならず全集までも、単純とも重大とも言える校正上の事故がある。冒頭に引用した書き出しに続く一文「そして最近とくに汚れている、と」が脱落しているのだ。この文は、いわば英語の現在完了形の時間的な内実を持っている。私はいわゆる学校英文法を尊重する人間なのであえて書くが、この時制は過去に生起した出来事が現在まで影響関係を維持し、何らかの結果も今にもたらしていることを含意している。『抱擁家族』は現在完了の小説なのだ、と私は思う。刻々と時間は過ぎ、過去へ流れていくはずなのに、〈今〉という時間が沸き立っている。解決を拒む不如意と不穏なものが現在の時間のなかに棲息し蠢《うごめ》いている。俊介は家庭を修復するために、それらとの滑稽で無様な奮闘を強いられる。このオカシサ（と小島信夫はよくカタカナ表記する）こそ、絶妙にオカシイ。まさしく「喜劇」において表現しえた家族の実相なのだ。

（中村）

物の斬新さと不具合が、そこに住む人間関係の寓意になっていて、その意味で、家族と家をつなぐ家政婦のみちよの重要性が際立つ。みちよが家政婦に来てから、家が汚れたように思う主人公の直観は、人間関係と家という構造の抜き差しならない関係をはらんでいる。（芳）

『抱擁家族』（講談社文芸文庫）

野火
（1952）

Ooka Shohei
（1909-1988）
明治42年東京生まれ。自らの兵士体験を元にした「俘虜記」で作家の地位を確立。一貫して戦争と人間性の関係を追求した戦記文学を書く。「レイテ戦記」はその総決算。また「武蔵野夫人」など恋愛小説の傑作も残した。

大岡昇平

徴候について「私」はどうして狂人となるのか？

学生のころ『野火』を読んで以来、どうして田村一等兵こと「私」が最後に「狂人」として姿を現すのか、謎だった。そして今度再読してみて、その謎が自分なりに氷解した。

「人生に起こる出来事は偶然の寄せ集め」だが、「文学では或る作品で一度何かが起これば、もうその作品はそれが起こったことの結果から逃れることが出来ない」と大岡昇平は言った、と吉田健一は新潮文庫の解説で書いている。肺病を再発し、所属の中隊から病院（患者収容所）に追いやられ、病院からも治癒の名の下に追い払われた一等兵は、孤独な敗走兵となってレイテ島を彷徨する。これが、小説として最初に起こしてしまった「何か」であり、その「結果」は、偶然の展開のように見えて、すべては作者の思惑のなかにある。作者の思惑の最たるものが、小説の主題ということだろう。何をどのように起こしてゆけば、主題を主題と見せずに小説の展開に託せるのか。『野火』の最大の主題は、私

”私も一言

レイテ島の熱帯雨林のなかで、「私」は一体何を食べたか。草を食べた。自分を食う「山蛭」を食べた。奪った塩をなめた。

見では、極限状況でいかにして神の顕現は可能なのか、である。だからこそ、「私」は偶然見えた十字架に引き寄せられたのだ。あるいは、敗残兵の行う人肉食いを目撃したのだ。

　これに立ち会った「私」は、自ら飢えているにもかかわらず、胃液だけを吐いて、その殺戮に「怒り」を覚える。そしてこの「怒り」こそが、神の顕現の「徴候」になり得ないかと「私」は感じる。「そしてもし、この時、私が吐き怒ることが出来るとすれば、私はもう人間ではない。天使である。私は神の怒りを代行しなければならぬ」と考える。

「神の怒りの代行」は、人肉食い兵の殺戮という形をとることになるが、もしこれで狂わなければ、「私」は神の代理を気どった単なる敗残兵殺しになり、しかもそのことに気づいてさえいないことになる。そのとき「私はもう人間ではない」という言葉は、「私」が単なる自覚のない「狂人」であることを意味してしまうのだ。「徴候」に近づくためには、「私」は「狂人」とならなければいけない。しかも「狂人」でありながら、そのことに自覚的でもなければならない。そもそも神しか、殺人を犯した「私」を許すものがないのだから、神が殺戮の場に顕現したのかどうかが、「私」にとっては重要な問題となる。

「私」は背後からゲリラに「後頭部」を打たれ、捕えられ、その結果、敵に救われるのだが、それは「野火」を見つけて、そこに誘われたからだ。この「野火」が神の誘いの「徴候」なら、「私」は神によって誘われ救われたことになるが、それは分からないままだ。「野火」は、フィリピン人がその近くにいることの「徴候」にはなり得ても、神がそこにいることの「徴候」にはなり得ない。「野火」が絶えず小説に現れ、まるで何かの「徴候」でもあり「徴候」でもないかのように立ち昇るのは、まさにそのためである。（芳川）

「永松」が言うところの「猿の肉」と称する肉も食った。うまかった。彼はそれを食べた。臀肉を失った屍体を見て、肉をえぐったのは誰かと思い、次の瞬間には自分の内にその誰かを見つけた彼。蝿にたかられた死ぬ間際の兵士は、ここを食べてもいいよと自分の肉を叩く。神はどこにいるのか。彼の左手に？（小）

『野火』（新潮文庫）

［いのちの根源を見つめて］

楢山節考 (1956)

深沢七郎

Fukazawa Shichiro
(1914-1987)
山梨県出身の小説家。本作で注目されたが、1960年発表の『風流夢譚』が皇室を侮辱していると、版元の中央公論社社長宅が襲撃される嶋中事件がおき、3年間各地を放浪した。代表作に『東北の神武たち』『笛吹川』『みちのくの人形たち』など。

雪降る山の中

信州の貧しい山村。老人は、七十になったら山へ行くことになっている。おりんばあさんもずっと前から、花見にでも行くようにそのための準備をしていた。振舞酒も筵《むしろ》も作った。息子・辰平には、玉という後家さんの後添えも決まった。もう心配の種はない。ただ、自分の、丈夫すぎる歯が恥ずかしい。それでいよいよとなったとき、石臼にぶつけて歯を壊した。血だらけの口から出てきた歯。「なーんだ二本だけか」。若い者に迷惑をかけられない、早く死んでしまいたい、というような、根の暗い心情はここにない。しん、とする。読んでいると、腹のなかが妙に澄み渡ってくる。

最初は、むごいと思って読んだ。それからだんだんと疑問がわいた。おりんばあさんは実にりっぱだ。けれど本当の本当のところの気持ちはどうなのか。なかには銭屋の又やんのようなヒトもいた。この老人は山へ行くのが嫌で、ぐずぐずしていて、いよいよとなっ

”私も一言

なるほど雪のシーンのすごさ。作中に雪を降らせて、これほど恐ろしいまでに清澄感のみなぎる小説はない。私が胸を衝

たときも縄を食い切って逃げ出し、わあわあ泣いて、最後は倅に背負われ、七谷という地獄のように深い谷から谷底へころがされた。往生際のとことん悪い又やん。でもわかる。馬鹿な奴だとおりんも思うのだけれども、同じ時期、山へ行くのだから、その「馬鹿」には、言葉の意味以上の何かが響いている。

動揺の微塵もないおりんに比べると、辰平や嫁の玉やんには親を捨てる哀しみと迷いがあった。おりんを置き去りにした後、前からおりんが言っていたように空から雪が降ってきた。辰平はそのことをおりんに告げたいがために、禁を犯して引き返す。「おっかあ雪が降ってきたよう」→「おっかあ、寒いだろうなあ」→「おっかあ、雪が降って運がいいなあ」。次第に移ろっていく辰平のせりふ。現世の濁りが浄化されていく過程を見るようだ。

随所に陽気な「歌」が出てくるけれど、内容は掛け値なしに残酷な真実である。そこに「作者」というものは存在しない。最初は誰か一人が歌い始めたのだろうが、いつのまにか、無名の声の束となって歌い継がれた。ちなみにこの村では苗字で人を呼ぶこともなく、おりんの家は、家の前に、皆が腰を下ろしていく欅《けやき》の根の切り株があるものだから、「根っこ」と呼ばれ、同じように、前に雷が落ちた松の大木がある家は、「焼松」というのである。愉快になるくらい、「個人」というものが踏み潰されている世界。人間はみな、無名の者として、このように生きて死ぬ。しみあとすら残さずに。焦げた丸太のようなその認識につきあたったとき、「人間救済」の文字が浮かんだ。『楢山節考』はお経ではないか？　わたしには、ここに書き付けられた文字が、次第に、木の椀のへりについた、貴重な米粒、ひとつぶ、ひとつぶに見えてきたのである。

（小池）

かれたのは、おりんを山に捨てて帰った辰平が、家の戸口に立ってそっと子どもたちのうたう伝承歌「蟹の唄」を聞く場面。その昔、捨てたはずの老婆が這って帰ったが、家族は「蟹のようだ」と言って戸を開けなかったといういわれを持つ。子どもらの唄を聞き、辰平は事情をすでに承知しているだろうと安堵するのだが……。（中）

『楢山節考』（新潮文庫）

フランケンシュタイン

Frankenstein or The Modern Prometheus (1818,1831)

メアリ・シェリー

Mary Shelley
(1797-1851)
政治評論家でアナキズムの先駆者ウィリアム・ゴッドウィンを父に、社会思想家でフェミニズムの先駆者メアリ・ウルストンクラフトを母に生まれる。詩人のパーシー・シェリーは夫。代表作に、本書の他、未来小説『最後の人間』など。

つねに現在と未来の物語でありつづける怪奇小説

フランケンシュタインと聞けば、良くも悪くも決定的なイメージとして定着してしまっている、例のハリウッド映画でボリス・カーロフが演じた怪物（モンスター）の醜貌を思い起こすかもしれない。フランケンシュタインが怪物自身の名称と思うのは、世間一般に行きわたっている誤解で、怪物の創造主ヴィクター・フランケンシュタイン、スイスのジュネーヴの若き天才的科学者を指す。

メアリ・シェリーはこの小説を何歳のときに書いたか？

十九歳である。夫のロマン派の詩人Ｐ・Ｂ・シェリーやバイロンらとジュネーヴのレマン湖畔に滞在中、怪談作りを競いあったことから着想を得たという。

では、どのような物語か。フランケンシュタインは、科学者として生命創造の神秘に強い探究心を持ち、複数の死体の部位を集めて人造人間をつくることに成功する。しかし、

”私も一言

この小説が最初に書かれた年代を確認して、私はあらためて驚く。内容の新しさのため、とても十九世紀前半に書かれた小

怪物のあまりの醜さに恐れをなして逃げ出す。怪物は放浪の末、スイスの村に住みつき、貧しく静かに暮らすド・レイシー一家をひそかに観察しながら、人々の心の交わりの姿を知り、言語と知性を獲得し、人間的な感情に目覚める。怪物はフランケンシュタインに妻を創ることを懇願するが、拒否に会う。この後、怒りと憎悪の復讐劇が、アルプスの氷河や北極へとダイナミックな移動の軌跡を描いて展開されていく……。

　この小説はそうした旅の物語として、風景表象にも清新な魅力を放つが、方法的にも斬新な三層の語りの構造（入れ子構造）を持っている。北極探検に向かう船長ウォルトンが姉にフランケンシュタインの波乱の人生を伝え、そのウォルトンの手紙の中に、フランケンシュタインの回想譚が組み込まれ、さらにその回想のなかに、怪物の語りが挿入されているのである。したがって、内部に物語を孕んだ妊婦のような姿をした小説だと指摘する人もいる。メアリの母ウルストンクラフトは女権論者として活躍した人だが、メアリを出産して後、産褥熱で亡くなった。この生誕の悲劇をメアリが意識しないはずはない。

　このSFの嚆矢《こうし》とも言われる小説の根源的テーマは生命創造であるが、まさしく〈人工生命〉の問題領域は今日、そして明日へ及んでいる。コンピュータという外付けの頭脳に依存している一例からだけでも、私たちはみなモンスターであり、プロメテウスのように（ちなみにこの小説の副題は「現代のプロメテウス」）天上から火を盗み出しただけでなく、制御しがたい暴走するエネルギー装置を作ったことからすれば、フランケンシュタインなのだ。

（中村）

説とは思えないのだ。その一つ。主人公の科学者が墓を掘り起こして、複数の死体から人造人間をつくるプロセスは、どこか万能細胞から人体の各部位を再生するプロセスを連想させるではないか。そう読むと、ゴシック小説が近未来のSF小説としての姿を見せてくれる。（芳）

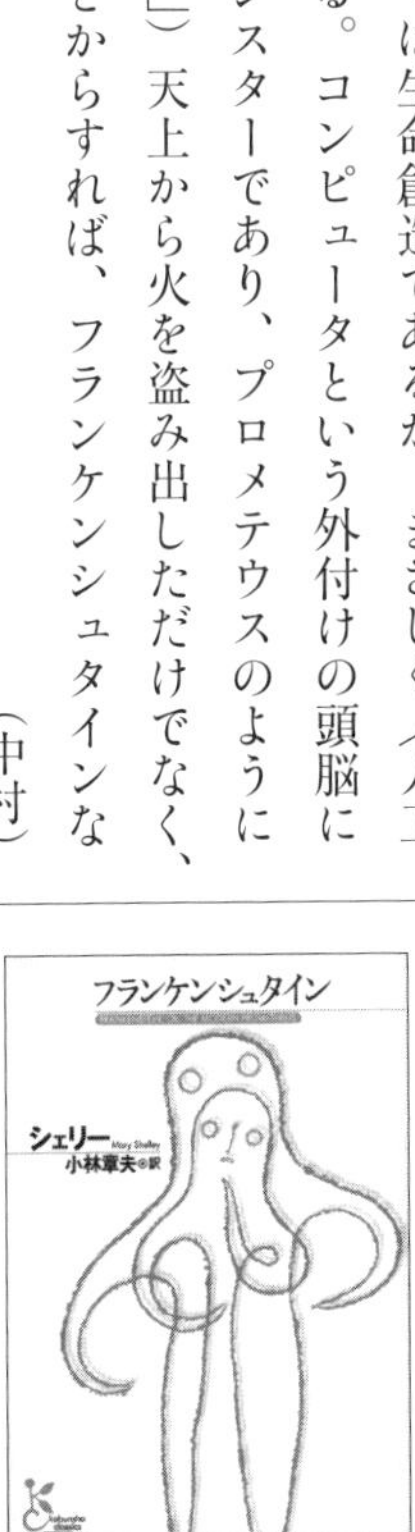

『フランケンシュタイン』小林章夫訳（光文社古典新訳文庫）、ほか。

高瀬舟 (1916)

森鷗外

殉死 vs 安楽死

中学三年の修学旅行で京都に行ったときだ。三条あたりだったろうか、鴨川と並ぶように流れる狭い水路をガイドが指して、「これが有名な高瀬川です」と言った。鷗外の『高瀬舟』を読んで抱いていたイメージと、目の前にした小さな流れがあまりに違うので、私は大いに驚いたのだった。ガイドの粗筋説明を聞いて、私は内心、安楽死なんてこの時代にひどく現実ばなれした話だな、と思ったように記憶している。

「高瀬舟は京都の高瀬川を上下する小舟である。徳川時代に京都の罪人が遠島を申し渡されると、本人の親類が牢屋敷へ呼び出されて、そこで暇乞いをすることを許された。それから罪人は高瀬舟に載せられて、大阪へ廻されることであった。それを護送するのは、京都町奉行の配下にいる同心で……」と、『高瀬舟』ははじまっている。

舟に乗せられた罪人は、悲嘆に暮れるはずなのに、「その額は晴やかで、目には微かな

Mori Ogai
(1862-1922)
津和野藩の藩医の家に生まれ医学校卒業後ドイツへ留学、帰国後は医学界・文学界の両方で活躍。「舞姫」「雁」「於母影」など。歴史小説に「阿部一族」「山椒大夫」「高瀬舟」、史伝「渋江抽斎」など。

”私も一言

水の上を舟に揺られて進む物語といえば、もう一編、人買い舟の出てくる「山椒大夫」を思い出す。どちらも肉親が運命に

かがやきがある」。この罪人の表情は、護送する同心の目に、明らかに異様なものとして映るし、その異様ぶりを、物語は際立てずにはおかない。その理由を尋ねられた喜助＝罪人の口から、やがて読者は、自殺をはかった弟の安楽死の幇助までも訊くことになる。

　この問題を「ひどく現実ばなれした話」と断じた中学生の私は、その四十年後に、これに現実問題として遭遇する。母親を看取ったからだ。深夜、母親の容体が急変し、緊急入院先の病院にかけつけた私は、酔いの醒めない頭で、一晩、その問題を考えつづけたのである。さらに、それと前後して、脳死と判定された際に臓器提供する意志があるかどうか、と訊かれたときも、同じように思い悩んだ。そのとき、瀕死の間際では誰も自分の死を権利として持っていないのだな、という当たり前の思いを深くした。たとえ植物状態になっても、親しい者を生かしておきたい、という思いも、安楽死の問題の裏面である。ましてや、親しい者の脳死を前にして、その臓器をだれか待ち望む人に提供するかどうかの判断は、まさにこの問題そのものであって、「ひどく現実ばなれした話」ではなく、医学が進歩した時代には、誰にとってもリアルな問題にほかならない。

　鷗外は『翁草』に着想を得たらしいが、そこには医者としての視点を抜きには考えられないものがある。そしてもう一つ。明治天皇の崩御（一九一二年）の二年後に新聞に連載された漱石の『こゝろ』が、乃木希典の殉死を抜きには考えられないとすれば、そのまた二年後に、安楽死をとりあげた『高瀬舟』を書く鷗外の視野のうちには、この殉死を主題にした小説の反響が残っていたのではないか？　殉死と比べるとき、安楽死の問題の射程の長さが際立つように思われる。（芳川）

切り裂かれる恐ろしくも哀しい物語だ。本作の喜助は弟殺しの罪で社会的に裁かれる。しかし抵抗せず言い訳せず罪を受け入れ、その姿勢が額を晴れやかにしている。わたしだって同じことをしたかもしれない。が、喜助が手をかけたその瞬間は、誰にも裁けない闇のなかだ。（小）

「高瀬舟」（新潮文庫、『山椒大夫・高瀬舟』所収）

阿Q正伝 (1923)

魯迅

Lǔ Xùn
(1881-1936)
中国の小説家・思想家。本名「周樹人」。当初は医学を志して来日するが、文学に転じ、帰国後『狂人日記』を刊行。『阿Q正伝』を含む小説集『吶喊』など、多くの小説や評論を発表し、中国近代文学の出発に大きな役割を果たした。

敗北の人生であるがゆえに不滅の人物像なのだ

魯迅の唯一の中編小説で、作品集『吶喊《とつかん》』に収録された。阿Qは定職がなく、独り身で決まった家もない。未荘《ウェイチュアン》の土地神様の祠に住み、臨時雇いの仕事で暮らしている。その阿Qの人生を滑稽味と悲哀をおびた自在な語りで描きだしていく。

阿Qは人々に愚弄されても意に介さない。自尊心が強く、独特の「精神的勝利法」があったのだ。たとえば、ハゲをからかわれて喧嘩になるのであるが、辮髪を押えられてあっさり負けてしまう。しかし彼は屈辱感ではなく、「勝利の凱歌」とともに去る。我こそ「自己軽蔑の第一人者」であり、この「自己軽蔑」を除いてしまえば、自分は「第一人者」ではないか、と。そうした阿Qは、働き先の女中に迫って顰蹙《ひんしゅく》をかったり、畑から大根を盗んで飢えをしのいだり、泥棒の見張り役で小銭をせしめ、一時的に村人の尊敬を得たこともあるものの、事態が大きく変わるのは、辛亥革命の勃発で革命党が入って来てか

”私も一言

実は、若い頃に読もうとして最後まで読めなかった作品。面白くなかったのだ。「藤野先生」「故郷」「野草」等には大いに心

らだ。村の旦那衆が慌てふためくのを見て、阿Qは革命党に「憧れ」をいだく。しかし、混乱に乗じて起こった略奪事件の犯人にでっちあげられ、あっさり銃殺刑になる。

屈辱的な敗者の現実を自家製の理屈で転倒させ、「精神的勝利法」によって事態をゆがめ、惰性的に生を送る。魯迅はこうした戯画化した愚者の勘違い人生を仄《ほの》かなユーモアで描く。詭弁に等しい言葉の操作で、敗北を優越感に転換してしまう、愚鈍な策士の生き方は、今にも通じるアイロニカルな問題を持っているかもしれない。

藤井省三による「解説」（光文社古典新訳文庫）は、竹内好を例とするこれまでの「土着化」した翻訳、すなわち判りやすい日本語に置き換える同化的な翻訳の問題点を指摘している。同時にまことに示唆的なことは、〈阿Q像〉の文学的系譜に言及していることだ。詳細は『魯迅――東アジアを生きる文学』（岩波新書）を読むべきであろうが、興味深い論述が見られる。阿Qは夏目漱石の『坊ちゃん』を原型としており、大江健三郎の『われらの時代』の南靖男や『取り替え子《チェンジリング》』から始まる三部作に共通する主人公の古義人《こぎと》は、「ポストモダンの終焉期を生きる老阿Q」なのだという。さらに、若いときから魯迅を愛読している村上春樹の「駄目になった王国」のQ氏、『ダンス・ダンス・ダンス』の五反田君は「虚像を演じるのに疲れた阿Q」であるという。

複雑のようなすこぶる単純なような、やっかいな負性を体現している阿Qのような登場人物の表象の系譜は、刺戟的な考察を促す（無為のアンチ・ヒーローと言うべきメルヴィルのバートルビーとかゴンチャロフのオブローモフと同じく）。作中の処刑された運命とは逆に、阿Qは不滅の人物像として生きながらえているのだ。

（中村）

が動かされた記憶があったから、あきらめられなくてこの機会に読んでみた。こんな書き方があったのだと思った。共感のできないあわれな阿Qを、魯迅はどんな思いで書いたのだろう。今度は魯迅への思いが湧いた。「絶望は虚妄だ、希望がそうであるように」（竹内好訳）。平成の今、再び魯迅を読みたい。（小）

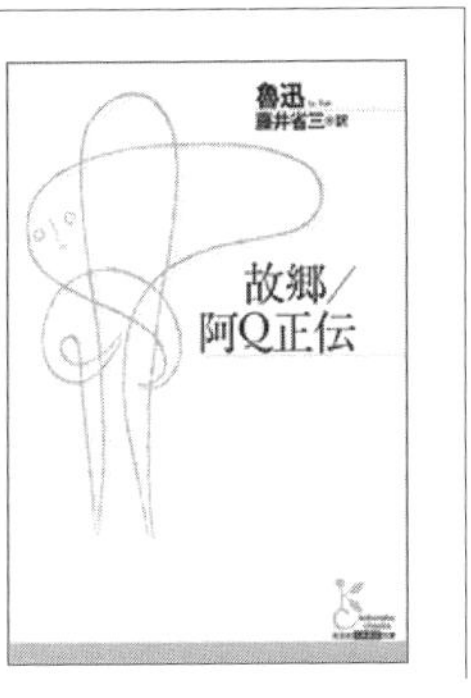

『故郷／阿Q正伝』藤井省三訳（光文社古典新訳文庫）〈**写真**〉／『阿Q正伝／狂人日記』竹内好訳（岩波文庫）／『阿Q正伝』増田渉訳（角川文庫）

人間の土地

Terre des Hommes (1939)

サン＝テグジュペリ

Antoine de Saint-Exupéry（1900-1944）
フランスの小説家・飛行家。飛行機乗りの経験を素材に、詩情ゆたかな作品を発表。『星の王子さま』は、世界中で愛読されている。他に『夜間飛行』『南方郵便機』など。終戦直前、戦闘機で飛び立ったまま行方を絶つ。

農夫が耕すのは、その鋤のためではない

どうにも二つの翻訳の間で引き裂かれている。一つは、みすず書房からのサン＝テグジュペリ・コレクションにおさめられた『人間の大地』（山崎庸一郎訳）であり、もう一つは新潮文庫『人間の土地』（堀口大學訳）だ。山崎庸一郎はサン＝テグジュペリの専門家であり、その理解に基づいた優れた翻訳であり、堀口大學は、訳詩集『月下の一群』でおなじみの詩人の手になるものだ。私が引き裂かれているのは、こちらが学生のときには、堀口訳しかなく、思い出はそちらに結びついているからだ。

私が本書の原文に初めて接したのは、大学二年のフランス語講読の時間だった。学生の達成度など、当時はお構いなしに、教師がテキストを決めていた。訳読中心だから、学生の多くが翻訳を参照していて、ちょっとでもフランス語について質問されると、みんな押し黙った。生意気だった私は平気で答えた。あまりに簡単な質問だったからで、前置詞

”私も一言

人をいかに勇気づけるかについて、何度となく拙文で引用してきた本作の逸話がある。サン＝テグジュペリは、初めてアフ

en の意味を訊かれたのだ。中性代名詞の en なら質問になるのに、この教師どうかしている。とにかく答えると、違う、「～のなかで」だと訂正された。堀口訳がそうだったのか。私は反論しなかったが、あきれてしまった。原文では動きを伴う動詞の後なのだから「位置」でなく「方向」を示すに決まっている。動詞によって「位置」を示す場合と「方向」を示す場合にわかれるくらい常識ではないか。以降、私はその教師を信頼しなくなった。いまではこちらも教師稼業なので、程度の差こそあれ、似たようなことはしているかもしれないのだが、本書とともに、その記憶がふきだしてしまった。

　本書は、そんな些末な話ではない。きわめて率直に、自身がリビア砂漠の境に近い奥地で遭難事故に遭った体験がそのまま語られていて、狭義の意味での小説の枠に収まらないからだ。それでも「アカデミー・フランセーズ小説大賞」を獲得している。『星の王子さま』が王子の言葉で語るとすれば、ここには生身の人間の言葉がある。砂漠に遭難し、死を覚悟しながら「都会にはすでに人間の生活はなくなっている」と断じた後、「航空のことなんか言っているのではない。飛行機は、目的ではなく、手段にしかすぎない。人が生命をかけるのは飛行機のためではない。農夫が耕すのは、けっして彼の鋤のためではないと同じように」（堀口訳）と明視している。人間が人間であることの意味を、どう全うするのか。そのことを、生と死の接する大空の飛行機のなかで、あるいは不時着した砂漠を彷徨うなかで、全うしてゆく小説でもあり、その過程そのものが作為のない物語になっている希有の書である。人生の後半に読むと身にしみてくる。ところで、学生だった私が質問された個所がどこだったのか、あらためて読み直したのに分からなかった。　（芳川）

リカへの飛行を命じられる。彼は不安を覚え、先輩飛行士ギヨメに不時着可能な場所への助言を求める。ところがギヨメはそのことに一切触れず、「奇妙な地理の授業」をする。不安は消えた。では、どのような教えであったか？　それを知るだけでも一読に値するので、ぜひページを開いてみてほしい。（中）

『人間の土地』堀口大學訳（新潮文庫）〈写真〉／『人間の大地』山崎庸一郎訳（みすず書房）

［いのちの根源を見つめて］

苦海浄土 (1969)

Ishimure Michiko
(1927-)
熊本県・天草出身の小説家・詩人。1958年に谷川雁の「サークル村」に参加、詩歌を中心に文学活動を始めた。処女作『苦海浄土』で第1回大宅壮一ノンフィクション賞にノミネートされたが、受賞辞退。『はにかみの国—石牟礼道子全詩集』など。

石牟礼道子

彷徨い出る言葉という魂

日本が、まさに高度成長の上り坂にさしかかった頃、チッソ水俣工場から流された廃液により、魚が汚染され、その魚を食した生き物や人間に、水銀中毒の症状が出た。手足がしびれ、言語に障碍が出て、やがて歩くこともできなくなる。本書に示された入院患者の所見には、犬吠様の叫声、硬直、狂躁状態などのむごい言葉が見える。社会問題としてこの病いをとらえるとき、それを書き記す言葉というのは、おおかたが、現実をありのままに伝えようとする「報道の言葉」である。会社・国対患者側というように、二者の対立を打ちたて、双方の言い分を検証する。しかしここで石牟礼道子がとった方法は、言葉の力、文学の力によって、むごい現実を切開し、全力で水俣を慰謝することだった。患者たちの、言葉以前の思いを言語化し、それ以前の世界が持っていた豊かさを、震えるように紙の上に呼び出す。この本でわたしたちは初めて知った。不知火海がとほうもない美しさに満ち

”私も一言

この作品にふれると、必ず一つの光景を思い出す。それは、かつての東京オリンピック前後の荒川である。まるで重金属を

ていたこと。汚染される前の幸福な水俣を。

石牟礼道子は、苦しみにある人々一人ひとりの内側に立ち、彼らの言葉を、体からにじみ出る、方言そのままに記述する。一部には、胎児性水俣病の子供らの記述がある。「ひとりで何年も寝ころがされている子たちのまなざしは、どのように思惟的な眸よりもさらに透視的」だと書いている。あの目が見たもの、記憶していたものが、本書の言葉を通して見えてくるような気がする。専用バスに乗って検診に行くことを拒否し続けた、野球少年・山中九平少年も忘れがたい。「いやばい、殺さるるもんね」。病院は患者を殺すのだと言い切った彼の絶望、そして生への意志。天草の漁婦、ゆき女の「きき書き」にしても、胸がかあっと痛くなる。感情移入をはるかに超え、痛みを共に痛み、憑依する。そうして、一部、二部、三部と書き継いだときには、四十年が経過していた。

賠償金をめぐる裁判闘争、チッソ本社前への座り込み。本書には生々しい闘いのあとも記述されているが、対立のはざまに織り込まれた、患者たちの胸の内は単純なものではない。自分たちは、「チッソの病いをかわって病んでいるのだ」という言葉を読んだとき、わたしははっと気がついた。もとよりこれはチッソだけの問題ではない。水俣病は、生きものの魂に傷をいれるようなやりかたで、前進し続けてきた日本という国の病いであり、わたしたち自身の病いにほかならない。魂が遊びに出て、一向に戻らぬ者のことを、熊本の言葉で「高漂浪（たかざれき）の癖のひっついた」などと言うらしい。石牟礼は、まさに自分がそれだと書いている。生死の際まで我が魂を吹き飛ばす、すぐれた感受性と忍耐力。小さな体から湧き出た言葉を、未来へと読み継ぎたい。

（小池）

流したような濃紺とも焦げ茶ともつかないどす黒い色をしていた。その川面が、チッソが廃液を垂れ流した海を連想させるからだ。そしていま、われわれはもう一つの廃液に直面している。福島第一発電所の放射能汚染水だ。過去だけでなく未来をも予言するような作品である。

（芳）

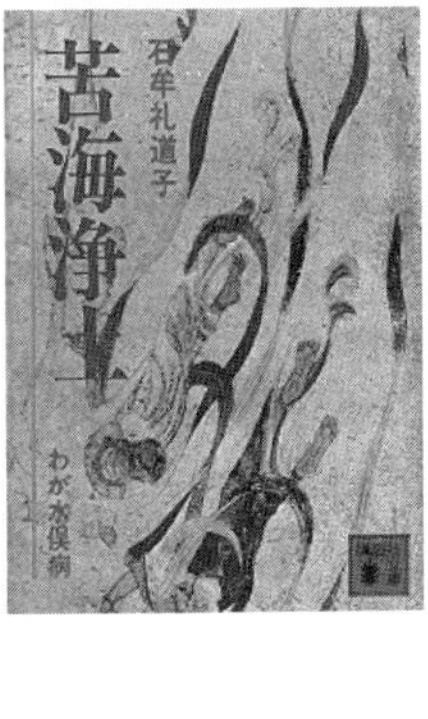

『苦海浄土―わが水俣病』（講談社文庫）
〈写真〉／池澤夏樹編『世界名作全集』Ⅲ-04

[いのちの根源を見つめて]

台風の眼 (1992)

日野啓三

生の濃密な時間を刻む記憶

日野啓三は、現代文明への深い思索と緊密な文体で知られた作家であるが、晩年の十年は腎臓癌の発症に始まる各部位への癌の転移に加え、脳出血など何度となく入退院を繰り返した。そうした中でも旺盛な創作活動をつづけ、抗癌剤治療による意識の混濁の経験ですらイメージ豊かな文体で生を凝視する多くの作品を残したが、幼児から半世紀におよぶ自伝的な記憶の情景を創造的に再編成した『台風の眼』は、その傑出した一作。

まれに自分が生まれたときの情景を記憶しているという人がいる。たとえば三島由紀夫(『仮面の告白』)、あるいは生まれる以前の暗闇まで記憶を辿ろうとする作家もいる(ナボコフ『記憶よ、語れ』)。日野啓三もまた「私は自分の受胎のときを覚えている」と書く。ただし「母親の卵細胞と父親の精細胞が出会ったときのことではない」。では、何か?

私が『台風の眼』を読むたびに心惹かれるのは、その「私と世界が共に誕生した」春の

Hino Keizo
(1929-2002)
東京出身の小説家。新聞社特派員としてのベトナム戦争経験を活かした作品「向こう側」でデビュー。『あの夕陽』で芥川賞受賞。代表作は都市幻想譚とも言うべき『夢の島』『抱擁』。批評家としても現代文明への深い洞察を示す仕事を残した。

”私も一言

作家が逝って十数年。この一冊が、また新たな日野ファンを生むだろうと思われる素晴らしい作品だ。内省的な文章が人生

盛りのある一日の出来事を伝えるエピソードだ。幼い日々の記憶のなかから取り出されたその話は、冴えた大気を肌に感ずるような思いを呼び起こす。

東京赤坂のある宏大な邸宅、晴れて穏やかな昼、山吹の花が満開で、甘味を帯びた匂いがあたりに漂っている。そこでは何十羽という孔雀が放し飼いになり、雄たちが金粉をまき散らすように華麗な羽を広げる。時間の意識はない。そのとき何をしていたのかの記憶も、その日より前の記憶も一切ない。要するに「私も世界も存在していなかったのだ」。

「天地の始まりのような」正午のサイレンがふいに鳴る。瞬間、時間の観念が生まれる。それどころか、家や家族に対する気持もそのとき生ずる。新鮮な驚きとともに空を見上げ、雲を眺める。光は天頂のあたりは白っぽいが、四方に下がってくるにつれて青みが増す。空色のゴム風船の内側のような感覚。すると急に気がつく。「地球が丸いとはこのことなのだ」と。この実感とともに、「〈わかったぞ〉というよろこびが、強く深く鮮やかに、私の全身に滲みとおった」のだ。「そのようにして、私たちは不意に世界のただ中に現れる」し、あるいは「世界がいきなり私たちのまわりに出現する」のである。私の誕生＝世界の誕生の瞬間が、澄みきった昂揚とも言うべき感情のなかで描かれる。

この小説は、読み手の意識に深く刻印される鮮烈な生の光景が緻密な描写と内省的な考察で展開されていく。たとえば、中学生になった「私」が京城の町で、ミミズクを空気銃で撃つシーン、ベトナム戦争時の新聞社の特派員として目撃したゲリラの青年の公開処刑のシーン。銃殺隊の兵士たちは、故意に狙いを外す。すると隊長が近づき、銃口を若者のこめかみに押し当てる……。

（中村）

の瞬間を鮮やかに切り開く。日野の本質には詩人がいるが、人間を見つめる目は懐の深い小説家のもの。朝鮮で経験した死者たちの結婚式、敗戦後の東京のバラック小屋、電線から滴る雨粒まで、今ここへ見えるように描き出す。実名こそ出てこないが、若き日の大岡信や佐野洋を思わせる人物も登場する。（小）

『台風の眼』(講談社文芸文庫)

指輪物語

The Lord of Rings (1954-55)

J・R・R・トールキン

〈廃棄〉のための長く困難な旅

二十世紀の長編ファンタジーの記念碑的な作品。邪悪な意志のこめられた魔力を持ち、所有する者を魅了し支配してしまう危険な「指輪」を滅びの山の火口へ投げ入れ、廃棄する使命を帯びた小人ホビット族のフロド、庭師サム、そして魔法使いガンダルフらの一行が、闇の勢力との死闘の続く長い困難な旅を行く。文献学者としての知見を駆使し、北欧神話、英雄伝承、中世ロマンス、聖書などをもとに、日常語から荘重な擬古文まで自在に駆使して創りあげた叙事詩的ファンタジーだ。『旅の仲間』、『二つの塔』、『王の帰還』の三部から成る。ピーター・ジャクソン監督の映画『ロード・オブ・ザ・リング』は多くの観客を動員し、ふたたび原作が注目されることになった。

「指輪」の象徴するものをめぐって多くの議論があるなかで、かつて核兵器になぞらえる例があった。どの作家であれ、こうした一義的な寓意に括《くく》る解釈を受け入れるはずはな

J.R.R.Tolkien
(1892-1973)
イギリスの作家、言語学者。南アフリカ生まれ。オックスフォード大学教授の職に就きながら、本作品と並ぶファンタジーの傑作『ナルニア物語』の作者C・S・ルイスらと文芸サークル「インクリングス」を結成し、たがいに物語を批評し合った。

”私も一言

気になる存在は、ゴクリ（ゴラム）。臆病なスメアゴルと粗暴なゴクリに分裂するところも興味深いが、なんといっても指

いし、私もそのように窮屈な読み方は賛成し難い。しかし、ある若い友人の意見に少し心動くものがあった。旅の仲間の一人でゴンドール王国の勇士ボロミアは、「指輪」の力を自由の民のために活用すべきだと主張するが、エルフの王エルロンドは、所有者を必ず危険と破滅に導くと述べる。こうした賛否の対立から、「指輪」は二〇一一年三月十一日以降、人間の制御し難い「原発」の寓意のリアリティが加わったと友人は言うのだ。実際、廃棄＝廃炉のための見通しのきかない長期にわたる闘いの工程が待っている。文学作品はどのように読めるのか解釈に許容度があるはずだが、どのように読みたいのかという願望の投影もあえて抑圧すべきではないと思い直し、私はその見解に小さくうなずいた。

「指輪」の死守と奪還の壮大にして細部の描写の豊かな最終戦争のシーンに、時を忘れて物語のなりゆきを追う読者がいることはもちろんであるが、この作品に心なごむのは、ホビットたちの日常の生活ぶりだ。彼らはまことに平和な暮らしを営んでいて、あくせく頑張ることはないし、向上心などという無用な性向はない。お喋りで、食いしん坊で、パーティをしたり、お互いに贈り物をし合ったり、たばこのような草をふかして、のんきに日々を送っている。そうした非英雄的な連中が「指輪」の闘いに巻き込まれ、またこの日常に戻る。私がこの作品に心惹かれるのは、そうした闘いの旅の前後の話がしっかり描かれているからである。と同時に、「さあ、戻ってきた」というサム（この気弱なホビットがどれほど奇跡的な活躍をしたことか）の安堵の言葉とともに、「指輪」にあまりに深く関与して受けた身心の傷の大きさから、故郷に留まることができず、新たな旅立ちをするフロドの後ろ姿が、読者の胸に深くきざまれる見事な場面が用意されている。　（中村）

輪を捨てる場面。ゴクリがフロドから指輪を奪いながら、興奮のあまり足を滑らせ、指輪とともに亀裂へと落ちてゆくところだ。指輪の魔力に抗し切れないその弱さに、フロドの行為の無償性が際立つ。そして、その後のフロドにも、想像力をかきたてられる。（芳）

『指輪物語』瀬田貞二・田中明子訳（評論社、文庫版全10巻、ハードカバー版全7巻）

闇の奥

Heart of Darkness (1902)

ジョセフ・コンラッド

心の闇の探求の書か、植民地圧制の歴史的文献か

マーク・トウェインに「レオポルド王の告白」(一九〇五)という諷刺作品がある。ベルギー王レオポルド二世の残虐をきわめたコンゴ統治の実態を告発した小冊子だ。象牙の略奪とゴム資源の開発に伴う強制労働で、五百万から六百万人が殺された「ホロコースト」だった。このトウェインの描くコンゴの状況こそ、『闇の中』の背景につながるものであり、小説中では具体的な地名は記されていないが、船員としてコンゴ川を遡上したコンラッド自身の苛酷な体験をもとに書かれている。

――夕闇のせまるテムズ河口の帆船に四人の男がすわり、船長のマーロウは、遥かな昔のローマによるブリテン侵攻に思いを馳せながら、時空の大きなスケールのなかで、かつて訪れた未開の闇の地の体験を語り始める。ベルギーの貿易会社に船長として雇われたマーロウは、アフリカのある大きな川(コンゴ川)を遡上する航海に出る。途上で体験する

Joseph Conrad
(1857-1924)
イギリスの小説家。ポーランド出身で16歳から船乗りとなり、世界各地を航海した。イギリスに帰化し、1895年処女作『オールメイヤーの愚行』を発表。『ナーシサス号の黒人』『ロード・ジム』『颱風』などの海洋文学で知られる。

”私も一言

アフリカというと、せいぜいヘミングウェイの短篇しか知らないときに読んで、衝撃を受けた。アフリカの奥地の村で、神

のは、厳しい熱帯の自然と白人が植民地を搾取し、黒人を虐待している悲惨きわまる光景であった。と同時に、会社に勤務する白人たちから、最奥の地でどこよりも象牙の調達に優秀な業績をあげているクルツという人物の噂を聞く。クルツはいわばヨーロッパ的美質を体現した、将来を嘱望されている人物であった。そのクルツが病に倒れていることを知り、救出に向かったマーロウは、苦難の末に奥地の出張所まで辿り着く。ところが、そこで見たものは、村の中で神のように君臨し、殺した原住民の生首を家の周囲の杭に刺すといったような、アフリカの「原始の魔境」で気がふれ、暴虐をはたらく、堕落した、文明の残骸としてのクルツであった。そのクルツは、何かの幻影にとりつかれたように、死の間際に、"The horror! The horror!"「恐ろしい！　恐ろしい！」と呟く（この有名な台詞の中野、藤永の訳は「地獄だ！　地獄だ！」）。

　ヨーロッパの植民地主義を批判的に描いた小説との評価がある一方で、ナイジェリアの作家アチェベのように、人種差別的な小説であると批判する人もいる。また、人間の心の闇と精神の荒廃を追究する深淵な作品と考える読み方もあるだろう。もちろん、判断は読者ひとりひとりのものだ。私としては、語り手マーロウがクルツの婚約者を訪ね、臨終の言葉を伝えたときに、あえて嘘をつき、「天が頭の上に落ちてくるような気がした」と、自身の虚言に立ちすくむ内面のドラマが気になるのであるが……。この嘘の容認について、マリオ・バルガス・ジョサ（リョサ）は、「人間の根源」（『嘘から出たまこと』所収）の結語で、「世界には嘘をも正当化するほど絶えがたい真実があることの容認だった」と述べている。つまりは「フィクションの、そして文学の容認だった」と。

（中村）

のように君臨する一方で、気がふれてしまったクルツ。アフリカの豊かさを搾取したようでいて、そのアフリカに心まで搾取された姿がそこにある。もっとも、それじたいヨーロッパ中心の見方と言えるかもしれない。常に自分の立ち位置を問われる小説である。（芳）

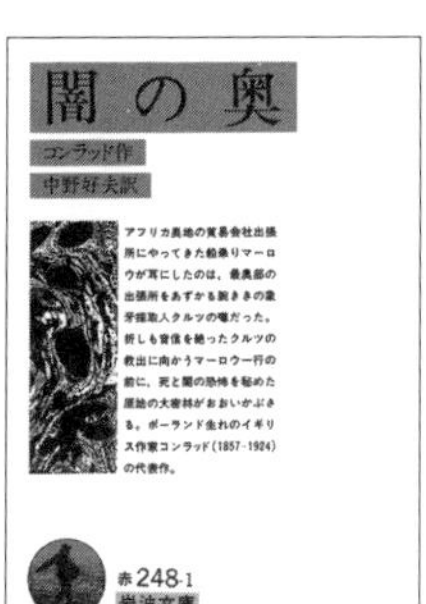

『闇の奥』中野好夫訳（岩波文庫）〈**写真**〉／藤永茂訳（三交社）／栗原敏行訳（光文社古典新訳文庫）

［旅に招かれて］

ねむれ巴里 (1973)

金子光晴

Kaneko Mitsuharu
(1895-1975)
愛知県生まれの詩人。渡欧して西洋詩に影響を受け、詩集『こがね虫』を刊行。世界を放浪し、国籍を超えた視野から反戦反権力の詩を多く残す。俗に入りながら、気骨と品格を持ち続けた。詩集『鮫』『落下傘』、自伝『どくろ杯』など。

底なし沼の成熟

昭和三年（一九二八年）、金子光晴と夫人・森三千代は、巴里《パリ》を目指して旅に出る。夫人の恋愛沙汰で夫婦の関係は壊れていた。八方に重なった不義理もあった。十年経っても詩人としての生計も立たぬ。旅はそこからの「逃走」だったが、「生意気にも、日本の衆愚にあいそがつきたなどとおもいこんでいた」と書いている。思い込みかどうかは置いておくとして、ともかく二人は、日本を出、地の底をはいずりまわるような苦労をしながら、驚くべき幸運で生き延びる。上海、香港、東南アジアをめぐり、一人分の旅費のめどが付いたところで、昭和四年、森三千代だけをまず、巴里に発たせた。光晴三十四歳、三千代はまだ二十代で、十分な若さはあった。だが怖かっただろう。本書はそのおよそ四十年後、回想のかたちで書かれたものだ。母国を出、アジアを出、ヨーロッパという堅牢な石の異文化のなかへ入っていくとき、想像を絶する困難が待ち受けているだろうことは、平成の

”私も一言

よく言及されるところだが、やはりドキドキしてしまうのは、光晴が先にパリに住んでいる妻のアパートの前に辿り着い

今だって変わらない。それにもかかわらずなぜ行くのか。やみがたく体の奥からつきあげるもの。それを手懐ける猛獣使いとなって、光晴は突き進む。

三千代が待つ巴里に向かう船のなかで、深夜、光晴は隣に眠る女のからだに手をのばす。「小高くふくれあがった肛門らしきものをさぐりあてた。その手を引き抜いて、指を鼻にかざすと、日本人とすこしも変らない、強い糞臭がした」。人間存在の深みに下り、肛門の臭いを嗅ぐ。そうした経験の一つ一つが、この詩人を特異なかたちで成熟させた。

異国の文化や言葉については、昔も今も、ある程度は日本にいても学べるだろう。しかしそれを真に自分の肉とするためには、その土地へ行くしかなく、そこで経験することの要といえば、どちらかというと幸より不幸――困惑し弾きだされ圧倒され痛めつけられ差別されるという、徹底的な負の経験によって作られるものではないのか。光晴の旅行記は、彼がいかに現実と闘ったかの証文である。男娼に近いこともやった、売れるものはみんな売った、自分でも買わないと思う値で絵を描いて売りつけた、その絵を描くための絵の具はデパートで盗んだ、水彩の絵の具だと思ったのに、油絵の具だった、自殺も考えた。嘘をつき騙したり騙されたりを重ね、光晴は、汚泥のつまったような目でヨーロッパの底辺に生きる人間たちを見尽くした。ジプシーの女についてはこんな描写もある。「髪が黒く、欲情が激しく、力が強く、殺しても煤いろの皮膚を割って、新しい白肉《しろみ》がぷりぷり盛りあがって来そうである」。人間を通して、一筋縄ではいかぬ現実認識能力をみがき、文化摩擦で癒えない「傷」を負ったが、帰国後それは、分厚くしぶとい「詩」となって、彼のなかからほとばしることとなる。（小池）

た場面だ。男と一緒だとばつが悪いので（その可能性が十分にある女性だ）、「入っても、大丈夫なの？」と気遣いながら訊く。ここは「地獄の見世物」都市に再び足を踏み入れる青年の「パリとの再会と二重映しになっている」という詩人の田村隆一の卓見を思い出す。（中）

『ねむれ巴里』（中公文庫）

光と風と夢 (1942)

中島敦

名前なんか符号に過ぎない

中島敦といえば、「山月記」が高校の国語教科書の定番だが、持病の喘息で若死にしたため、作家としての活動期はいきなりピークをむかえた奇跡的な八か月に限られた。本書もその時期に発表され、もともとは「ツシタラの死」と題された。ツシタラとは、サモアで「物語の語り手」を意味する言葉だ。

われわれには『宝島』や『ジーキル博士とハイド氏』でおなじみのスティーヴンスン（中島敦の表記はスティヴンスン）が晩年に植民地政策に反対した姿勢に興味を持って、中島敦はその作品や伝記などを読みあさっていたという。肺を病み、南島サモアで晩年をすごしたそのイギリスの作家こそが、『光と風と夢』の主人公であり、すでに名声を得ていた作家の晩年に、これから作家になろうとしているやはり病弱の若者が寄り添うように書いている。伝記的な事実を丹念に踏まえながら、そのじつ自分の問題を投影していて、

Nakajima Atsushi
(1909-1942)
東京で代々儒家の家に生まれる。教員をしながら「山月記」などを執筆。持病の喘息で職を辞し南洋庁のパラオに行き、『光と風と夢』を執筆、翌年の帰国後に雑誌に掲載。その年喘息の発作で死亡。死後に「李陵」発表。

”私も一言

『宝島』の作者、スティーヴンスンの晩年の人生に我が身を重ねた日本の小説家が存在していたこと自体に、私はまず強く

単に伝記的とはくくれない小説である。南島の自然のなかで、現地の人間といかに交流しながら、作品を書いてゆくのか。そこに病弱な身を加えるとき、南洋庁の「国語編修書記」となってパラオに赴いた中島敦もまたスティーヴンスンと色濃く重なるのだ。

私が好きなのは、スティーヴンスンが死の直前、アピア街道を歩いている場面である。「静かだった。(…)何も聞こえなかった。私は自分の短い影を見ながら歩いていた。かなり長いこと、歩いた。ふと、妙なことが起こった。私が、私に聞いたのだ。俺はだれだと。名前なんか符号に過ぎない。一体、お前は何者だ?」ここに、中島敦の主要な問いがあるように思う。自分とは何者なのか？ 午後の日盛りのもと、歩きながら、私が自分を追い越し、あるいは追い越され、まるで「魂が身体から抜出し」たみたいに、私が分裂し、私が私に問いかけることが可能となる。だから「私が、私に聞いたのだ」と言うとき、聞く私と聞かれる私は、同じであってすでにちがうのだ。影を見て歩くこと。影は私の影であるはずなのに、すでに私との乖離がはじまっている。そこに、中島敦がまるで自分の影のようにスティーヴンスンを作品の焦点人物に持ってきた理由もあるのだろう。そして、こうした乖離を、日本文学は、その後、どれほど見てきたことだろうか。中島敦は、だれもが若いときに抱える問題に、最良の文学的な意匠をあたえたのだ。

当時のサモアの置かれた状況からも、作者は目を離さない。ドイツを中心に、英と米を加えた覇権争いが丹念に描かれている。それだけでも読みごたえがあるが、そこに、筋のある物語と筋のない物語をめぐる想いを、スティーヴンスンに仮託して語るあたりは、日本の芥川と谷崎の筋の面白さと芸術性をめぐる論争を彷彿とさせて愉快でもある。(芳川)

心が動いてしまう。作中の印象で言えば、結び近くに描かれた、スコール後の馬での遠出の場面がすばらしい。南の島の空気に身を置くようにして読んできた読者もまた、雨上がりに万物が明視される瞬間に至福を覚えるだろう。(中)

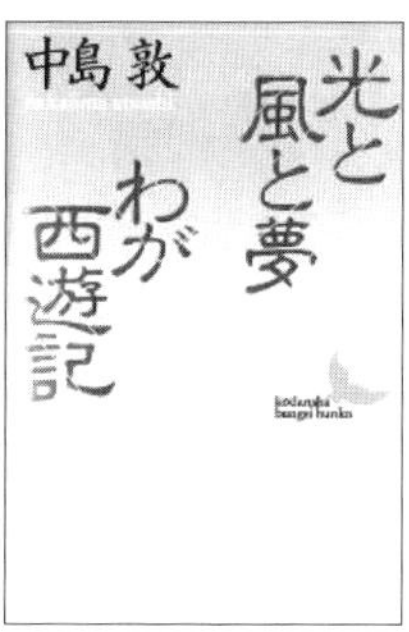

『光と風と夢 わが西遊記』(講談社文芸文庫)

［旅に招かれて］

孤独な散歩者の夢想

Les Rêveries du promeneur solitaire (1778)

ジャン・ジャック・ルソー

Jean-Jacques Rousseau
（1712-1778）
ジュネーヴ生まれで、フランスで活躍した哲学者。同時代のヴォルテール、ディドロらと共に百科全書派と呼ばれる。主著に『人間不平等起源論』『社会契約論』『エミールまたは教育について』「告白」など。

人生の最後に思い出すウソは……

「地上ではわたしにとってすべては終ってしまった」（今野一雄訳）という言葉にあるように、本書には、いかにも静謐な諦観が流れている。当時のパリの郊外を旅するように歩き、自然に親しむ姿が通奏低音となって、老境のルソーの姿がしみじみと迫ってくる。

しかし私の目を釘付けにするのは「第四の散歩」である。ルソーはここでは歩かず、「若いころについた恐ろしい嘘」を思い出す。ルソーは十六歳のとき、トリノの貴族に雇われていた。あるときどさくさに紛れてリボンを盗み、その罪を同僚のマリオンという少女になすりつけたのだ。『告白』の第二巻にも書かれていて、それにふたたび最後の書でふれたのだから、一種の懺悔のように思われるだろうが、いくら読んでもそうではない。

ルソーのウソに蟠《わだかま》りながら、私も散歩に出る。それが呼び水になって、小学生の低学年のころの小さな事件を思いだした。自転車で、悪童たちと遠出をした。一時間も漕ぐと、

”私も一言

第五の散歩は、ルソーの「幸福論」だと思った。読みながら、わたしも日々の喧騒を離れ、自然のなかへ隠遁したくなった。

植木の里に着く。その途中の農家の庭の柿の木に、たわわに実がなっていて、だれかがその柿を失敬しようと言いだした。よじ登って柿をせしめて食べていると、畑から帰ってきた持ち主に怒鳴られ、謝りながらも自転車に乗って、逃げてしまった…。

柿とリボンという違いはあるが、人のモノを盗んだ点では変わらない。私は、悪いことをしたと思っており、この気持の先には、大げさに言えば、懺悔の感情がある。しかしルソーはいつの間にか、ウソの問題を「事柄の真実性」から「正義と公正の感情」に置き換え、その点で自分は一度も「正義と公正」に背いたことはない、と道徳的に自己を肯定する。心には一点の汚れもないのだ。しかるに私は（ルソーと比べて申し訳ない）、事柄としては柿を盗んだことを悪いと認めるものの、その悪いには、道徳的な意味での「正義」も「公正」さも、ふくまれていない。一点の小さな汚れを認めるものの、それとは別の汚れていない（と思っている）自分がいる。自己が二枚腰なのだ。

翻って、文学における告白という制度はルソーからはじまるのだが、日本でも遅れて、藤村の『夜明け前』以降、自然主義が、特に私小説が、こまごまと自分を露悪的にさらけ出した。だがおそらく二枚腰なのだ。ダメな自己をさらけ出し、これを認めながら、ダメでない自己を温存している。それが小説を書いている自分、文学に命をかけている自分であり、だから些細な出来事を（往々にしてスキャンダラスでも）告白できる。しかしルソーの自己に二枚腰はない。ウソをついたのに、ルソーは道徳的になんの問題にもしない。自己は一つで、その裏がない自己に、柿を盗んだ私は憧れるのである。とはいえ、リボンを盗んだ自己の方はどこへ行ったのだろう、と思わないでもないのだが。

（芳川）

何のために読み、書いているのか。ふと、すべてを中断して、疲労した我が魂に、浮力が戻ってくるのを待ちたいと思う。鳥や植物、波の音、水の動きによろこびをもらったルソー。「この世のすべては絶えざる流れのなかにある。」ルソーの矢印は、外側でなく、常に自分の根源へと向かっている。（小）

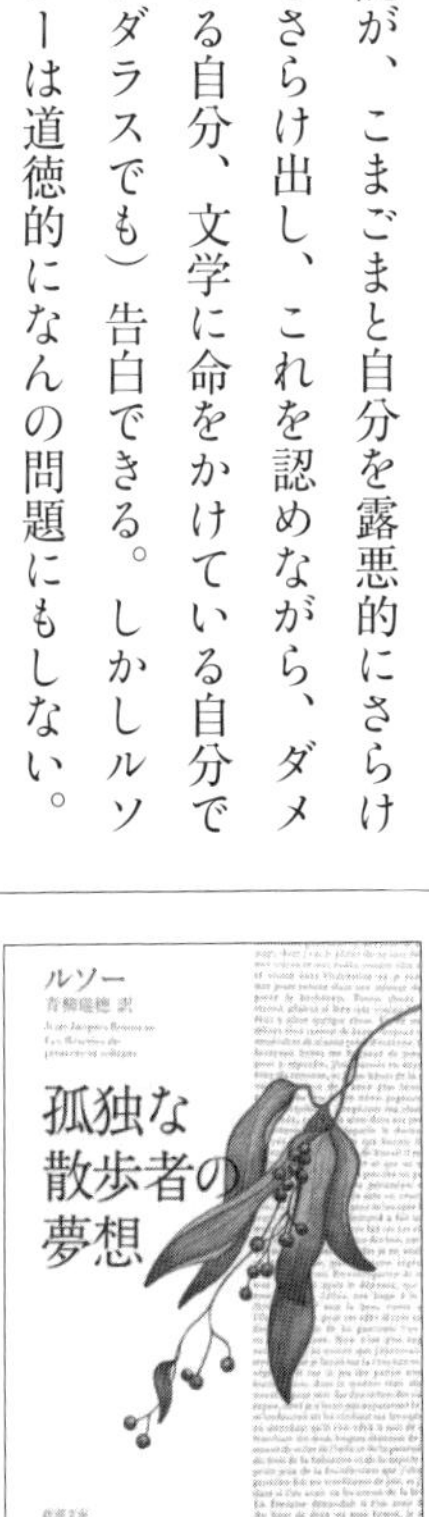

『孤独な散歩者の夢想』今野一雄訳（岩波文庫）／青柳瑞穂訳（新潮文庫）〈**写真**〉／永田千奈訳（光文社古典新訳文庫）

［都市をさまよう］

インド夜想曲

Notturno indiano (1984)

アントニオ・タブッキ

Antonio Tabucchi
(1943-2012)
イタリアの作家。ポルトガル語・文学の教師・翻訳者でもある。代表作は『インド夜想曲』のほか、『遠い水平線』『ベアト・アンジェリコの翼あるもの』『レクイエム』『フェルナンド・ペソア最後の三日間』『供述によるとペレイラは…』など。

声が運ぶ、時間の旅

作品はミステリアスに始まる。

「僕」は、シャヴィエル・ジャナタ・ピントという名前のポルトガル人を探して、インドを旅しているらしい。ロンドンで買ったガイド・ブック、*India, a travel survival kit* を携え、ボンベイ（ムンバイ）からマドラス（チェンナイ）、そしてゴアへ。なぜ「僕」がその男を探しているのかはよくわからない。とにかくシャヴィエルは、インドで失踪してしまったらしい。

訪ねた先の病院で、ある医師が言う。「インドで失踪する人はたくさんいます。インドはそのためにあるような国です」。ふうっと気を失ってしまうようなセリフだが、この感覚には思い当たるところがある。

この世には「インド」に等しい、底のない「時空間」が口をあけているのではないか。

”私も一言

ボンベイ、マドラス、ゴアの三都市をめぐる旅の物語。なるほど小池評の「ふうっと気を失うようなセリフ」とは、よくわ

そしてそこに落ちたならば、物でも人でも、見つかるということはおそらくないのでは。さらには、そのことを「さとる」瞬間も、人生には用意されている。「失くす」と「探す」という二つの動詞は、この本のなかで、両輪の輪のように読者を運ぶ。

「漂泊の旅」などというが、旅における無意識の目的とは、今までの自分を失くし、新しい自分に出会うことなのかもしれない。

構成は、三部仕立て、全十二章。一部・Ⅳでは、深夜の駅で、「僕」と死を目前にした「インド人の紳士」が、どこかぎくしゃくとした会話を交わす。

「この肉体の中で、われわれはいったいなにをしてるのですか」

「これに入って旅をしてるのではないでしょうか」

「なんて言われました？」

「肉体のことです」。

会話の間に混ざるのは、祈りの声、動物の呻き声、駅の時計が時を打つ音。視覚は後退し、聴覚と触覚だけになった世界で、内と外、遠くと近くが、距離を失い転倒する。この朦朧とした、濃密な空気感は、作品の最後にまで引き継がれていき、やがてこの作品自体が、内も外もない、混沌の体《てい》を表して終わる。タブッキによって書かれた「僕」は、書く人となって自らの作品を語り、そのなかで、ある人物によって探されている。

分裂し複数に割れていく声は、タブッキの愛したポルトガルの詩人、ペソア（複数の異名で詩を書いた）を思い起こさせる。本書には、そのペソアをめぐって、神智学協会会長と「僕」が交わす、暗示的な会話も出てきた（二部・Ⅵ）。

（小池）

かる感覚だ。この小説、得体の知れない不安と五感のざわめくような愉悦が融合している。読者はたびたび作中の魅惑的な「ざわめき」に耳を澄ますであろう。インドだから？　もちろんそうだが、作者が冒頭で書いているように、「不眠の本であるだけでなく、旅の本である」からだ。不眠がまねく夢想の領域を移動していくかのような小説的愉楽は格別である。（中）

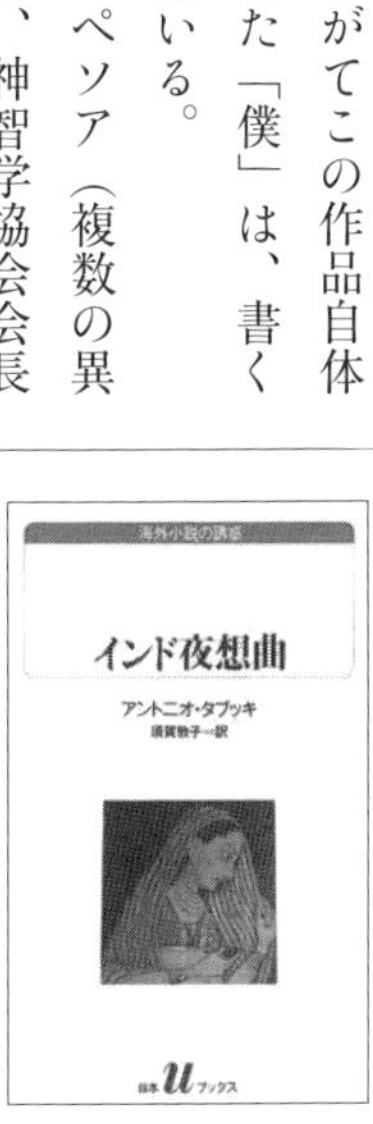

『インド夜想曲』須賀敦子訳（白水社・白水Uブックス）

マルテの手記

Die Aufzeichnungen des Malte Laurids Brigge (1910)

ライナー・マリア・リルケ

Rainer Maria Rilke
(1875-1926)
オーストリア=ハンガリー帝国時代のプラハに生まれる。詩人・作家。都会小説の先駆とされる『マルテの手記』の他『時祷詩集』『新詩集』『ドゥイノの悲歌』『オルフォイスへのソネット』等の詩集、『ロダン』等の評論などがある。

散文の火花

「僕はまずここで見ることから学んでゆくつもりだ。」――たった一人、パリへやってきた、無名の詩人、マルテ。二十八歳。生きようとして、ここへ来たのに、彼の目には、次々と、死にゆく人々の姿ばかりが入ってくる。冒頭、市民病院が、ベッド数を増やし、工場のようになっていくさまが描写されている。一人ひとりの死は、そこではごく軽く扱われている。都市の近代化に伴って、何が失われ破壊されていったのか。故郷を思い出しながら、マルテは思う。「昔は誰でも、果肉の中に核があるように、人間はみな死が自分の体の中に宿っているのを知っていた。……子供には小さな子供の死、大人には大きな大人の死。……とにかく「死」をみんなが持っていたのだ。それが彼らに不思議な威厳と静かな誇りを与えていた」。死への眼差しを失ったわたしたちは、同時に人間の、威厳や誇りの類をも、失ったのかもしれない。

私も一言

フランス人の書いた小説や詩に現れるパリとは、異なる表情を教えてもらった作品。静謐で、どこかきりっと悲しいようなマ

「この世の中には、…どんなにつまらぬことでも、想像だけで済むものなんか一つもないのだ」というマルテの思いも、ごく当たり前のことに聞こえるかもしれないが、わたしには、ある激しさを伴って、心に残った。夢想の人である詩人が、澄み渡った青春を終え、自分の心から夢想を追い出し、濁りある成熟へと向かう。そうして現実というものに、素手で立ち向かおうというのである。「マルテの手記」は、詩人が、詩を横に置き、厳しい散文精神をもって書いた書物という気がしている。

だからこそ、詩について述べたくだりは、忘れられない。「……詩はいつまでも根気よく待たねばならぬのだ。……まず蜂のように蜜と意味を集めねばならぬ。そうしてやっと最後に、おそらくわずか十行の立派な詩が書けるだろう。詩は人の考えるように感情ではない。……詩はほんとうは経験なのだ」。

二部には、「愛されることは、ただ燃え尽きることだ。愛することは、長い夜にともされた美しいランプの光だ。愛されることは消えること。そして愛することは、長い持続だ」とあって、これも深く記憶に残る（原稿欄外への書き込みだという）。この省察は、二部を締めくくる、「放蕩息子」の伝説（ルカ伝十五章）をめぐる記述へと繋がっていく。

こうして本書では、マルテ（あるいはリルケ）が、感じたり、思い出したり、考えたりした事柄のあれこれが、時間の後先もなく、ある流れのなかで、書き継がれていく。冷たい真水のような真摯さである。その結果、浸透圧のような現象が起こり、「読む者」の内面は、次第に「書いた者」のそれに等しいものとなり、誰もがマルテの内面を生き、その苦悩のかけらを、自らすすんで背負うことになる。（小池）

ルテの思考が、この街に新たな表情を付与してくれたのだろう。ベンヤミンを読んだときにも、どこか似たようなものを感じたのだった。バルザックのパリが活気あふれる猥雑さにあり、ボードレールのパリがエロスと憂愁にあるなら、どちらとも違うパリがそこにある。（芳）

『マルテの手記』大山定一訳（新潮文庫）

［都市をさまよう］

ベニスに死す

Der Tod in Venedig (1912)

トーマス・マン

Thomas Mann
(1875-1955)
20世紀ドイツを代表する作家。25歳で長編『ブッデンブローク家の人々』で名声を得る。ナチス政権から逃れてスイスやアメリカで暮らしながら、本作の他『トニオ・クレーゲル』『魔の山』などを発表。1929年にノーベル文学書受賞。

水の都に漂う頽廃と死の気配

冷静な内省的思索のなかに、昂揚と逸脱した愛の感情が錯綜する魅力的な小説。著名な初老の作家アッシェンバハが、死と頽廃の気配の漂う水の都ベニス（ヴェネツィア）で出あった美少年に心奪われ、悲劇的なクライマックスを迎える。プラトンやギリシャ神話に言及しながら、暗い情念の噴出と官能の眩惑を豊かに描きだす最後の四、五章もたしかに見事な展開であるが、ヴェネツィアに到着するまでの作家の魂の彷徨を伝える前半部にこそ、見過ごすことのできない読みどころがあるように思える。

最初の物語の舞台はミュンヘン。作家は、仕事の昂奮と緊張をやわらげるために散歩にでる。墓地の近く、斎場の柱廊の「高い神聖な場所」にいる、異国からきた旅人めいた風采の男の姿が、アッシェンバハに「遁走の衝動」を引き起こす。形式の高貴な均整、精神の威厳を持つ「ヨーロッパの魂」の創作の場（ミュンヘン）から、これまで体験したことの

”私も一言

美という観念を追い求めてきたアッシェンバハが、受肉化した美を見て破滅する。芸術家の老い、観光客の去っていく街の

ない懶惰と怠慢、放埓な熱情と気まぐれを求めてヴェネツィアへと旅立つ。旅への誘いをもたらした異郷の男と遭遇した場所――墓地と斎場――に、〈ヴェネツィアの客死〉の結末の予兆を感じるかもしれない。こうして何気ない出会いによって放埓な熱情が刺激されてしまう出来事を、ひとつの精神のドラマとして、まことに克明な筆致で描き出している。

　トリエステからヴェネツィアに向かう蒸気船で、かつらをかぶり、ひげを染め、派手に若づくりをしている老人を見て、作家はおぞましい気分をいだく。あいかわらず逸脱したものは受け入れがたいのだ。この見る人＝アッシェンバハはヴェネツィアで神のごとき美しさを持ったポーランド貴族の少年タジオに会う。はじめて知る美の陶酔と官能への誘惑。「ギリシャ芸術最盛期の彫刻」を思わせる若々しく完璧な美に「規律」と「精密な思想」を見出すのだ。これは芸術家たるアッシェンバハにとって「既知のなじみ深いもの」と述べていることに注意しなければならない。この放逸な熱情と気まぐれな旅で見出したものは、やはり「純粋な完全さ」なのである。

　にわかに滞在客が去りはじめる。町には、コレラが蔓延し、死と頽廃の気配が漂う。少年と別れがたく、長逗留をした結果、異郷のインドの暑熱の湿地帯からシロッコ（熱風）とともに蔓延した疫病コレラに罹って倒れることは、ヨーロッパの知性を体現する作家にとってアイロニカルな結末と言えるだろう。渚で戯れるタジオの視線に応え、椅子のなかで崩れ落ちる最期の場面は、ヴィスコンティによる一九七一年の映画の名高いラストシーンとして知られている（主人公は音楽家に変更）。正直言って、私は少年役のビョルン・アンドレセンの身ごなしに少しも魅惑的な美を感じなかったのであるが……。（中村）

衰退。美が人を犯す速度は、水が街を侵食する感触そのもの。その水がおそらく苺にも付着して彼の肉体を滅ぼした。散髪屋で若作りを施されるアッシェンバハの醜悪さ。今読むと、憎しみが湧くほどだ。彼の死はわたしには少しも唐突ではない。果物の腐敗過程を、時間短縮映像で眺めたような作品。（小）

『ベニスに死す』圓子修平訳（集英社文庫）〈写真〉／『ヴェニスに死す』実吉捷郎訳（岩波文庫）

濹東綺譚（1937）

Nagai Kafu
(1879-1959)
東京小石川に生まれる。1903年、渡米。1909年、フランスのリヨンの正金銀行に転勤。『あめりか物語』『ふらんす物語』は発売とともに発禁となった。他に『日和下駄』『つゆのあとさき』等がある。

永井荷風

女給と復興都市と……

『濹東綺譚』は、昭和十二年四月十六日から同年六月十五日まで『朝日新聞』の夕刊に連載された。昭和六年の満州事変から昭和二十年の敗戦まで続く、いわゆる十五年戦争のなかで書かれている。と同時に、これは関東大震災から復興がなった時期でもある。そしてその特徴の一つが、復興を果たした東京・銀座に「カフェー」が乱立したという事実である。昭和六年に書かれた『つゆのあとさき』には、「松屋呉服店から二三軒京橋の方へ寄ったところに」、「君江の通勤しているカツフエー」があり、「見渡すところ殆ど門並同じやうなカツフエーばかり続いて」いる、とある。これには別の事実が同じことを証言していて、昭和五年三月二十四日の日記に、天皇が復興都市の東京市を「巡幸」したと書かれているが、このときカフェーの林立が甚だしい銀座は、その乱立ぶりが見苦しいのか、天皇の「巡幸」コースから外されている。

”私も一言

濹東で出会った私娼・お雪との交情が描かれながら、小説内小説「失踪」があったり、漢詩や俳句、文語自由詩が出てきた何を言いたいのか？　主人公の「わたくし」が作中で、同時並行的に構想を練るのが「失踪」と題される小説で、そのなかで、失踪をすることになる種田順平が吾妻橋の橋の上で待ち合わせしている相手の女性が「女給のすみ子」なのだ。「女給」とは、もちろんカフェーに勤める女性であるが、荷風が好んで描いた「女給」こそが、復興を果たした東京・銀座を表象する存在でもある。

とはいえ、「女給」が単独で意味を担うわけではない。作中で構想している小説の主人公の、いわば潜伏先のロケハン＝取材を兼ねて、「わたくし」は通りかかった「乗合自動車」に乗り、「寺島玉の井」方面に連れてゆかれる。そこで、「ポツリポツリと大きな雨の粒が落ちて」くる。この雨によって、これまた偶然に「お雪」という私娼と出会うのだが、その「お雪」こそ、「過去の世のなつかしい幻影を彷彿たらしめたミユーズである」と記されていれば、これで『濹東綺譚』の構図が浮かび上がる。

片や、銀座に林立するカフェーの「女給」なら、片や、過ぎ去った過去のノスタルジーをたたえた私娼「お雪」なのだ。つまり、一方が復興都市を代表するなら、他方が失われつつある明治、いや江戸情緒を代表している。荷風はその二つの軸を、『濹東綺譚』のなかで、構想している〈小説の小説〉とともに差しだした。『濹東綺譚』にはちゃんと次のように書かれている。「昭和五年の春都市復興の執行せられた頃、吾妻橋から寺島町に至る一直線の道路が開かれ、市内電車は秋葉神社前まで、市営バスの往復は更に延長して寺島町七丁目のはずれに車庫を設けるようになった」と。この復興都市・東京に生じた一直線上に、銀座の女給「すみ子」と濹東の私娼「お雪」が並ぶのである。

（芳川）

り、あとがきにしては長い「作後贅言」がついていたりと自在な構成。この「作後贅言」、わたしには本文よりも面白かった。生前の神代掃葉翁と交わした言葉のなかから、移りゆく銀座の風景やら、自我が肥大化していくばかりの人間の貧しさが、哀しみの内に見えてくる。

（小）

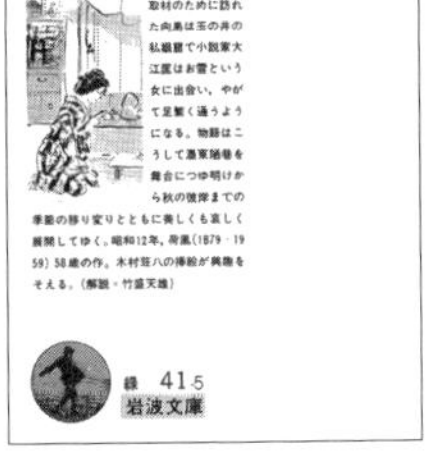

『濹東綺譚』（岩波文庫〈写真〉／新潮文庫／角川文庫）

［都市をさまよう］

アレクサンドリア四重奏

The Alexandria Quartet (1957-60)

ロレンス・ダレル

Lawrence Durrell
(1912-90)
イギリスの小説家、詩人、紀行作家。インドのヒマラヤ地方に生まれるが、ギリシャのコルフ島に移住。人生のほとんどを地中海地方で過ごした。〈アレクサンドリア四重奏〉のほか、『黒い本』、『ムシュー』からはじまる〈アヴィニョン五部作〉など。

なんと豪奢な小説であることか

地中海の古都アレクサンドリアを舞台にしたポリフォニックな愛の物語。「アレクサンドリアは愛をしぼり取る大圧搾器であり、そこから出てくるのは、病人、孤独者、預言者である」と作中の人物が言う。「つまり、性に深い痛手を負うた人たちすべてのことだ」と。愉悦と痛みにみちた魂の彷徨が、この迷宮都市への愛の探求の物語に重なっている。

ダレル自ら、「相対性原理にもとづく四重層小説」と実験的な試みを要約していることでも知られる小説だ。エーゲ海の島にいる無名作家「ぼく」（ダーリー）の視点から、実業家の妻ジェスティーヌとの混迷した愛のなりゆきが語られる『ジェスティーヌ』（第一巻）と『バルタザール』（第二巻）。ただし『バルタザール』は、「ぼく」の書いた『ジェスティーヌ』の原稿をユダヤ人医師バルタザールがコメントと修正を加えて返却したもので、いわば編集と改訂をへて再構成されたもう一つの物語である。第三巻『マウントオリ

”私も一言

このタイトルを見ると、くらくらする。当時、フランスの前衛作家ロブ＝グリエの『嫉妬』を併読した者にとっては、方法

ーブ』は三人称で記述され、ダーリーも一登場人物として客観的な視点から描かれる。同じ時代の同一の出来事を三つの角度から書かれてきた物語が、第四巻『クレア』ではふたたびダーリーが語り手となり、過去への新たな視点が導入され、後日談も含めた時間的展開が示される。同じ出来事を伝える物語の時空が四重奏によってダイナミックに相対化され、〈事実〉の多層性が浮かびあがるのだ。

『アレクサンドリア四重奏』を読んだ者は、その豊潤な物語の魅力を語らずにはいられない。日本においては、江藤淳や柄谷行人が初期の評論で論じ、三島由紀夫、安部公房、倉橋由美子などが共感を示した。最近でも、恩田陸や絲山秋子（『袋小路の男』では引用もある）が創作的な刺激を受けたことを語っている。

構成的発想の斬新さもさることながら、欲望、嫉妬、裏切り、駆け引き、不倫、妄念のからむ四人の人物の愛憎のドラマ、生と死、背徳、爛熟と退廃、崇高と卑俗、ミステリーと謎、戦争、政治的陰謀、文明の混淆、神話と歴史の古層、土地の記憶、そして輝かしい詩的イメージ、綿密な細部描写、美しく精妙な暗喩、批評性に富んだ巧みなアフォリズム的表現など、およそ小説の魅力を駆動する要素をすべて備えている。ここに戦慄と恐怖を加えてもよい。

人々を呪縛する性と愛の深淵を修辞性に富んだ眩惑的な文体で描きだし、アレクサンドリアという幽鬼の都市に濃密な官能性を匂いたたせる（ここに私はもっとも心惹かれる）、豪奢なまでに小説の可能性を追究した二十世紀小説の傑作の一つと言える。（中村）

意識がきっちりありながら、これほど小説が醍醐味を持ちうるのか、と恐れ入った作品。『嫉妬』には、ひたすら室内を見ている視線しか感じられず、その視線からは主観や感情が排除され、客観記述に終始する。対して、方法が、これほど豊かに小説を活かすのかと脱帽したのだった。（芳）

〈アレクサンドリア四重奏〉高松雄一訳（河出書房新社、全4巻）

鼻

Нос (1836)

ニコライ・ゴーゴリ

なにしろ奇妙きてれつな事件でございまして

えー、ハナのお話でございます。ハナと言っても、何のハナか、ハナっからわからないんじゃ、ハナはだ遺憾ながら、まさしくおハナしにならない、ようするに、みなさまの顔面のほぼ真ん中にですな、生まれたときから鎮座まします鼻のことでございますよ。で、ちょっと手を持ち上げて、鼻のご健在とご機嫌を確かめていただけますでしょうか、はい、そうです、おっと、いきなりくしゃみなどしないでいただきたい、汚ねえじゃねーですか。なにごとも予告が大切なのは、くしゃみだって同じでござんしょう。ところがですね、このゴーゴリの『鼻』ときたら、まさしく予告なしに、三月二十五日にペテルブルグで起こった奇妙きてれつな事件の話なのであります。ある朝、床屋のイワン・ヤーコヴレヴィッチという男がですな、パンを食べようと二つに切り分けて、なかをのぞいてみると、おや何か白っぽいものがある。鼻ッ！　しかも見覚えがある鼻のような気がするじゃありませ

Николай Васильевич Гоголь(1809-1852)
ウクライナ生れのロシアの小説家・劇作家。社会の腐敗や人間の卑俗さを、ユーモアとグロテスクな誇張で描くリアリズム文学で名高い。出世作は戯曲「検察官」で風刺喜劇。農奴制を描いた「死せる魂」、短編小説「外套」「鼻」など。

”私も一言

読み返すたび、じわじわと可笑しさが深まる作品だ。鼻を失くした本人も周囲の人も、そして作者までもがこの事件に困惑

んか。困ったイワンは鼻を川に捨てに行くのでありますが、警官に見咎められちまう。いっぽう、八等官のコワリョフは朝起きて手鏡を見て、いやー、びっくりしたのなんのって。鼻のあるべきところが、空っぽ。それから、あろうことか、街で自分の鼻が馬車から降りてくるところに出くわす。そいつは自分より上級の五等官に任じられ、あいさつに走り回ったりしているんですぞ。文句をつけても、「いや、さっぱりわかりませんな」とぬかしおって、鼻のくせに、眉根を寄せて、じろりとにらんだりするんだから、呆れたもんだ。で、コワリョフと鼻の運命はいかに？

と、まあ、こんな風に書いたのは、ゴーゴリの小説の「落語調翻訳」（浦雅春）の口まねが頭からハナれないからだ。いや、またもやつまらない洒落を連発してしまったが、はっきり言って、ゴーゴリのユーモアは駄洒落で笑いを喚起させようとする類のものではない。それどころか、読者を笑わせようという熱意があるかどうかも疑わしい。「ゴーゴリは悲しみのユーモア作家である」とミラン・クンデラ（『小説の精神』）が述べているぐらいなのだ。ならば、落語調だっていささか微妙かもしれない。

身体の一部であったものが、自分より出世し、よそ者となって翻弄する。この小説では（『外套』もそうだが）、あらゆる「なぜ」に結びつく因果的説明は宙づりにされる。それ故にこそ、「喜劇の真の天才とは、私たちを精一杯笑わせてくれる人でなく、喜劇の未知の領域といったものをあばいてみせる人である」という同じくクンデラの言葉を、ゴーゴリにこそ援用したい気がする。おそらく、この小説から感得できるのは、喜劇や笑いやユーモアの「未知の領域」なのだ。

（中村）

しながら、誰一人狂わず、平気でこの状況を生きている。そのことがまず、かなり可笑しい。五等官を自分の「鼻」だと認識する場面では、鈍い衝撃が来た。彼の鼻が自分の鼻だというのではない。彼の姿全体が自分の鼻だというわけだ。分かる！と思ったが何が分かったのか。説明できないまま、ツボにはまる。（小）

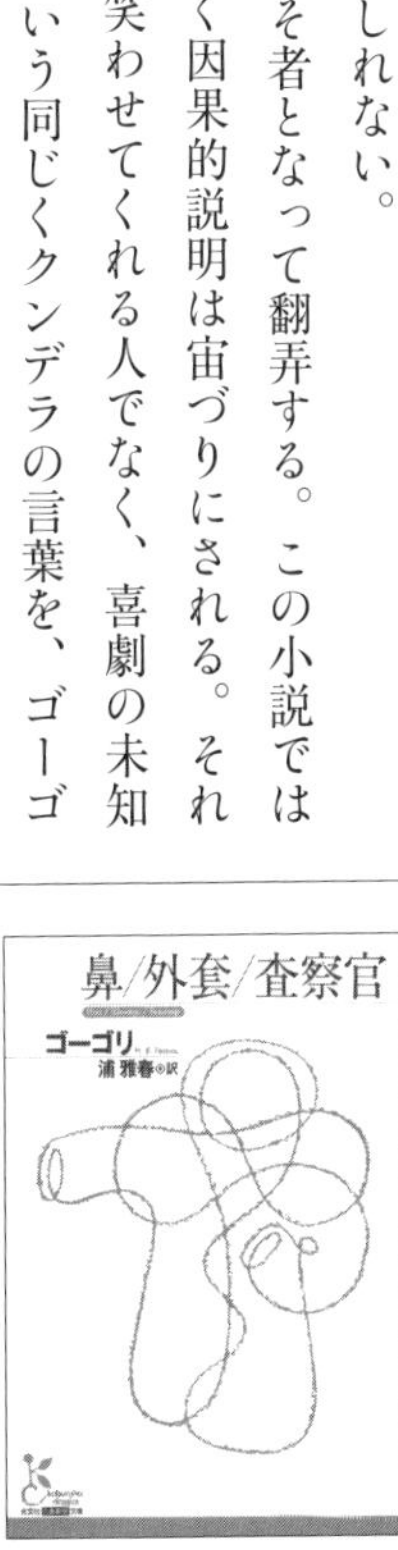

『鼻／外套／査察官』浦雅春訳（光文社古典新訳文庫）〈**写真**〉／『外套／鼻』平井肇訳（岩波文庫）

見えない都市

Le Citta Invisibili (1972)

Italo Calvino
(1923-1985)
イタリアの作家・評論家。キューバで生まれ、2歳で帰国。ネオレアリズモ文学から対極の幻想文学、児童文学やSF、前衛的な作品にも及ぶ多彩な作風で知られ、20世紀イタリアの国民的作家と言われる。

イタロ・カルヴィーノ

旅の奇想あるいは奇想の旅

個人的なことを言わせてもらえば、私が大学生だったころ、都市論・トポス論が大流行した。そんななか、都市の固有性をまさに逆手にとったような小説が書かれ、それが本書『見えない都市』（米川良夫訳）であり、ようやく邦訳でふれることができたのが、まだ学生をつづけていた一九七七年ではなかったか。そのころの邦題は『マルコ・ポーロの見えない都市』だったと記憶している。

いまでは邦題から、マルコ・ポーロの名前が消えて、原題に忠実になっているが、当時の邦題から期待されるように、ヴェネツィア生まれの商人の子が見聞した驚異の旅の過程が語られているかといえば、大違いである。マルコ・ポーロが元の初代皇帝フビライ汗に語っていると見なせる小説の枠組みがあって、その不可思議な報告が十一の主題をめぐる各五つの、計五十五の小話から構成され、その合間に、フビライ汗とポーロのやりとりが

”私も一言

想像の内に打ち立てられた都市は、目を明ければ一瞬にして、廃墟となる。そのことの恐怖がいよいよ都市を巡らせていくの

配置されている。つまりわれわれ読者は、五十五の空想都市をめぐる奇想の織りなす夢幻譚に浸るのだが、その移り変わりがまさに類似と差異のグラデーションで、読んでいるうちに一種の眩暈《めまい》のようなものに襲われるのだ。

どんな都市なのか、ランダムに紹介しよう。アルミッラについては、「この都市には壁というものがなく、天井もなければ床もございません」。ヴァルドラーダの「家々は幾層にも露台を重ね」、そこを訪れる旅人は「水辺にそびえる都と、逆しまに映しだされている都」の二つの都を見いだすという。エウトロピアは「無数の、それも大きさも等しく、互いに異る所のない都市が広大な、波打つ高原の上に点在する」というし、レオーニアは「日々新たに自分を造り変えて」変貌を遂げるし、アルジアには「空気の代りに土があり、「道は完全に埋められて」いて、「室内は天井まで粘土がつまって」いる。しかも、そのような都市がポーロの奇想のなかで展開され、変奏される。

フビライ汗も逆襲する。「これからは、朕が諸国の都の有様を語ってみせることにしよう」と切り出し、「そのような都が存在するか、旅をして確かめるのだ」とポーロに命じる。だがフビライの最も力のある言葉は、つぎのようなものだ。「恐らく、われら二人のこの会話は、フビライ汗、マルコ・ポーロと綽名される乞食二人のあいだで交わされておるのだ」というセリフだろう。そのとき読者は、元の皇帝と『東方見聞録』の筆者のやりとりと思い込んでいたものが、二人の乞食の妄想かもしれない、という作者の仕掛けたワナにかかり、架空の都市の話とともに宙づりにされる。ともあれこの小説は、フローベール『ブヴァールとペキュシェ』に連なる〈馬鹿の二人連れ〉の一つかもしれない。（芳川）

か。なんて魅力的な都市計画。いかに荒唐無稽な夢が語られようと、わたしは読んでいるあいだ、それぞれの都市の実在を信じていた。建築資材のような言葉一つ一つが、ビルを建て、道を開く。少しずつ違う文法で人が動く都市。なぜか郷愁がわく。我が網膜の裏側に、じわじわとにじみだす赤い図画。（小）

『見えない都市』米川良夫訳（河出文庫）

蜜のあはれ

（1959）

Murou Saisei
(1889-1962)
金沢市出身の詩人・小説家。私生児として生まれ、生後すぐ養子に出されて育つ。十代から俳句や詩歌を始め、上京して小説も発表、作家として地位を築いた。小説『あにいもうと』『杏っ子』『かげろうの日記遺文』評論『我が愛する詩人の伝記』

室生犀星

金魚になった言葉

犀星は、女人を愛し草木を愛し、庭をそして土を愛した。庭の一角にこんもりと土を盛り上げ「台座」と呼ばれるものを作ったらしい。そこに水鉢を埋め込んで金魚を飼った。金魚のために「石を組んで家を作った」と娘、朝子は書いている（『昭和文学全集6』小学館）。七十歳のとき執筆された本作は、すべてが「会話」で仕上がっていて、そのほとんどが金魚と老作家のやりとりから成る。大きな目の金魚は、自分を「あたい」と言い、老作家を「おじさま」と呼んで媚態をふりまく。年齢でいえば三歳くらい。人間に直すと二十歳くらい。お金をねだったり、家を作ってほしいなどと甘えたり、「おじさま、して」とキスをねだったり、そうかといえば老作家の身辺の世話をあれこれとやいたり。終盤ではなんと「おじさまの子を生んでみたいわね、あたいなら生んだっていいでしょう」とあって、笑ってしまう。ちなみにこの金魚、すぐにかっとする、燃える金魚。奔放で、

”私も一言

宮崎ファンの方には申し訳ないが、かつて「崖の上のポニョ」を見て、なんだよ、これ、と思ってしまった。私にとっては、そ

からだの中まで真紅なのだという。その単純さもおかしくて怖い。金魚はまさに若い女の化身かとも思うが、作品は一貫して、金魚が金魚であることを踏み外さず、そこに甘やかな美しさが、こぼれでる。

「お臀問答」も外せない。「金魚のお臀って何処にあるのかね」という、老作家の疑問から始まったそれは、人間では一等お臀というものが美しいんだというお臀の美学へと飛び火する。女人の官能を、野蛮に優雅に極めようとすると、もはや「本物」を描くのではおいつかず、金魚という「ぬめり」をもった観念に、行き着くしかなかったのか。人間に艶《なまめ》かしい夢を見させるうごきが、確かに金魚という生き物にはある。ここには犀星の欲望のかたちが、妖しいおひれのようにゆらめいている。

「おじさまはそんなに永い間生きていらっして、何一等怖かったの、一生持てあましたことは何なの。」と金魚に問われ、「僕自身の性慾のことだね、こいつのために困り抜いた」と老作家は答える。その性欲が自分に小説を書かせたのだとも言い、これはいかにも犀星らしい。「金魚」は官能というものを煮詰めたエキスでありながら、犀星の内側にある性欲の体現とも見えてくる。老いと性を並べて老醜とならず、瑞々しい様相を写しているのは、ここに表された日本語の力だ。まるで一匹の生きた海老のごとく、尾っぽに至るまでぴちぴちと生きている。目を奪われ、読み続けるうちに、日本語そのものが金魚となって水のない紙の上に蠢き始める。かつて関わりあった女の幽霊たちも登場するが、この金魚もまた、人間に比べればずっと短い生涯をおくるだろう。愛欲のかなたに、水のうえに浮く金魚が見えてきて、題名の「あはれ」が深く身にしみる。（小池）

の対極に「蜜のあはれ」があるからである。アニメと小説が違うことくらい百も承知だが、人の世界とさかなの世界が交差するのか？　室生の金魚は、人と話しても、女にならないところがいいのだ。それでいて、妖しいほど若い女であるから凄いのだ。（芳）

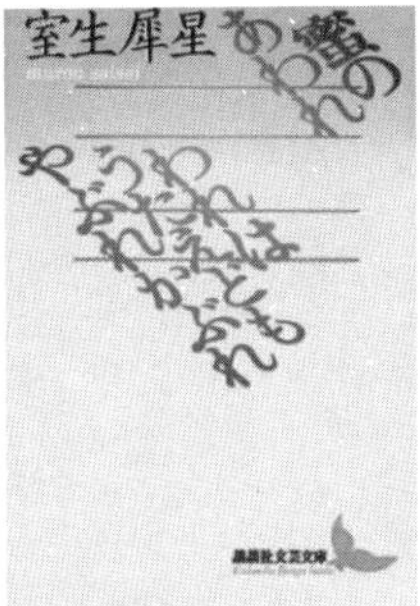

『蜜のあわれ・われはうたえどもやぶれかぶれ』（講談社文芸文庫）

[性の深淵をのぞく]

ジュスチーヌまたは美徳の不幸

Justine ou les Malheurs de la Vertu (1787)

マルキ・ド・サド

Marquis de Sade
(1740–1814)
フランス革命期の貴族(侯爵)にして小説家。道徳・宗教に制約されない肉体的快楽を追求し暴力的な描写を好む。『ソドムの百二十日あるいは淫蕩学校』など、ほとんどの作品は獄中で書かれた。牢獄と精神病院への収容は30年余に及ぶ。

美徳は滅び、悪徳は栄える

この本を紹介する前に、簡単な情報提供を一つ。右に掲げた書名は、岩波文庫のものだが、河出文庫になると、『新ジュスティーヌ』となる。どうしてか。これは、大きく言って、サドが用意した草稿が三種類あることから来ている。もとになった物語は同じ。最初は『美徳の不運』。その草稿に大幅な修正を施したのが『ジュスチーヌまたは美徳の不幸』。そしてそれをさらに改訂したのが『新ジュスティーヌ』。主要な物語が、一人称の私語りから、三人称の客観描写に変えられている。ただし、河出文庫は全訳ではない。

なんと言っても、サドの魅力は、仮借ないまでの徹底性である。その徹底性は、神をも恐れないほどであり、それがよく見えるのは、ジュスチーヌがいかに苦しい目に遭ったかを私語りする物語の本体よりも、それを取りまく物語の結構の方である。しかしサドの物語の場合、それを紹介すると、推理小説のネタばらし的な感じがしてしまう。

”私も一言

繰り返される責め苦。増幅する嗜虐の反復はまるで文学マシーンのようだ。しかもそのつど至高の一回性を欲望する倒

物語の結構とは、平たく言えば、本体の物語の始まりと終わりのことだ。発端は、パリの大銀行家の父親の破産とそれに伴う頓死で、妹ジュスチーヌと姉のジュリエットがパリの名高い大修道院を出ることになる。それぞれ、百エキュ（岩波文庫の注によれば、娼婦との派手な一夜の遊興費くらい、とのこと）を渡され、自分で生きなければならなくなった。姉には「悪賢さや手管《てくだ》やこび」（植田祐次訳）が見られたのに対し、妹には「羞《は》じらいと慎みと内気さ」が見られた。その性格どおり、姉はあらゆる手段をつくして、いまではロルサンジュ伯爵夫人におさまっている。一方、妹は無実なのに奉公先で盗みの片棒をかつぐよう求められ、拒むと、ぬれぎぬを着せられて逮捕されてしまう。大革命前の旧体制下では、奉公人の盗みは死罪である。そうして有罪となり、パリの裁判所にあらためて送られる途中で、ロルサンジュ夫人の目にとまり、不幸の顛末を語って聞かすことになる。かくして、ジュスチーヌの私語りがはじまり、これが物語の本体となる。

それを聞いた夫人が自分が姉だと名乗り出て、その話をいっしょに聞いたコルヴィル氏がパリの大法官に手紙を書き、その結果、晴れて妹は赦免されることになるのだが、「ああ、お姉さま、この仕合せが長くつづくはずはありませんわ」とたちまち悲観する。その悲観の背中を押すように、サドは窓を閉めようとした妹に雷を落とし、落命させてしまう。死刑を逃れたのに、落雷で命を落とす。物語としてみたら、単純で、面白みに欠けるかもしれないが、そこにサドの仮借のなさが現れている。徳があるからよいことが起こる、というモラルは徹底してどこにもない。美徳は滅び、栄えるのは悪徳なのだ。神がいない世界である。だがそこには、それまで誰も見たことのない自由が垣間見える。（芳川）

錯。その凄味において文学史に名を残す。数多い悪党の中でも、問屋商人サン＝フロランは絶対に許せない。しかし、再会した姉妹の涙の抱擁という読者のメロドラマ的安堵を、最後に決定的にいたぶる作者こそ最もむごい人物だ。（中）

『ジュスチーヌまたは美徳の不幸』植田祐次訳（岩波文庫）／『新ジュスティーヌ』澁澤龍彦訳（河出文庫）〈写真〉

［性の深淵をのぞく］

毛皮を着たヴィーナス

Venus im Pelz (1871)

L・ザッヘル＝マゾッホ

ムチと契約あるいは女王と奴隷

サディズムという言葉がサド侯爵にちなむように、マゾヒズムという言葉はこのザッヘル＝マゾッホにちなむ。ドイツの精神病学者・クラフト＝エビングが言いはじめたが、いまでは「マゾ」と言うと、単に〈被虐性〉を指す幅広い日常語になっている。

物語の発端は、主人公の「私」が見た奇妙な夢を、知り合った地主貴族のセヴェリーンに話したことからはじまる。話を聞き終わると、セヴェリーンは机のなかから手稿の束を取りだし、「私」に差しだす。表には「ある超官能者の告白」と書かれていた。こうして「私」が読むことになるのが、『毛皮を着たヴィーナス』の主要な部分であって、だからこの作品は、いわば外側を包む額縁を持ついわゆる〈枠物語〉となっている。枠の内側の物語は、後にマゾヒズムと名づけられる奇妙な性癖（いやむしろ病癖か？）からの回復譚としても読めるが、青年セヴェリーンにとって、それは一種の通過儀礼にほかならなかった。

Leopold Ritter von Sacher Masoch
(1836-1895)
オーストリアの小説家、貴族（伯爵）。初期は故郷を題材にした歴史小説を書いていた。『毛皮を着たヴィーナス』に見られる倒錯は作家本人も実践していたと見られる。

”私も一言

なるほど「契約書」はムチ以上の「被虐を実現する形式」だ。すると多くの社会的契約に緊縛されている私たちは皆マゾヒズ

それを経ることによって、前とは何かが決定的に変わっている。その変わったところとは、セヴェリーンの女性に対する認識である。

　主人公は、カルパチア山脈の保養地で、一人の婦人に出会い、彼女に惚れる。「自分の愛する女に虐待され、裏切られたいのです。それも残酷であればあるだけ素敵なのです」と求愛する。これが、主人公の快楽なのだ。だからさらに、「私をあなたの夫にするか奴隷にするか決めて下さい」と究極の選択を迫る。女は「そんなことを言っているとあなたも愛の殉教者に、一人の女に殉教死する人になってしまうかもしれなくてよ」と忠告さえするが、しまいには男を奴隷にしてしまう。そして男の被虐愛に導かれ、教育されて、ムチもふるえば、毛皮もまとう。さらには、男を奴隷とする契約書を結ばせ、その命さえ自分のものにする。そうして男を召使いとして従え、イタリアに旅立ち、その地に逗留するのだが、その地で、女は何に出会い、どう変わるのか？　まさに、読書の楽しみである。

　ところで、この契約という形式が被虐性愛には必須なのだ。とりわけ当人の権利を奪う契約書は、マゾヒストにとってムチ以上である。法律や契約書の条文は、人間を縛りつけ、被虐を実現する形式なのだ。そしてセヴェリーンが、女には毛皮を着せ、ムチを持たせ、自らは召使いとしてお仕着せをまとうように、制服もまた被虐性愛の重要なアイテムにほかならない。自己を捨て、制服の表象になりきること。制服を着ているからこそ、自分ではない存在になれる。まさに「サド・マゾプレイ」で、その種のサーヴィスを金銭と交換で受ける遊戯形態じたい、インスタントではあれ、契約の締結と履行なのだ。だから女王様のコスチュームもまた、契約によって自己を否定する被虐遊戯には欠かせない。（芳川）

ムを実践しているわけだ。ところで、この女＝ワンダはどう変わるのか、「読書の楽しみ」をここで述べてしまっては、まずいだろうか？　でも、ちらっと言いたい。ギリシャ美青年の登場だ。やがて、愛の真相が明らかに……。（中）

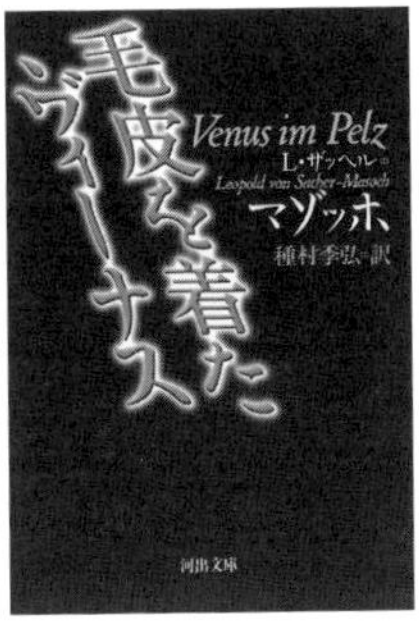

『毛皮を着たヴィーナス』種村季弘訳（河出文庫）

［性の深淵をのぞく］

犬
(1922)

中勘助

愛欲と妄執のはてに、犬となる

中勘助と言えば、「子供の世界の描写として未曾有のものである」と夏目漱石の賞賛した名編『銀の匙』を思い浮かべる人が多いであろう。その同じ作家が、かくも愛欲と妄執に悶える性の深淵の覗く小説を書くとは、信じがたいかもしれない。粘着的な文体で愛欲の醜悪さを克明に描きだす場面など、ときにおぞましいほどの迫真力がある。

物語の舞台は西暦一千年ころのインド。回教徒の軍隊の攻撃を受けて壊滅状態にある町はずれに、草庵を結んで修行を続ける婆羅門《バラモン》の苦行僧がいた。年齢はおよそ五十歳。僧は庵《いおり》の近くをとおりかかる身重の娘が、お腹の子の父親に会いたいと願かけに行くのを知る。彼女は侵略者の「邪教徒」の若い隊長に凌辱されたのだが、その美青年を忘れられない。僧は交わりの具体的な場面を細かく聞きだし、嫉妬に燃え、婆羅門の秘術を使って隊長を呪い殺してしまう。今や激しい欲望を感ずる娘には、神のお告げと称して腹の子を下すよ

Naka Kansuke
(1885-1965)
東京出身の作家・詩人。夏目漱石に師事し、漱石の推薦で『朝日新聞』に自伝的な小説『銀の匙』を連載、代表作となる。その後『犬』や、仏教説話に取材した『提婆達多』などを発表。童話や詩集もある。

”私も一言

こんな一編が、日本文学のなかにひっそりと書き残されている。もうそれだけで、震撼する。登場人物は三人。一人は僧侶だ

うに命じる。娘を裸にし、震える身体を揉みしめ、初めて知る女の肌に、僧の全身の血が煮え立ち、「これほどの楽しみとは知らなんだ。罰もあたれ。地獄へも堕ちよ」と娘への激しい執着に悶えるのだ。

　そこで修行僧は呪法を用いて二人とも犬の姿に変身させ、思うぞんぶん愛欲に耽る。僧犬に宿縁を諭されても、彼女は青年が忘れられない。彼女にとって、僧犬との情交は、「邪教徒の凌辱よりも遥に醜悪、残酷、かつ狂暴」であった。僧犬がことを終えても、「尻は汚らしい肉鎖によって無慙《むざん》に彼の尻と繋がれ」、「腹の中に僧犬の醜い肉の一部のあること」を感じると、娘は嘔吐しそうになる。それでも僧犬は挑み続ける。やがて、この犬への変身の呪法が解ける決定的な瞬間がやってくるのだが、そのいきさつは……。

　性の深淵を鮮烈に描きながら、これほどまでにエロスや官能性を欠いた小説は珍しい。性の交わりや生殖へのほとんど嫌悪に近いような潔癖さが覗く。私が気になるのは、いくら「狂的な抱擁」にあっても、「気のない顔をしている」娘への僧犬の不満と焦燥感だ。はたして『銀の匙』の作者にどのような愛の葛藤があったのか、関心がいくところであろう。富岡多恵子『中勘助の恋』に述べられているのだが、若くして脳溢血で身体的自由を失った兄、兄嫁の末子、勘助との嫉妬と妄想の入り混じった三者関係が反映しているかもしれない。ただ、私は勘助が末子に贈った『菩提樹の蔭』を見たことがあるのだが、まことにそっけない献呈署名であった。富岡多恵子は勘助の幼女への偏愛（友人の娘の江木妙子、さらに和辻哲郎の娘の京子）にも触れているが、この作家の愛と「潔癖」の関係の実相は単純ではなさそうだ。（中村）

が、いずれもが罪びとであり、互いが互いを滅ぼすという構図。他人の話ではない。生きていくということが即ち罪を犯すということ。だからといって人間が許されていいわけはない。死体から食いちぎった睾丸を食べる「犬」。救いはなく同情もない。寓話ではなく、現実の話。（小）

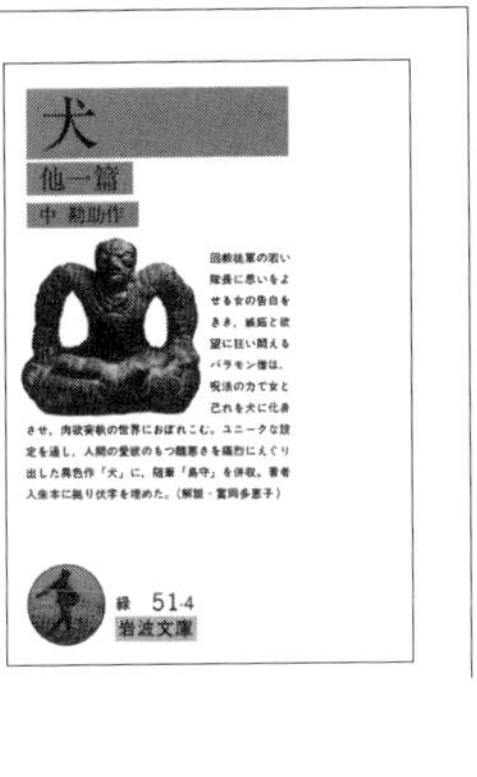

『犬、他一篇』（岩波文庫）

ロリータ

Lolita (1955)

ウラジーミル・ナボコフ

Vladimir Nabokov
(1899-1977)
ロシア生まれのアメリカ作家。ロシア革命のため、ドイツ、フランスに移り住み、1945年にアメリカに帰化。コーネル大学に約10年在職し、文学を講ずる。ロシア語、フランス語、英語の多言語作家。代表作は他に『青白い炎』『アーダ』など。

文学の教科書なのだ

「ロリコン」（ロリータ・コンプレックス）なる言葉の出所として、この小説は少女愛の性典として一般には受け取られている。商業的な成功もそこにあった。ところが、実際に読んでみればわかるように、中年男の十二歳の少女にいだいた〈萌え〉が、危うい性愛場面を繰り広げるなどという期待は、すぐに裏切られることになるだろう。イギリスのカトリック作家グレアム・グリーンのように、この小説の真価をいちはやく見抜いた人もいるが、当初から「かつて読んだ本の中でもっとも汚らわしい」といった評も多かった。

しかし『ロリータ』がいかに精巧な言語的仕掛けをこらした作品であるか、次第に明らかになった。その評価は、アルフレッド・アペルの編註による『詳解ロリータ』（一九七〇年）の出版が大きな役割をはたした。作中の古今の文献からの引用、パロディ、転義などの修辞的な背景を註解する本書によって、昨日はポルノグラフィーと誤解されていた小

”私も一言

なぜ、ここにこんな描写があるのかと、立ち止まって考えるのは面白い。例えばテーブルの上の、まだつやつやしたプラム

説が、今日は文学の授業の教科書になったのである。

多義的な意匠の一端は、「ロリータ、わが命の光、わが情欲の炎。わが罪、わが魂。ロ、リー、タ。舌の先が口蓋を三歩旅して、三歩めで、軽く歯にあたる。ロ。リー。タ。」（拙訳）という書き出しの文から早くも感受できる。英語の原文はL音が響き、エドガー・ポーの詩「アナベル・リー」の伝説の少女リーが重奏している。また、ロリータから始まってロリータで閉じるこのフレームを檻とみなせば、囚われ人はハンバート＝ハンバートで、しかも逃避行としてのこの小説全体を貫く「旅」のモチーフが覗いている。さらに、私の読み方が正しいとすれば、口蓋のなかで舌が三歩旅をする狭小（口蓋）と広大（旅）の空間の転換という、ナボコフに特有のイメージがさりげなく表現されている。この「旅」trip は「つまずき／過失」の意味も持つことを考えれば、旅＝つまずきとして、ロリータへの執着がもたらしたハンバートの破綻と挫折のエピソードを潜ませているように思う。

もちろん、この小説を大きな隠喩として読むこともできよう。成熟したヨーロッパ（大人ハンバート）が、未熟なアメリカ（小娘ロリータ）に翻弄される寓話とか？　しかしコーネル大学の文学講義で、「細部を愛撫する」ことが小説読みの至上の方法と強調したナボコフなのであるから、充実した「細部」の味読こそ、『ロリータ』という小説のもたらす官能的な愉楽にほかならず、さまざまなイメージの変幻を随所で体感できるはずだ。安モーテルのトイレの水音がナイアガラ瀑布に重なるとか、アメリカの風景への懐かしさが、ヨーロッパでの幼年時代に育児室で眺めていたアメリカから輸入された油布の絵に起因することに気づくといった些細な場面すら面白い。（中村）

の種。誰が置いたのか。例えば告白冒頭で、ロリータの名が口唇的に分解されるところ。読むたびうなじがむずむずする。言葉を弄ぶ源には、常に性的な欲望がある。同時にここは暗示的で、ロリータという少女を解剖すれば、その内臓はすなわち「言葉」。彼女の成熟が、詩から散文への道筋に見えてくる。（小）

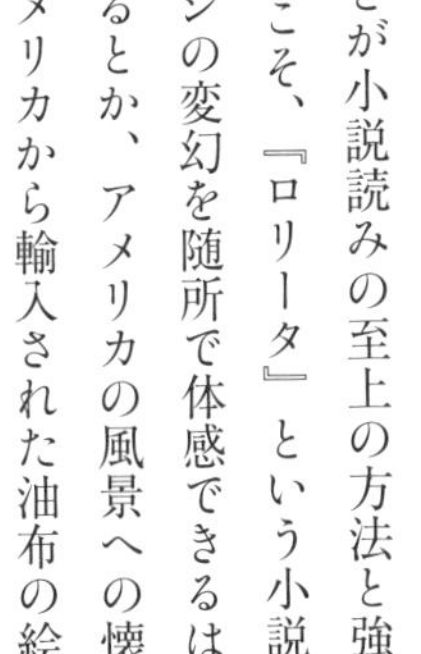

『ロリータ』若島正訳（新潮文庫）

［性の深淵をのぞく］

花のノートルダム

Notre-Dame-des-Fleurs (1944)

ジャン・ジュネ

Jean Genet
(1910-1986)
フランスの作家・詩人・劇作家、晩年は政治活動家。売春婦であった母に1歳前に捨てられ、少年期から30代まで犯罪を繰り返し、投獄される。コクトーに認められ、『花のノートルダム』を文芸誌に発表。代表作は『泥棒日記』。

「私」の語りの自在さ

ジュネということで、自分の体験を語れば、サルトルの提示したジュネ像から自由になるのがひどく大変だった。彼の『聖ジュネ』を読んだせいである。その批評の論理をごくごくわかりやすく言うと、聖女が熱烈な思いを神に向けるとすれば、ジュネは熱い思いを悪党や泥棒や男色に向ける。聖女が恍惚としてキリストと神秘な体験で結ばれるように、ジュネは犯罪者へ愛を惜しみなく注ぐ。聖女とジュネの愛は、同じ深度だが真逆なのだ。

一方に、キリストへの帰依による救済があるとすれば、他方にはそれと反対の徹底した堕落がある。その堕落ぶりに、サルトルは聖《サン》という聖人を呼ぶときの呼称を付与する。

なぜ、堕落に向かうのか？　犯罪においても、同性愛においても、それを堕落や下降と見る視点には、この世界からの〈疎外〉という視点が重ねられている。その疎外を克服するには、自己投企が必要だ。ジュネにとっては、小説を書くことがその自己投企なのだ。

”私も一言

ジュネと言えば、矢内原伊作をモデルにしたデッサンを一心不乱に続けているジャコメッティのアトリエに現れては、「な

堕落＝下降も、そうした疎外を乗り越えるための自己投企なのだ。私は、そのようなサルトルの論理から自由になるのにかなり時間を要した。

では、どこがジュネの魅力なのか？『花のノートルダム』に限って言えば、この物語を獄中で書いていると思われる「私」の奔放さである。一応、物語の主人公は同性愛者のディヴィーヌ（幼少期の名はルイ・キュラフロワ）とも言えるし、あるいはディヴィーヌと花のノートルダムの込み入った恋愛とも言えるし、殺人を犯したその花のノートルダムの裁判の物語とも言えるが、魅力的なのは、ジャンという名（ジュネを彷彿とさせる）の「私」の自在さなのだ。

たとえば、ディヴィーヌの幼いころのこと。一つの比喩が導く面白い挿話が展開される。「敏感なアルベルトは、自分の指のなかでちんぼこが膨れあがるように、キュラフロワのなかに感動がこみ上げ、彼を硬直させ、びくびく震わせるのを感じていた」（中条省平訳）と語られると、「キュラフロワはまだ蛇に触れていない」という挿話が連想され、アルベルトが「蛇取りを教えた」ことが語られる。「蛇がしゅうしゅうと絶望の音を立てているあいだに、すばやく頭に頭巾をかぶせ、紐を結び、籠に入れなければならない」。比喩から出た蛇取りの挿話は、やがて、「アルベルトは少年〔キュラフロワだ〕のあらゆる場所を犯し、自分が疲れきってへたりこむまで続けた」というように、男どうしのセックスにまで発展する。こうした奔放な語り方こそが、ジュネの塀のなかの想像力なのだ。物語を語ろうとせず、比喩からの成り行きを物語に利用すること。そうした自在さこそが『花のノートルダム』の魅力にほかならない。

（芳川）

んという情熱」と発して立ち去る姿が思い浮かぶ。本書もまた、「なんという情熱」と呟くほかはない〈ならず者〉たちの「生のポエジー」。その周密な描写力に魅了される。サルトルの『聖ジュネ』は、嫉妬の書に思えるのだが、どうだろう。「その犯罪が曙光に輝いていた」（『花のノートルダム』）ジュネの少年時代への嫉妬だ。（中）

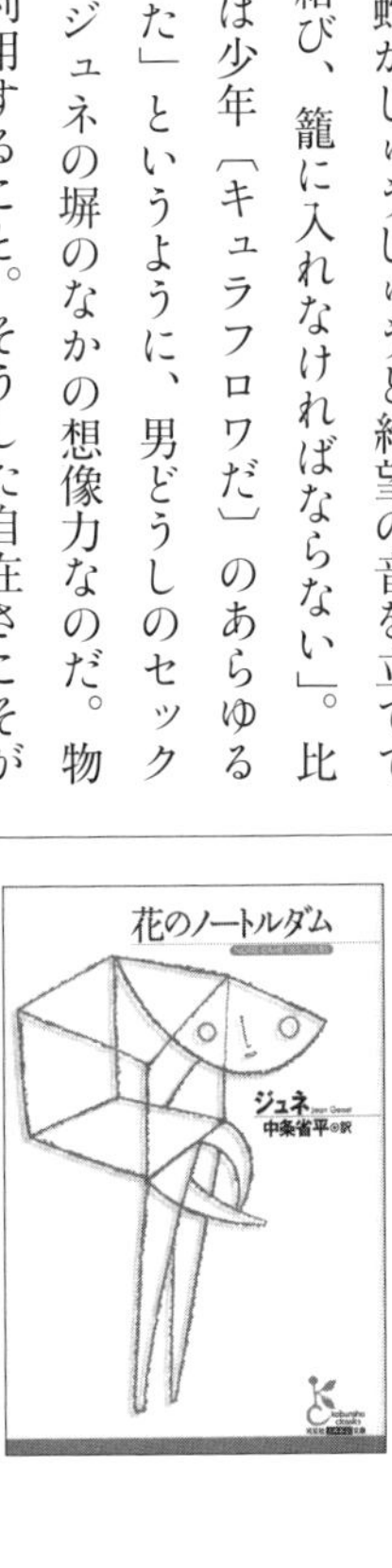

『花のノートルダム』中条省平訳（光文社古典新訳文庫）

［老いつつある日々の中で］

老人と海

The Old Man and the Sea (1952)

アーネスト・ヘミングウェイ

Ernest Hemingway
(1899-1961)
アメリカの作家。第一次大戦後の享楽的な青春群像を描いた『日はまた昇る』で、ロスト・ジェネレーション（失われた世代）の代表的作家となる。『誰がために鐘はなる』『武器よさらば』など。本作でノーベル文学賞受賞。61年、銃で自殺。

疲労の果ての静寂に羨望すらおぼえて

キューバの老漁師サンチャゴは、八十四日間の不漁の後、メキシコ湾にひとり小舟で遠出する。老人に釣りを教わり、話し相手となり、身の回りの世話をしている少年は、両親から一緒に漁に出ることを止められている。不運が乗り移ってはいけないというわけだ。しかしついにサンチャゴは巨大なマカジキを釣糸に掛ける。巨魚は小舟を引き回し、三日に及ぶ苦闘の末に老人は勝利するものの、帰途つぎつぎと鮫に襲われ、頭と骨だけが残る。

ヘミングウェイほど、アメリカ的な「男らしさ」の通念（強い男）と奮闘した作家はいない。ボクシングにうちこんだり、戦地におもむいて名誉の負傷を得たり、闘牛に親しんだり、アフリカで猛獣狩りをしたり。しかし、そうしたマッチョぶりは、繊細な傷つきやすい内面の転倒した姿でもある。ある意味で、『老人と海』もそうした「強さ」の両義性を見るべき小説にちがいない。「人間、負けるようにはできてねえ」と老人はつぶやく。

”私も一言

帰還したサンチャゴが、ようやくのこと小屋に辿り着き、ベッドに転がる場面がある。彼は「腕をだらりと伸ばし、手の

老いてなお全身全霊で闘った末に失敗に終わるけれど、その英雄的敗北において、魂の輝きを示す。その発表当初からなされる解釈は、老人にキリストを重ねるものだ。鮫を見た瞬間の叫びは「両手に釘を打たれて磔《はりつけ》にされる瞬間」に発する声だと確かに文中に述べられているし、手の負傷は聖痕のようでもある。早朝に港に帰りつき、マストをかついで小屋への坂を上る姿は、十字架を背負ってゴルゴダの丘を行くキリストを想起させもする。もちろんこうした教訓的読解も説得力を失わない小説ではある。一方、人生の勝利と敗北の二元論的な選択の発想から離れたところにも、多くの面白さが存在する作品なのだ。

かいがいしく老人の世話をする少年の心遣いは何やら妻のようで、その過剰なまでの繊細なやさしさには、思わず微笑んでしまう。この老人と少年との関係で言えば、たとえばもはや売ってしまった投網がまだあるように振る舞うなど、「作りごとを毎日くりかえし演じている」ことは注目に値する。この小説は海を舞台にする老いた男と少年の芝居を思わせるからだ。孤独な海でたびたび老人は「あの子がいたらいいのに」とつぶやき声をもらし、その独白の一つ一つが台詞の響きを帯びている。

さらに、改めて私がこの小説のどこに心惹かれるか考えると、老人の生の臨場感をきわやかに感じさせるさりげない描写なのだ。魚や海老に丸ごと喰らいつく生々しい食の情景はもちろん、ズボンに新聞紙を詰めて枕にするとか、手を海に入れて水の微妙な抵抗感で舟の速さを確かめるとか、夜明けの鋭い光が目に痛みを残すとか、あるいは舟から放尿しながら星の輝きを見つめるとか。そして何よりも、極限まで酷使した老いの身体を襲う疲労の果ての静寂に、私はふと羨望のようなものを感じてしまう。

（中村）

ひらを上向きにして寝た」（小川高義訳）。その手に気づいた少年を泣かせてしまうほどの傷だらけの手。痛かったから、彼は無意識のうちにその姿勢を取った。だがわたしが「上向きのてのひら」から連想したのは、無垢な赤ん坊の寝姿だ。赤ん坊はよく、そうやって寝る。てのひらのなかへ、光が落ちている。

（小）

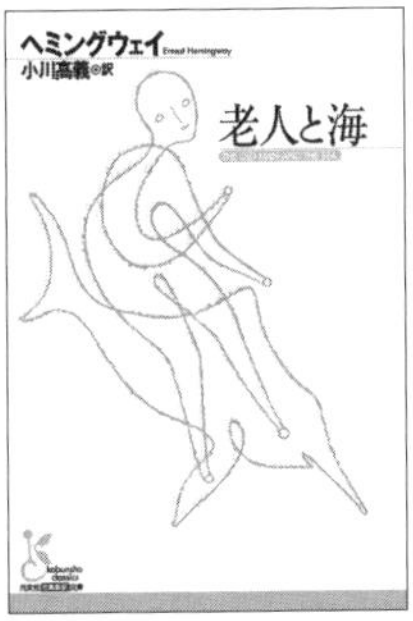

『老人と海』小川高義訳（光文社古典新訳文庫）〈写真〉／福田恆在訳（新潮文庫）

[老いつつある日々の中で]

老妓抄 (1938)

岡本かの子

Okamoto Kanoko
(1889-1939)
東京の大地主の家に生まれる。歌人として出発、漫画家岡本一平と結婚し、長男太郎(彫刻家)を出産。家庭生活の波乱や長女次男の死から仏教に救いを求め、『仏教読本』などを刊行。晩年、小説を志し『母子叙情』『老妓抄』『生々流転』等を発表。

真昼の百貨店

一人の老妓が若い男を「放胆に飼う」話である。老妓の養女、みち子も配されて、三者三様、女と男の、関係の牽引が展開される。もう一つの読みどころは、老妓の見事な老い方だろう。「年々にわが悲しみは深くしていよいよ華やぐいのちなりけり」。末尾に置かれたこの一首は、老妓の心の世界をくまなく照らす。ここには作者・かの子の命も透けて見えるし、老いゆくすべての女たちも、自分の命を重ねて読むはずだ。

「芸者というものは、調法ナイフのようなもので、これと云って特別によく利くこともいらないが、大概なことに間に合うものだけは持っていなければならない。どうかその程度に教えて頂きたい」――こう言って、或る日、老妓が、作者のもとに和歌を習いに来たとある。なかなかのセリフである。老妓が相当に賢い女人であることがわかる。経験だけが言わせる言葉ではない。彼女はこうした深い知恵を、周囲の人々に惜しげも無く披露す

”私も一言

老妓と柚木青年の関係が、「恋愛の一形態に見える」とは、なるほどそうかもしれない。だからこそ「わが悲しみは深くして、

る。人生すべてにおいて、だしおしみがない。金の使い方、生かし方、嘘の付き方、男との付き合い方。若い芸妓たちは、耳をそばだてて聞く。男との駆け引きだって、さんざん繰り返してきただろうに、柚木に対しては、詰襟を着た男子学生のような清潔な感情がほとばしるところが面白い。老妓にしてみれば、柚木に金、つまり自由を与え、彼が何事かを成し遂げるさまを見ようじゃないか、というわけだが、だからといって純粋なスポンサーに収まるわけでもない。老妓はやはり「女」なのだ。そこに立つだけで「女」なのだ。内面とは無関係に、「女」を見せる「女」なのだ。面白いのは柚木も同じで、生活丸ごと、彼女に世話になっているというのに、卑屈にならず遠慮もない。老妓にある種の畏れを抱きながらも、ふいっと旅に出たりする。柚木のそういう放縦さに、おそらく老妓は不安と魅力を覚えている。彼女は、人の命の弾みを見たいのだ。

　柚木とみち子との間には、火花の散る一瞬もあるが、対等という意味で真に張り合っているのは、柚木とこの老妓である。肉体関係の事実があろうとなかろうと、親子ほど年齢が違おうとも、老妓と柚木の関係は、わたしの目には、恋愛の一形態に見える。そもそも二人は同じ魂の色をした「仲間」と言っていい。みち子という未成熟な女がステージにあがってくることで、彼ら二人がいよいよ「共犯関係」に見える。しかしこの先に未来があるとして、何がどう展開するか。老いた老妓はこの世あるいは世間を去り、みち子は柚木によって女となり成熟する――。繰り返されるそんな「陳腐」を、しかし、かの子は書かなかった。老いが見せる、断崖絶壁の輝きを、馬の綱を離すようにぱっと離して、この物語を止め置いた。深い哀しみと空漠と、頰に立ち上る血の紅味。（小池）

いよいよ華やぐいのち」の境地にあるのだろう。旅に出た青年の手前勝手な振る舞いへの老妓の心境、その深みに、私は思いさまよう感じになる。「不安な脅えがやや情緒的に醗酵して寂しさの微醺《ほろよい》のようなものになって、精神を活溌にしていた」という表現など何度となく反芻してしまう。（中）

『老妓抄』（新潮文庫）

［老いつつある日々の中で］

日の名残り

The Remains of the Day (1989)

Kazuo Ishiguro（1954- ）
長崎生まれ、5歳からイギリスで育ち、1982年イギリスに帰化。同年、処女作『遠い山なみの光』を発表。本作品でブッカー賞受賞。他に『浮世の画家』『充たされざる者』『わたしたちが孤児だったころ』『わたしを離さないで』『夜想曲集：音楽と夕暮れをめぐる五つの物語』など。

カズオ・イシグロ

職業と生き方

本書の語り手、スティーブンスは、執事として、先代ダーリントン卿に長く仕えたあと、今はまた、ダーリントン・ホールの新しい所有者となった、アメリカ人のファラディ氏にお仕えしている。主人の許しを得、車で数日間の旅に出た彼は、英国の素晴らしい田園風景をめぐりながら、思いを遥か、過去へと遡らせてゆく。

ダーリントン・ホールがもっとも華やかだった時代。スティーブンスが誠心から忠義を捧げたダーリントン卿は、屋敷にヨーロッパ各国の重鎮たちを集め、非公式の外交会議を持ったものだった。戦後、ナチのシンパだったと批判され、名誉毀損の裁判をおこすも敗訴。卿は最後、過ちをおかしたと認めて死ぬ。

どんな人格者も勇者も権力者も、やがては衰退し影に入る。それを見つめてきたスティーブンス自身、年を重ね、執事という職業自体、時代にどこかそぐわない。「グレイト・

”私も一言

この作家の存在は、二十一世紀の世界文学にとって貴重である。クレオール文学の対極をなしているからだ。宗主国の言語

ブリテン」としての古き良き英国の面影、そこに根付いていたはずの価値や文化——品格とか伝統とか偉大さとか真の紳士とか——も、どうやら夕暮れにさしかかっているようだ。その陰りは、たとえば、磨かれた銀器に、わずかに残った曇りとか、あるいは封じ込められた、女中頭、ミス・ケントンとの淡い交情など、様々な現象に飛び火しながら、本書全体に流れる抑制されたトーンを、乱すことなく織り上げていく。

文章にも、そして描かれた風物にも形式美があり、形のなかで、様々な思いがゆらめいている。しかし表側は、何一つ変化など起きていないというように進む。秩序を支えているのは執事の細心なる準備。いかなるときも、職場放棄は許されない。それ故、スティーブンスの父は——彼同様、偉大な執事だったが——屋根裏部屋でひっそりと死んだ。

二代に渡るその職務を通して、段々と見えてくるのは、一つの確かな生のかたちだ。

それにしても、自己制御が習いになってしまったスティーブンスが、ミス・ケントンから思いをかけられ、自らもほのかな感情を抱きながら、それに気づかず、あるいは気づかないといった態度を取り続けるのは、あきれるしおかしいし、そして切ない。彼の心の内は読者にも見極め難い、分厚いカーテンで覆われている。だが、その内側は大いに揺れている。彼女との再会の場面では、思わず涙があふれるが、その涙もひいた、大分あとになって、哀しみがじわじわと沸き上がってくるだろう。ミスター・スティーブンスの職業意識は、悲劇的なまでに、感傷にふける暇を自他共に与えない。謹厳なユーモアに包まれた成熟と気品。英国の「流儀」を垣間見る思いがするが、かつての日本にも、この執事のような人間はきっといた。郷愁を覚えるのはそのせいかもしれない。

（小池）

がそれを使う他言語のネイティブにより変形されたクレオール語ではなく、言語の獲得も文化もその国（イギリス）に属していながら、出自は他国（日本）にあるというイシグロのありようは、それだけで世界文学のフロントに位置している。（芳）

『日の名残り』土屋政雄訳（早川書房・ハヤカワepi文庫）

崩れ（1991）

幸田文

命のはずみ

幸田文は七十二歳のとき、静岡県・梅ケ島の「大谷崩れ」と呼ばれる巨大な崩壊を見て衝撃を受ける。そのときの気持ちを、「気を呑まれた」とも「木偶《でく》のようになった」とも書いている。「無惨であり、近づきがたい畏怖があり、しかもいうにいわれぬ悲愁感が沈殿していた。……どうしたらいいのだろう、といったって、どうしてみようもないじゃないか――というもたもたした気持が去来した」。以来、この人は崩壊した山河を訪ね歩く。前述した大谷崩れの他、富士山大沢崩れ、由比と大崩海岸の崩壊跡、男体山の薙《なぎ》（崩れと言わずに、「薙」と呼ぶところもある）、鳶山の崩壊、長野県の稗田山崩壊、鹿児島・桜島、そして北海道・有珠《うす》へ。わたしもまた、本書を読むまで、まるで知らなかったことだが、日本には、崩壊を抱えた山地が意外に多いのである。

しかしなにしろ、思い立ったのが七十を過ぎてから。山道をゆけば、足、膝、腰まで軋

Kouda Aya
(1904-1990)
東京生まれ。幸田露伴の次女。父の死後、その資料を編纂・刊行しつつ「終焉」などの随筆を発表。50歳から小説を書き始める。『流れる』で芸術院賞受賞。自伝的小説『おとうと』や、『闘』『きもの』など。

”私も一言

私にとっては、幸田文の印象ががらりと変わった作品である。七十二歳にもなって、なぜ作者は「崩れ」の現場に足を運

んでくる。ときには人の背中を借り、きつい山道をおぶってもらったりもした。それでも行く。おぶうほうにもおぶわれるほうにも、不思議な力が働いて、遠慮とか申し訳なさというものが、一時、奥のほうにひっこんでしまっている。なんだかおかしくて、清々しい。「因果なことである。」と自分でつぶやいてもいるが、とにかく、全身で「崩れ」に惹かれているのである。わたしにはわかるような気がする。小石、石、時には岩が谷を削り、落下していく乾いた音を、本書を読みながら幾度か聞いた。自分がその落石のひとつになったかのようだった。谷底をのぞく気持ちが、自分をのぞきこむ心象と重なった。自らの老いを認識することは、この激しい自然現象へ、むしろ作者を積極的にのめりこませた。「崩れ」に惹かれるその心には、天変地異のエネルギーを、自らの生きる力に奪還するのだという、無意識の欲望すら感じられる。誤解をおそれず書いてみるなら、ここに表された文章には、だから、艶《なま》めかしさと命のはずみがある。

作者には、同時期に執筆された「木」という作品集もあり、こちらもまた、木の立ち姿に全身で惹きこまれ、精力的に全国を歩いた記録。相手が「木」にしろ「崩れ」しろ、ほとばしるような行動力だ。そしてそうした自分の状態を「また種が芽を吹いたな、という思いしきりである」と本書中で書いている。いつか蒔かれた心の内の種が、老年期になって、次々と発芽した。なんという老いの華やかさだろう。作者が書くのは、当然、「崩れ」についての研究や情報ではなく、その現象から受け取った、いや奪いとったある切実な激しさである。それをなんとか言葉にし、読者に伝えたいともがいたあとが、他の誰も言い得ない独特の表現を呼び、粋で広々とした言葉の世界を広げた。

（小池）

んだのか。「大谷崩れ」を見たときの何かが、そうさせたにしても、作者が大地から発散されたエネルギーの現場に注ぐ視線には、人が介在できない大地への畏怖と共感があふれている。「崩れ」を災害と呼んでいては理解できない境地を突き出されるのだ。（芳）

『崩れ』(新潮文庫)

［老いつつある日々の中で］

そうかもしれない

(1988)

耕治人

業の灯火

子供のいない老夫婦。夫である「私」は作家である。口内に潰瘍ができ入院している。その「私」を長く支えてくれた妻は、呆けて、今、ホームにいる。夫のもとへ、ある日、妻が附添い人の婦人とともに見舞いにやってくる。「ご主人ですよ」。妻は黙っている。それで、また言う。「ご主人ですよ」。すると妻は、低いがはっきりした声できっぱり言う。「そうかもしれない」。「私は打たれたように黙った。」とあるが、読者も打たれる。この言葉に。呆けてしまったからこそ出てきた衝撃の一言で、もし妻が正気を保っていたのであれば、決してこのような言い方はしなかっただろう。断定を避けたこの言葉には、しかし、正気以上の正気が響いている。妻にそう言わせた夫とは、どういう人間なのか。

作者、耕治人は、自分の人生に起きたできごとを書く「私小説作家」である。そこには、いわゆる事実というものの迫力が、異様な熱気でたちこめている。しかし真に面白いのは、

Ko Haruto

(1906-1988)

熊本県出身の日本の小説家・詩人。戦前は思想犯として逮捕され、戦後も長く不遇だった。『一条の光』で読売文学賞受賞。代表作は他に『この世に招かれてきた客』『天井から降る哀しい音』などだが、晩年の本作が最も評判となった。

”私も一言

いずれ身につまされるのは、妻の「静かな報復の視線」だろう。夫が焼き魚を「骨と身を分け、身だけすすめた」などとい

書かれている「ほんとう」が反逆をおこし、作者の思惑を越えて、作者自身に挑みかかってくるとき。たとえば、わたしは読んでいて、作者に一方的に描かれるばかりの「妻」が、気になって仕方なかった。彼女は言葉で「私」を非難するわけではない。しかし行動ではっきりと反逆している。呆けた後に、行動がいよいよ単純化し、乱暴にもなり、入れ歯をいきなり捨てたりするが、そうした行動に目が吸い寄せられる。思惑がはずれた分、そこにはまるで雪がとけ、黒土の地面＝素地がいきなり現れ出たという、静かな迫力が感じられる。見るべきものはその地面だ。

「私」は妻に、何一つ亭主らしいことをしてこなかったという自覚もあり、一度は、妻を解放するために、死に場所を求めて旅に出た。しかし死ねない。妻が呆けてからホームに入居するまでのあいだには、三度の食事を作ったなどの記述もある。大変だったろう、と思う。本作の筆致は静かで、妻への悔恨に満ち、慎ましやかに進む。しかし、わたしなどは、そこに、何一つ文句も言わずに生き、呆けてしまった妻から夫への、静かな報復の視線を感じるのである。

段々と見えてくるのは、「私」という人物の生き方の癖。作家という種族の身勝手ともいえる「業」。「私」は確かに、生きることに不器用な「詩人」であり、妻はその「私」を母のように抱き取って生活した。不遇の時代も長かった作家だが、最後はこうして読者を得た。それは小説家としての幸福である。でもその「妻」は、どうなのか。本作とあわせて『どんなご縁で』や『天井から降る哀しい音』など、命終三部作と言われる最晩年の作品を読めば、彼ら夫婦の関係は、一層、多角的に浮かび上がる。

（小池）

う程度で気持ちをほっこりさせてはいけないのだ。妻が気になるという小池評、私とて心に刺さる。でも、正気であろうとなかろうと、すべて夫婦なるものは、「そうかもしれない」の関係にすぎないのだと、したり顔で呟いたりしてはいけないのだろうが、さて……。（中）

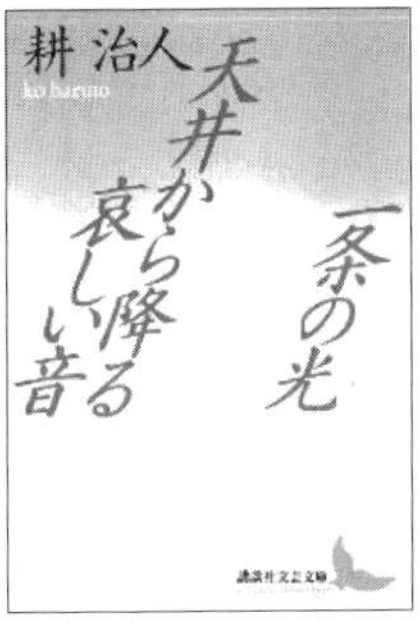

『そうかもしれない—耕治人命終三部作—』（武蔵野書房）／『一条の光・天井から降る哀しい音』所収（講談社文芸文庫）〈写真〉

猫町（1935）

萩原朔太郎

Hagiwara Sakutaro
(1886-1942)
近代を代表する詩人・評論家。前橋の裕福な医者の家に生まれる。口語象徴詩を完成し、体系的詩論を確立。詩集に『月に吠える』『青猫』『氷島』、詩論に『詩の原理』『詩人の使命』。他に評論集『日本への回帰』『帰郷者』等。

先験的な不安、別の名を猫

一切の色彩が着色されていない。刷り上がったばかりの版画のような作品だ。

三つの章から成り立っている。

一章では、「私」の神秘的な町歩きの経験が記される。時に薬物の力を借り、夢と現実を行き来する自由な「旅行」を楽しんでいた「私」。健康を害し、養生のために家の付近に散歩へ出る。道のおぼえが悪いせいで、方角を錯覚し、すぐに迷子になってしまう。家人は狐に化かされたのだと言う。あるいは三半規管の疾病か。家へ帰ろうとしていたのに、見知らぬ美しい町を歩いていたり、次の瞬間には、いつものありふれたよく知る町になっていたり。

一つの現象は、常に隠された裏側を持っている。作品内部を縫うように走る、縦横斜めの町の道。それは詩人の脳内に走る、哲学的詩想の直観の跡といってもいい。言葉を読む

”私も一言

いつもと違う反対側から歩いていくと、「秘密の裏側」に通じていて、いきなり見知らぬ美しい町が現われる。試してみた

こと＝町を歩くこと。中心部にある謎に向かい、読者はぐいぐい吸い込まれていく。

二章では、北越地方のKという温泉に滞留中に「私」が経験した、ある出来事が語られる。山道を麓へと降りていくと、そこに広がっていた美しい町。「胎内めぐりのような路を通って」、市街内部へもぐりこむ。たくさんの人で混み合っているというのに、その街は「少しも物音がなく……深い眠りのような影を曳いて」いる。

やがて凶兆の予感があり、町の調和を破るように、小さな、黒い、鼠のような動物が、街の真ん中を走っていく。猫であった。猫、猫、猫、猫ばかり。それは詩人の直観が、心に映し出した蠱惑的な現象。今一度、目を開けば、そこには猫の姿などなく、いつもの単調な田舎町の、平凡な商家が並んでいるだけだ。だが確かに、「私」は見た。ある日あるときの宇宙の実相を。

最後の三章には、荘氏の「胡蝶の夢」が引かれている。夢の中で蝶になった荘氏が、目覚めた後、はたして自分は蝶になった夢を見ていたのか、それとも蝶がこのわたしを夢に見ていたのか、自問するという説話である。ちなみに作品冒頭には、「蝿を叩きつぶしたところで、蝿の「物そのもの」は死にはしない。単に蝿の現象をつぶしたばかりだ。――ショウペンハウエル」という言葉が置かれている。見えているものの裏側に広がる戦慄の実相、裏返った世界、それが猫町ということだろうか。

唐突に現れた小さな、黒い、鼠のような動物は、まだ、猫と名付けられる遥か以前の、不安に満ちた生命の「発芽体」のようだ。わたしは思わず胎児を連想した。そして思った。この作品は「胎児の見た夢」なのではないかと。

（小池）

い。散歩と旅を語ってはいるのであるが、何かしら〈今ここ〉の異界であるような気がする。「私自身の宇宙が、意識のバランスを失って崩壊した」のだ。それにしても「猫、猫、猫、猫、猫、猫、猫」と連ねると、この「猫」という字そのものが黒々と怪異な形に見えてくる。（中）

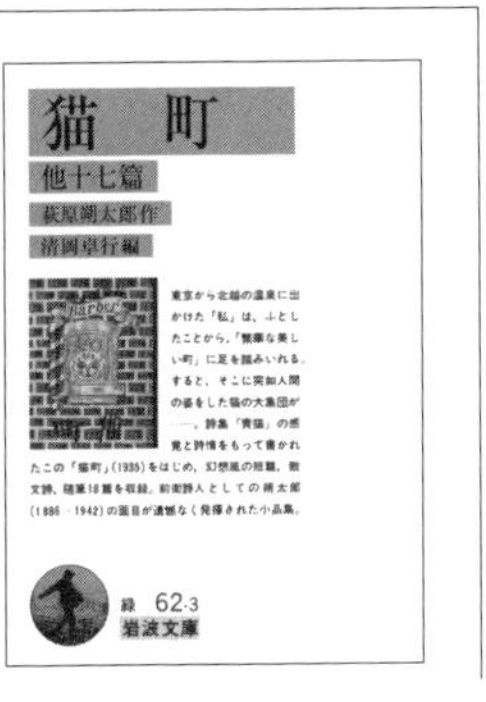

『猫町』清岡卓行編（岩波文庫）

［動物さまざま］

野性の呼び声

The Call of the Wild (1903)

ジャック・ロンドン

Jack London
(1876-1916)
アメリカの作家。貧しい家に生まれ、少年期から働き始めて様々な職業につく。各地を放浪後、本作で一躍流行作家となり、50冊以上の著書と200以上の短編を発表。日本では『白い牙』もよく知られている。日露戦争取材で来日したことも。

血の誇り

バックという名の大型犬がいた。父はセントバーナード種、母は牧羊犬のスコッチシェパード。最初はカリフォルニア州・サンタクララ・ヴァレーにある、ミラー判事の屋敷で、何の不自由もなく飼われていた。ところが、賭け事で金に困った庭師見習いのマヌエルに売り飛ばされ、人の手から人の手へ。抵抗すれば、棍棒と鞭で痛い目に。同じ運命にある犬たちとも闘いながら、バックは橇犬として、力の支配する日々を生き抜いていく。

小説の背景には、十九世紀末のアラスカ・ゴールドラッシュがある。多くの男たちが、夢を金に託し、凍てついた北方の荒野を横切り、「金鉱」を目指していた。

甘さのない動物譚だが、最初、読んだときは、戸惑いもあった。本来ならば、わかるはずもない「犬の内面」が、心を持つヒトのように描かれているからだ。「擬人法」につまづく読者がいるかもしれない。それでもバックが、逞しく「野性」を蘇らせていくに従っ

”私も一言

「バックは新聞を読まなかった」という冒頭の一行で、早くも読者は〈擬人法〉の中心に運び込まれる。内面描写は言うま

て、物語のなかの空気は峻厳に澄み渡る。わたしは次第に気圧されていった。

　かつて、日本の詩人・萩原朔太郎は、「遺伝」という詩で犬の遠吠えを次のように表した。「のをあある　とをあある　やわあ」。野性の本能を持つ先祖、狼のイメージが、この犬には重ねられている。まるでバックのようではないか。互いに知りようもなかったジャックと朔太郎は、面白いことに、十歳違いの同時代人だ（ジャック・ロンドンのほうが上）。

　暴力から救い出してくれたジョン・ソーントンという男にだけ、バックは心からの忠誠を尽くすが、その愛は、わたしたちの知る愛と違って、血への渇望を伴っている。ジョン・ソーントンが死んだのだということを理解すると、バックは空虚なものを覚えるが、それでも自らが噛み殺したインディアンのむくろを見れば、その痛み（ジョンを失った哀しみ）を忘れることもできた。「自分は人間を殺した。あらゆる獲物のうちでももっとも高貴な獲物を」と、誇りすら感じるのだ。一匹の犬になり、犬の目を通して、生を、血の味を、もう一度、じかに経験する――それがこの小説を読むよろこびである。

　終盤、バックが、仲間を殺したイーハット族の一団へ向かって、咆哮しながら突進していく場面がある。「……これまで見たこともないような動物が一頭、こちらへ突進してくるのが目にはいった。バックだった」とあって、わたしは初めて、向こうからこちらへ向かってくるバックを、正面から見た、という感覚に打たれていた。真にたくましくなったバックが、小説の奥から、飛び出してきたように感じたのだった。犬ではない、愛そのもの、言葉ではない、勇気そのもの。それをわたしは、素手で受け取った気がする。（小池）

でもなく、四章では犬が声をたてて笑ったりもする。もっとも、イヌ科の動物学者の平岩米吉は犬も笑うのだと、かつて写真まで添えて証言していたが。この小説の闘いのシーンの迫真力は比類ない。最後にバックが「荒野の兄弟」として狼の群れに加わったとき、読者もまた闇夜に向かって思い切り遠吠えをしたくなる！（中）

『野性の呼び声』深町眞理子訳（光文社古典新訳文庫）〈**写真**〉／『荒野の呼び声』海保眞夫訳（岩波文庫）

白鯨

Moby-Dick or The Whale (1851)

ハーマン・メルヴィル

Herman Melville
(1819-1891)
ニューヨーク生まれのアメリカの作家。少年時に家が破産、捕鯨船の乗組員となる。作家を志し、太平洋の人と生活を描いた『タイピー』『オムー』で成功したものの、以後の作品は不評で、税関の職員として暮らした。他に『ビリー・パッド』など。

怨念の凄絶、至上の退屈、それから……

かねてから憧れと羨望だけあって実現できない旅がある。ある歌人が、仕事とも家族とも関係を絶ち、半年近く九州を放浪しながら、小さな辞書だけを頼りに文庫本の斉藤茂吉歌集に評釈を試みていったという旅だ。その評釈は放浪中の日録も混交させた「私註」でもある。では、私ならばどの本に私的註釈を記しつつ旅をしたいか、人生のおりおりに想い描いてきたが、間違いなく『白鯨』はその最高の候補の一作であった。

なぜか？　誤解を恐れずに言えば、退屈な部分もたっぷり書かれているからだ。それがあることこそ傑作の条件とさえ私は思う。『白鯨』には至上の退屈が贅沢なまでに、何とたっぷりあることか。しかも再読してこそ楽しみが増してくる贅沢なのだ。物語の展開そのものを夢中になって追うようになるのは、語り手のイシュメールが、エイハブの立ち姿に漂う異様な悲壮感を伝える二十八章以降であろう。それはほぼこの小説の粗筋として要

”私も一言

本書の面白さは、読み進むうちに感情移入の対象が変わることだ。最初は、片足を白鯨に食いちぎられたエイハブを応援し

約される内容で、たとえば次のような白鯨との凄絶な戦いを中心としたものである。

――モービィ・ディックという名の巨大な白鯨に、片足を喰いちぎられたエイハブ（捕鯨船ピークオッド号船長）が、復讐の怨念から追跡を開始。アフリカの喜望峰を回りインド洋から太平洋に達して、ついに白鯨に遭遇する。第一日、銛《もり》を打ち込んだものの白鯨は悪魔的な狡猾さを働かせて捕鯨ボートを転覆させて逃げ去った。二日目もまた同じ。乗組員を綱とともに海中へ引きずっていった。三日目、エイハブは最後の戦を挑むが、白鯨はさらに狂暴で本船に体当たりし、エイハブは白い渦の底に沈む。かくしてピークオッド号の乗組員はイシュメールを除いて全員が海の藻屑と消えた。

こうした物語の進行に関わる記述はおそらく全体の半分ほどであろうか。そのほか演劇形式ないしは演劇もどきの章の挿入があったり、この上なく退屈と見なされてしまう鯨学の蘊蓄《うんちく》もたびたび出没する。記述が詳細になるほどしばしばユーモアを帯び、鯨の百科全書とも言うべき部分もまた『白鯨』を読む醍醐味なのだ。ダイオウイカとの不吉な出会いとか、死ぬ間際の船員がサクランボを食べたいと連呼したりする物語の細部の面白さもさることながら、物語の進行が滞る、錯雑としたつぎはぎ的な記述こそ豪奢な退屈を楽しめるところなのである。

『白鯨』の直後の作『代書人バートルビー』との併読もおすすめする。無為であることに意志ならぬ意志を持つこの人物は現代哲学に通ずるアポリアとして考察されてきた。エイハブの妄執とバートルビーの無気力の対比は新たな読書を誘惑するであろう。（中村）

ながら読んでいて、白鯨は悪の権化のように見える。しかしエイハブの狂気が際立つにつれ、人間が超えてはいけないような何かを持つ白鯨に、畏怖さえ感じはじめ、これが単なる生物ではないと気づくのだ。だんだん、復讐に名を借りた神殺しの試みにも見えてしまう。（芳）

『白鯨』八木敏雄訳（岩波文庫）〈**写真**〉／千石英世訳（講談社文芸文庫）

屋根の上のサワン

（1929）

井伏鱒二

Ibuse Masuji
（1898-1993）
明治31年に広島県の旧家の次男として生まれる。ユーモアとペーソスの小説家。筆名に「鱒」の字を使ったほどの釣り好き。本名は満寿二。随筆の秀作も多い。短編小説の代表作「山椒魚」や戦争や原爆の悲惨さを描いた『遥拝隊長』『黒い雨』等。

サワンの行方と屈託の行方

撃たれて傷ついた雁。「私」に救われ、「私」になつき、散歩に出かける「私」の後についてくる雁。この話を読む度に私が思い出すのは、コンラート・ローレンツの『ソロモンの指輪』に収められた「ガンの子マルティナ」である。

それは、ローレンツが卵から孵《かえ》したガン（雁）が、彼を母親と思いこむことで引き起こす悲喜こもごもを、ユーモラスに語るすぐれた動物行動学の入門書だが、野生の領域で生きるはずの鳥が人になつく点で、『屋根の上のサワン』に似ているからか。たしか中学受験をひかえた次男と読んだ記憶がある。夏休みに読んでおくといい、という塾の薦めもあって、私が買ってきたのを、自分からは読もうとしない息子といっしょに、交代で音読したような気がする。そうした親の目論見は、何日かしか続かず、本は息子の本棚に置かれっぱなしになってしまった。私が、読もうと誘っても、肯定的な返事はなかったのではな

”私も一言

『黒い雨』に代表されるように、この作家は、悲惨な現実からユーモアを汲み出す名人であり、哀しみを描いても一色では

いか。そして夏休みが終わったある日、私は息子の本棚から本をこっそり拝借してきて、読みかけを書斎で一気に読んだのだった。

『屋根の上のサワン』には、屈託がある。何かが気になって心が晴れない感じ。「私の思ひ屈した心」とか、「私のくつたくした思想」などとあるではないか。他方、『ソロモンの指輪』には、動物を身近に世話する苦労もあるが、歓びもある。しかし井伏の屈託は、だんぜん文学なのだ。というのも、サワンと名づけられた雁は、治療後「風切羽根」を切られ、自由に空を飛べず、いわば、あるべき場所から遠ざけられていて、それが井伏の屈託に、ちょうど見合っているからだ。傷ついて自由に飛べない雁の姿は、主人公の屈託に見合うものだ。その主人公の屈託が何ら語られないのは、サワンとして語られているからだ。

こうして、ある秋の夜、雁が渡るのをサワンは見る。仲間は飛んで去って行く。自分は屋根の上で月に向かって甲高い声で鳴くしかない。これこそ飛べないサワンの屈託である。そうした夜が続き、朝になって起きて見ると、サワンがいなくなっている。そして「私」は思うのだ。「おそらく彼〔サワン〕は、彼の僚友達の翼に抱へられて、季節むきの旅行に出て行つたのでありましょう」と。「私」の屈託に見合っていたサワン、まだ飛べないと思っていたサワンが大空に自由に羽ばたいていったとは、どういうことか。

「私」は、サワンが仲間の雁に助けられて飛んでいったと想像する。仲間の助けであるべき場所に帰った雁こそ、「私」の屈託が解ける行方を示唆しているのではないか。「僚友達の翼に抱へられて」という言葉が重く響く。そうして屈託に兆す変化こそが、井伏文学の力なのである。仲間を間接的に希求するほど、「私」には孤独感があるのだ。

（芳川）

ない。成熟した大人の文章家だ。本作では、雁の傷が治った後、「私」はその風切羽根を切り、飛び立てぬようにする。孤独な人ゆえの残酷な愛し方。仲間を求めて号泣しているのはサワンでなく、実はこの人の方かもしれない。羽根は切っても再生する。そこに双方の救いがある。

（小）

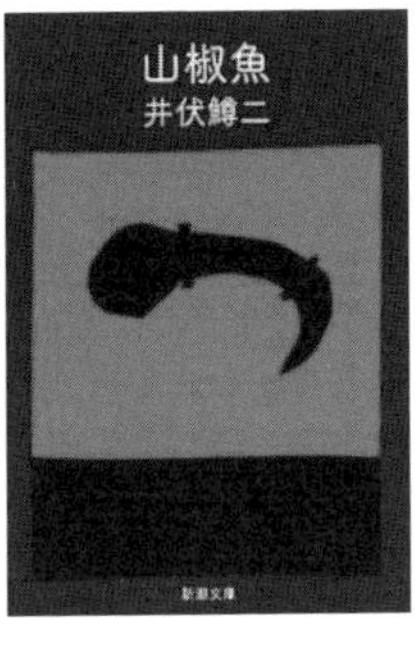

「屋根の上のサワン」（『山椒魚』所収、新潮文庫）

［動物さまざま］

虫のいろいろ (1948)

尾崎一雄

Ozaki Kazuo
(1899-1983)
三重県宇治山田に生まれる。戦後の代表的な私小説作家。志賀直哉に師事し、1937年に『暢気眼鏡』で芥川賞を受賞。作品は他に、『すみっこ』『まぼろしの記』『虫も樹も』『あの日この日』など。三島由紀夫に「着流しの志賀直哉」と呼ばれた。

富士山を踏んまえる

病に伏す語り手の「私」が蜘蛛や蠅などの虫の観察をとおして生と死を凝視した私小説の名品、と一応言えるにしても、病者の心境や家族の動きをしんみりと描いた病床小説と速断してはいけない。不思議なほどの活気とユーモアが漂っているのである。

「私」の病気は四年目に入り、一進一退を繰り返しながらも「進の方が優勢」の病状で、一日の大半を横になり、雨のしみのある天井を眺めて過ごす。壁の角から蜘蛛が現われ、レコードのハイフェッツ演奏の「チゴイネル・ワイゼン」に合わせて、弾みのついた踊りを思わせる動きを見せる。曲が終わると「卒然とした様子で、静止し」姿を消すが、「この事実を偶然事と片づける根拠」を持っていない「私」は、「これは油断がならないぞ」と感じたりする。

病臥する主人公の前に現れる蜘蛛、蠅、蚤、蜂などの小動物へのユーモラスな観照が、

”私も一言

読めば読むほど、読者はこの作者を好きになる。好きになって、隅々まで理解してしまう。作者にも作品にも「徳」がある

「何だか、いやに横風な面」をしている人生の「道づれ」である「死」への思いに重なり、広大無辺の宇宙への想念にも連なる。十六歳の長女は、「私」の肩を揉みながら、横たわった父親の身体を机代わりにして教科書を開き、宇宙は有限なのか無限なのかといきなり質問し、うとうとしていた「私」を慌てさせる。可視宇宙の渦状星雲は約一億で、それが平均二百万光年の距離を置いて散らばるなどと、「私」は娘相手の宇宙をめぐるお喋りのうちに「神」という言葉も思い浮かび、ふと口をつぐむ。「われわれの宇宙席次ともいうべきものは、いったいどこにあるのか」、そしてまた「私が蜘蛛や蚤や蜂を観るように、どこかから私の一挙一動を見ている奴があったらどうだろう」と生き物の命の営みがコズミックな時空のなかに置き据えられる。

最後に描かれた、蠅の捕獲の挿話には、誰もが驚くことだろう。額に止まった蠅を額の皺ではさんで捕まえたのだ。「おでこに蠅が居るだろう、取っておくれ」と呼ばれた長男をはじめ、家族たちが笑い出す。最初は自慢気であった「私」も、「もういい、あっちへ行け」と述べ、「少し不機嫌になって来たのだ」と続けて小説は終わる。ここで私たち読者は笑いつつも、かすかに悲哀の漂う空気を感じ取るだろう。

ぜひ記しておきたいのだが、この小説には忘れ難い光景が現れる。富士の見える便所の二枚の硝子窓の間に、主人公は蜘蛛を閉じ込めてしまうが、真夜中の月光の下でも暗紫色に輝く明け方でも、「富士山の肩を斜めに踏んまえた形で、蜘蛛は凝っとしているのだ」。硝子窓が重なって幽閉された蜘蛛が、富士山を脚で踏みおさえている。横臥する身体が起立に転じたとき、縮尺と拡大の視覚的スケールの転換が起こったのだ。

（中村）

のだ。病いにある「私」が蚤の絶望感を思って同情し、「……もう一度跳ねてみたらどうかね、たった一度でいい」。額の皺が掴んだ蠅に、家族が集まってくる場面もいい。その幸福のなかで少し不機嫌になる「私」。この「私」を、いつのまにか全部、肯定している自分がいた。

（小）

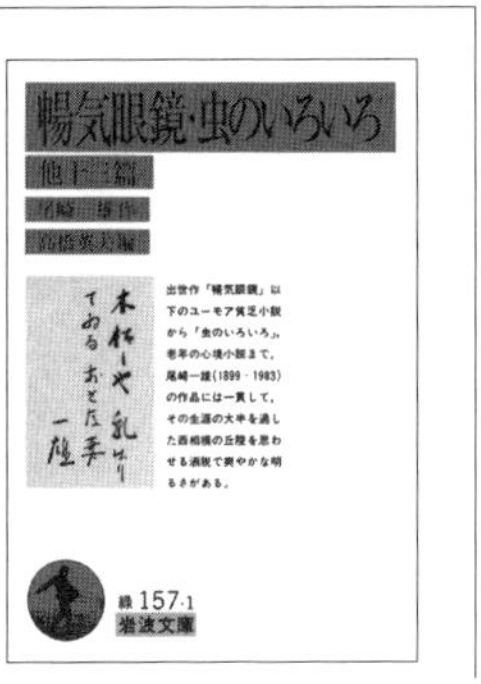

『暢気眼鏡・虫のいろいろ』（岩波文庫）

神様 (2001)

川上弘美

Kawakami Hiromi
(1958-)
東京都出身の小説家。高校の生物教師を経て、「神様」でパスカル短篇文学新人賞、「蛇を踏む」で芥川賞受賞。幻想と日常生活が溶け合うような作風が特徴。その他の主な作品に『溺レる』、『センセイの鞄』、『真鶴』など。

柔らかな関係の「あいだ」

「神様」には、「くま」と「わたし」の、淡々とした交情が描かれている。人間と動物ではあるが、行き来する言葉に不自由はない。一種の「童話」かといえば少し違う。ところどころの古風な物言いを除けば、確かに難しい言葉は使われておらず、その意味では子供でも読めるだろう。しかし、このくまは、多くの「童話」のように、決して人間化せず、あくまでも「くま」として頑固にあり続けている。また、これが大人の読む「小説」だったら、くまといっても実はぬいぐるみで、なかから人間が「あ〜暑かったなあ、この仕事も大変だ」なんて、現れたりしてもおかしくはないが、もちろんそういうふうにも展開しない。やっぱり、くまはくまなのである。本来は、全く異なるもの同士が、それでも束の間、繋がりあおうとするとき、こういうふうに、最初はぎくしゃくとしながらも、仲良くなり、そして別れていく。そういうことが、ここにはとても繊細に書かれている。

”私も一言

動物絵本の技法の分析を行った教育学者の矢野智司によると、クマが多く作品化される理由は、この動物が食物連鎖の頂

「くま」と「わたし」が、実に対等な関係を結んでいるところもうるわしい。人間同士の場合、たいてい、どちらかが微妙に優位に立っていたり、どちらかが負けたり折れたりしているという現実がある。しかし彼らはそうではない。「わたし」のほうが案外、受け身。「くま」のほうは、散歩にさそったくらいだから、何かと行動が積極的ではあるが、遠慮や尊重を知っている。そして基本的にとても親切だ。自分ができて相手にはできないこと、たとえば、川のなかへ入っていきなり新鮮な魚をわしづかみにするなんてことをさらっとやって、結果、得られた干物などを、さりげなく相手に贈与する。こんな男ともだちがいたら最高！　散歩から帰ってきて、別れるとき「抱擁を交わしていただけますか」とくまが言う。この端正なもの言いには、哀しみがある。「わたし」と「くま」のあいだには、いつもうっすらと「空気」がはさまっていて、最後までそれがなくならない。君子の淡い交わりのごとく、どこまでも一人と一匹であり続ける。この「空気」を、わたしは「遠慮」ではなく、「幸福」と呼んでみたい。ちょっとしたタイミングでぷちんと消滅してしまうかもしれない、とてもはかない幸福と。

　ちなみに本作には震災直後に書かれた「神様　２０１１」のバージョンがある。放射能に怯えながらも、その放射能と共存して生きる事後の日常が描かれている。一見、両者は反転した世界。しかし最初の「神様」には、すでに後の「神様」が、含まれていたようにも感じられる。くまとわたしの関係の「平穏さ」は、安定していて乱れることがなかった。逆にそれが、ナイフの刃の上を歩くようで、奥のほうに不穏を予感させた。最初に感じたそこはかとない哀しみは、その予感が招いた感情かもしれない。

（小池）

点に位置する森の王であり、神の使いとして「人間を守る守護神」と考えられてきたからだという。カミサマなど論外だが、おっしゃるとおり、ぜひともこういう「男友だち」に私もなりたいものだ。軽妙で飄逸な、それでいて情念の漂う川上弘美の文体は、脱力した類のものではなく、実に緊密なものなのだ。本作でもそこを味わいたい。（中）

『神様』（中公文庫）

犬婿入り（1993）

多和田葉子

Tawada Yoko
（1960- ）
東京都出身、ドイツ在住で、日本語・ドイツ語で小説を執筆。日本語の作品では『かかとを失くして』で群像新人文学賞を、『犬婿入り』で平成五年の芥川賞を受賞。他に『球形時間』『雲をつかむ話』など。

言葉の結婚

人間と動物が結婚する、いわゆる異類婚姻譚では、鶴女房がとても有名だが、犬と人間の女が一緒になるという「犬婿」説話は、この小説を通して初めて知った。調べてみたら、『今昔物語集』を始めとして、古よりたくさんある。他の組み合わせだと、猿婿入りもあるし蛇婿入りの説話も。

本作の舞台は現代である。一九九〇年前後の公団住宅。キタムラ塾で子供たちを教えている北村みつこ先生のところへ、ある夏、突然やってきたのは、先生よりもずっと年下の男。「お世話になります」と言い、それが当たり前のようにいきなり交わると、その日から家事全般に奮闘する。彼、太郎は、生活リズムがかなり変わっていて、みつこともよく交わりたがり、尋常でない力を持っている。みつこの体の匂いをかぐことが趣味、というが、ふたりの関係においては、愛や恋という感情はすっとばされ、もっと生々しい発情的

私も一言

この題名には、作者の隠れた意図が託されてはいないか。「犬」を、人間に対抗する異類の代表ととれば、そこには小説

な交わりがある。みつこ自身、そもそも、はなから存在が異類っぽく、三十九歳という微妙な立ち位置も、そのふるまいも、どこか魔女的で正体不明。異類のものを受け入れる体制は、すでにある程度、できていた。すぐに太郎に慣れてしまい、嗅覚が異様に敏感になって、自分の汗の臭いとその時々の自分の気持ちが、結びついているなどということを発見する。

　子供たちに人気のキタムラ塾は、一種、異界への戸口ともなっている。子供というのは動物的で、この世においては、そもそも一種の異類といってよく、そこに寄りたがるのはよくわかる。臭いを嗅ぎつけて集まるのかもしれない。塾のまわりには、いわゆる世間という多数者がいて、十重二十重にキタムラ塾をうわさで取り巻いている。

　小説の後半では、さらにどたばたと展開がある。みつこの元へ、かつて太郎と結婚していたという良子がやってきて、太郎が異類＝犬となるまでの過去がぼんやりとあきらかに。ちなみにこの良子は油揚げが好きで、「狐」じゃないの？　と思わせる。太郎が犬になったのは犬に噛まれたということもあったのだろうが、狐である良子が、異界への導き手になった可能性もある。みつこが可愛がり、最後、連れて逃げる「扶希子」も、どこかしら存在感が動物的で、この小説は、人間が動物あるいは動物的なものに接触するうちに次々、動物臭くなり、人間と動物との境目が曖昧になっていくところが面白い。彼らは共同体にうまくなじめず、そこから抜け出てどこか別の場所へ行く。この有り様を伝える言葉もまさに同じ運動をしている。すなわち「言葉」と「言葉」とが結びつき、増殖し、日本語という共同体をしなやかに抜け出て新しい言葉の領土をめざすのである。

（小池）

を人間中心からずらしてしまおうという作者の意図を想像したくなる。「婿入り」は「嫁入り」という日本語とその呼称への反転による挑発ではないか。それを、人間ではなく犬が行なう。じつに二重の転倒がタイトルにまで仕組まれている。深読みだろうか？（芳）

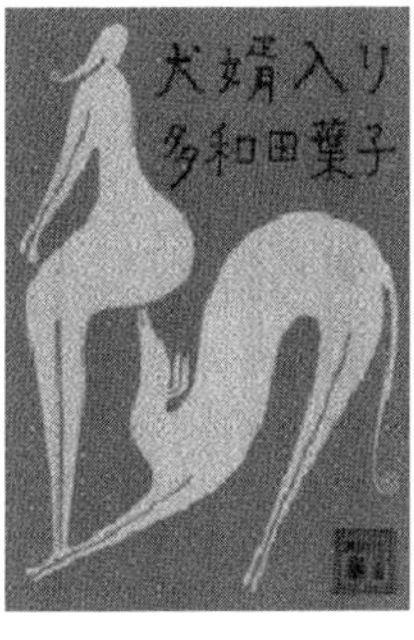

『犬婿入り』（講談社文庫）

高野聖 (1900)

泉鏡花

Izumi kyoka
(1873-1939)
金沢出身の小説家。尾崎紅葉に師事。『夜行巡査』『外科室』で文壇に認められ、読売新聞に『照葉狂言』を連載。代表作『高野聖』『婦系図』『歌行燈』など。怪奇趣味とロマン主義で知られ、幻想文学の先駆者とされる。戯曲、俳句、紀行も多い。

山霊感応のユートピア

「高野聖」はすばらしい、大人のための紙芝居だ。構図も人物も戯画的で、同時に驚くほど生々しい。作品全体が、あたたかな内臓や脈打つ心臓を持つ一体の獣である。全編、文字がうごめきながら、はあはあと息づいている。高野山に籍を置くという旅僧が、宿を共にした「私」に語る、飛騨の深山《みやま》の怪奇譚。旅僧と共に読者もまた、山路をずいずい奥へ進む。山の奥には滝があり、その水音は風かと聞き紛う。妖霊漂う山の世界。

快楽の頂点には純粋に快楽だけが沸騰しているわけではない。そこにはたとえば恐怖も同居する。感覚の沸点では、快も不快も混沌として混ざり合い、渦を巻いているのではないだろうか。「高野聖」には、そういう矛盾がひしめきあう。コミカルで怖い。おおらかでぞっとする。旅僧がゆく天生峠の山路には、長虫（蛇）が這い、山蛭が降る。なんという気味の悪さ。しかし鏡花の筆は、嬉々として執拗だ。孤家《ひとつや》には、妖しの美女と暮らす次

”私も一言

『高野聖』には、何よりも触覚的イメージが強い。物語の中心の異界に近づく過程で、差し出される山蛭と蛇（「長虫」）。

郎がいるが、彼は自分の臍を、くりくりと弄ぶ「白痴《ばか》」と表現されている。臍という急所を汚れた手でいじるなど、黴菌でも入って赤く腫れ上がったらどうする。子供のころ、自分の臍をいじって大変なことになったわたしは、思わず心配してしまうのだ。彼がくりくりといじっているのは、まさにこの「物語」の臍なのではないか。ちなみにこの白痴、老沢庵《ひねたくあん》が大好物。身体は「沢庵色にふとっている」。笑っていいのか怖がるべきなのか。婦人《おんな》と彼は「夫婦」という。これまたいびつでエロティック。物語の終わりのほうで、親仁《おやじ》の口から、彼ら夫婦の驚くべき来歴が明かされ、そこにもまた、もう一つの、物語の口が開くが、それによれば婦人は本来、加害者側の立場に立つ人間といってよく、白痴の少年は医療過誤事件の被害者ともいえる。しかし彼らの関係には美学のみが働く。社会的・道徳的な裁きなど、入る余地もない。

　旅僧が婦人に誘われ、飛騨山中の家に泊めてもらったとき、家の周囲に、なにやら魑魅魍魎の圧倒的な気配を感じ、おそれおののくというあの場面は、作品のまさに心臓部といえる。取り囲むもののうちには蟇がいる。猿も鳥も牛も。後に彼らは婦人に変身させられた、元は人間の、畜生たちであることがわかるのだが、何も知らない僧はただもう恐ろしく、一心不乱に陀羅尼を呪す。なぜ彼は獣にならずにすんだのか。しかしこの本は誘惑に負けなかった高潔な僧の話ではない。女のわたしも、婦人の妖しい肢体を思い出すと、動物に変身させられても悔いはない気持ちになる。彼女によって人間を終わらされた男たちだって、後悔なんかしていないんじゃないか。婦人にまとわりつき、彼女に叱られるのがまたとない幸福なのだ。（小池）

山蛭には、もちろんこちらの血を吸うという触覚的な喚起力があるが、長虫をまたぎ越すと、とたんに「下腹が突張ってぞッと身の毛、毛穴」が蛇の「鱗」のようになってしまう。蛇に触れていないのに、その触覚が伝染してしまう。これが鏡花のイメージの感染力なのだ。（芳）

『高野聖』（集英社文庫）〈**写真**〉／『高野聖・眉かくしの霊』（岩波文庫）／『歌行燈・高野聖』（新潮文庫）

雨月物語

（1776）

上田秋成

Ueda Akinari
（1734?-1809）
江戸時代中期の国学者、読本作家。商家の養子として商いに携わる傍ら俳諧・和歌、国学、医学を学ぶ。博学で、著作は浮世草子に始まり、随筆、歌文集もあるが、『雨月物語』『春雨物語』などが評価が高い。本居宣長との論争でも知られる。

琵琶湖の魚には…

『雨月物語』には、甲乙つけがたい名品が並んでいる。「白峯」「仏法僧」「吉備津の釜」「蛇性の淫」「青頭巾」「貧福論」。どれも、こちらの世界とあちらの世界が見事に交差する物語である。死して魂となって、親友との約束を果たす「菊花の約」にしても、京に商いに上り、七年後に故郷の妻のもとに帰り、見る影もない姿になった妻と再会の一夜を過ごすと、翌日、妻はすでに何年も前に亡くなっていたことを知る「浅茅が宿」にしても、彼岸と此岸が違和なく地続きである世界がそこにはある。

とはいえ、私が『雨月物語』と言って思い出すのは、「夢応の鯉魚」である。正確に言えば、「夢応の鯉魚」と、小学生のときにいっしょに住んでいた父方の祖母の語ってくれた話である。細かい状況は忘れているが、おそらく焼き魚が苦手だった私に魚を食べさせようとして話してくれたのではないか。

”私も一言

わたしが思い出すのは、「青頭巾」の一編。快庵という僧が、愛慾故に鬼となった阿闍梨を、本源の心に戻そうとする話。な

ずっと昔に、琵琶湖のほとりに心のやさしいお坊さんがいた。いつも、道端で魚を焼いているのに出くわすと、その魚を買い取ってやり、琵琶湖に放してやっていた。あるとき、病になり、寝込んでいたとき、そのお坊さんは夢を見た。自分が魚になって、自由に琵琶湖を泳いでいる。見ると、これまでに助けてやった魚もついてくる。泳ぎ疲れ、腹を空かしたちょうどそのとき、うまそうなエサが垂れている。ところが呑み込んだ拍子に、つり上げられてしまう。そうしてお殿様のところに売られ、台所で、焼き魚にされるところで目をさました。その夢の不思議な様子を周囲の者に語っていると、その魚を釣り上げてお殿様に売ったという男が聞いていて、大急ぎで、焼かれている魚を助けなければと言って、お殿様のところに行った。事情を話すと、お殿様も驚かれ、その焼きかけの魚を琵琶湖にもどすと、たちまち泳いで消えていった。そうしてそのお坊さんの身体を見ると、ちょうどその魚と同じような火傷の痕がついていた。そして後年、琵琶湖の魚には、焦げた痕のような模様がついていて、他で獲れた魚と区別されるようになった。そしてその魚はとびきりうまいそうじゃ。ほら、この焼き魚もうまいぞ、と祖母に勧められたのである。

後年、『雨月物語』を読んだ私は、祖母にいっぱい食わされたことを知った。話の細部には、いくつもの異同があるが、基本的に「夢応の鯉魚」のパクリではないか。祖母のオリジナルと思って育った私は、かつて琵琶湖の魚には、焦げ痕のような模様がウロコについていているとばかり思っていた。ちなみに、いまでは焼き魚は私の好物である。

『雨月物語』には他にも、時代を超えて心に響く物語が多い。秋成は江戸時代随一のストーリーテラーであった。

（芳川）

ぜに鬼になったのかといえば、美しく品格のある童児に夢中になって、その子の死を嘆くあまり、腐る肉をおしんで肉を吸い、骨を舐め、喰い尽くすまでに至ったから。愛の真の姿とは、かくも正視できないもの。ちなみに、室生犀星の怪奇譚「あじゃり」は、この作品を踏まえて書かれたものだ。（小）

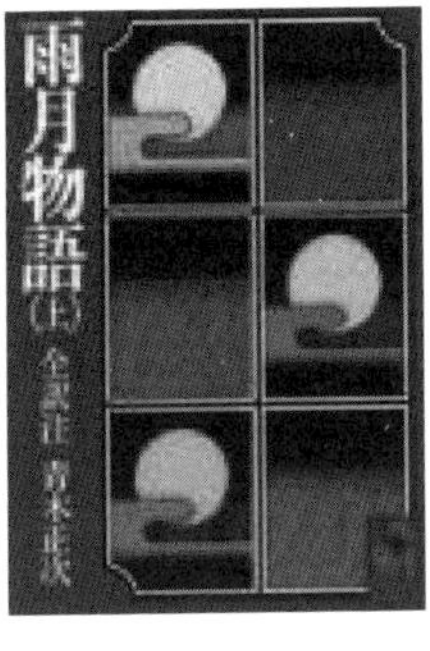

『雨月物語（上）』（講談社学術文庫）〈写真〉／『現代語訳　雨月物語・春雨物語』円地文子訳（河出文庫）

ガリヴァー旅行記

Travels into Several Remote Nations of the World by Lemuel Gulliver (1726)

ジョナサン・スウィフト

Jonathan Swift
(1667-1745)
アイルランドのダブリン生まれの作家。宗教的争いの諷刺的寓話『桶物語』を刊行後、ロンドンに出て文学活動を展開。40代後半、ダブリンに戻り、教会主席司祭を勤めながら、本作をはじめ、辛辣な作品を残した。

人間を呪詛する、毒気たっぷりの諷刺小説

絵本や子ども向けに脚色された冒険物語、アニメ、映画などを通じて、ガリヴァーのことなら、誰もが知っているにちがいない。子どものころに絵本で見た、例の仰向けに横たわった大男の姿を思い浮かべる人も多いだろう。船の難破で漂着した国で、疲れ切って熟睡した後、目を覚ましたガリヴァーが、十五センチほどのリリパット人に両手両足を大地に固定され、長い髪までもつなぎとめられていることに気づく挿絵だ。

知っていると思っている『ガリヴァー旅行記』は、小人国（第一篇リリパット渡航記）と大人国（第二編ブロブディンナグ渡航記）を中心に、少年少女のために語り直された冒険物語である。しかし、『ガリヴァー旅行記』は強烈な人間嫌悪の毒を含んでいるのだ。四回目の旅で辿りついた「フウイヌム国」の物語こそ、その神髄をなしていると言えよう。そこでは、高い知性と礼節を重んずる馬のフウイヌムが、家畜のような暮らしをしている

”私も一言

ガリヴァーの経験した四つの旅。とりわけ、後半の二つの旅は、死や老いについての言及も多く、大人にこそ薦めたい。死

愚劣で醜悪な人間（ヤフー）を支配している。イギリスの現状を語るうち、ガリヴァーは万物の霊長を任じている人間こそ狂暴で邪悪な恥ずべき存在だと痛感する。

知っているようで知らない『ガリヴァー旅行記』。ならば、ラストシーンはどうか？

無事にフウイヌム国から帰ったガリヴァー氏、なつかしい我が家で家族に再会し、涙にむせぶ奥方を抱き寄せ、ふたたび平穏な日常生活に戻ったことを喜ぶ――と、このようには終わらないのですよ、読者のみなさん。奥方が抱きついてきて、長い接吻。そこまではよし。ところが、ガリヴァー氏は一時間も悶絶する。たとえ妻であっても、人間の放つ悪臭に耐えられなかったのだ。奥方や子どもたちが目の前にやってくるだけで我慢が出来ない。同じ部屋で食事などできるはずもない。パンに触らせないし、カップも同じものを使わせない。ならば、ガリヴァー氏は、異様なまでに清潔好きになったのだろうか。そうと言えないこともない。ただし、人間中心の発想でいる限りは理解し難い事態であろう。実はそこにこそ、『ガリヴァー旅行記』の戦慄すべきテーマがある。すなわち、人間的なるものへの根源的な疑義であり、ヒューマニズムの再定義を繰り返し迫ってくる古典なのだ。

その後、ガリヴァー氏は持ち金を投資して、二頭の馬を購入する。馬の臭い（いや、「匂い」と表記すべきだろう）に彼は心癒される。馬丁が厩でしみこませてくる馬の匂いを嗅ぐだけで元気が出るのだ。何が起こったのか？　それを知るには、ふたたび最初の旅から読み始めなければならない。

日本人が白人の家畜になるマゾヒズム小説『家畜人ヤプー』（沼正三）は小説の「ヤフー」に、宮崎駿の『天空の城ラピュタ』は空飛ぶ鳥「ラピュタ」に由来している。（中村）

なない人間＝ストラルドブラグの話、馬（フウイヌム）たちの、感傷のない徳の高い死に方。時には、本気で言ってる？　とスウィフトの正気度を図りかねるような箇所もあるけれども、それも含めて、スウィフトに、段々と愛が芽生えてくる。人間という動物を、心底嫌ったスウィフト。それもまた彼の愛の形？（小）

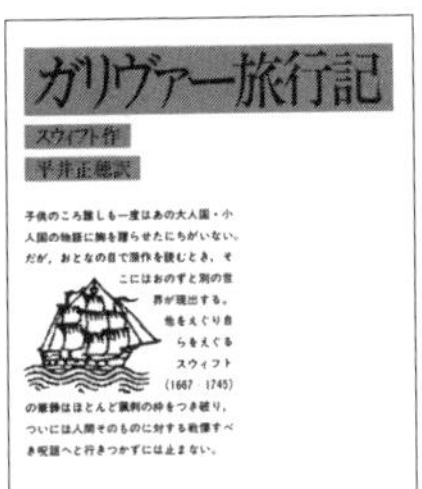

『ガリヴァー旅行記』徹底注釈・本文篇、富山太佳夫訳（岩波書店）／『ガリヴァー旅行記』平井正穂訳（岩波文庫）〈写真〉、他

運命論者ジャックとその主人

Jacques le fataliste et son maître (1796)

ドゥニ・ディドロ

Denis Diderot
(1713-1784)
フランスの哲学者。『百科全書』の編纂にかかわる。同書に多くの項目を執筆するかたわら、小説も発表した。主な著書に『ラモーの甥』、『ダランベールの夢』、『ブーガンヴィル航海記補遺』などがある。

馬鹿の二人連れ？

フランスでは、本書は系譜的にどの小説とも繋げてもらえず、ディドロの著作の閉域でその特異な存在を主張しているように見える。わずかにミラン・クンデラが、小説としての自由度を評価して、自らも『ジャックとその主人』を書いているにすぎない。この早産で孤児の小説を、フランス文学の流れのなかに引き入れ、他の特異な小説と繋いでやること。その手立ての一つが、言葉は悪いが、〈馬鹿の二人連れ〉という視点である。

主人公ひとりが活躍する物語に対して、あるいは主人公だけがその他多くの登場人物を従える物語に対して、ときに、主と従という関係にありながら、あるいはまったく対等に、主人公がふたりであることにより活性化してくる小説がある。その嚆矢といえば、近代小説の始祖セルバンテスの『ドン・キホーテ』であろう。騎士道小説かぶれの主人キホーテと従者サンチョ・パンサこそ、〈馬鹿の二人連れ〉にほかならない。主人が敵だと思って

”私も一言

芳川評にあるとおり、クンデラはこの小説に大いに啓発された。スターンの『トリストラム・シャンディ』と並んで、「空前

戦いを挑む巨大な騎士も、サンチョの視点があることで風車だと相対化できる。そして十九世紀のフランス文学の偉大な〈馬鹿の二人連れ〉と言えば、フローベールのこしらえたブヴァールとペキュシェ、二十世紀であれば、もちろんベケットの『ゴドーを待ちながら』のウラディミールとエストラゴンである。

『運命論者ジャックとその主人』は、たしかに早産ではあるが孤児ではない。バルザックなどの近代小説を飛び越えて、その源流を現代文学に繋いでいるのだ。あら筋など要約できないほどの奇想天外な展開がこれでもかとつづく。強いて挙げれば、ジャックの恋の話を常に先送りしながら、主人が養育費を支払っている子供（主人の子ではないらしい）のもとに至る道中の曲折が、常に〈いま・ここ〉をどのように維持するかを実践しながら語られている。あらかじめ筋の目的地が決められているわけではなく、絶えず小説の〈いま・ここ〉から、筋が伸びてゆくと思われるきっかけや口実を見つけながら、一歩一歩、一語一語、進むこと。その前進＝対話の跡が途方もない物語らしきものを読者に提供する。つまり先が見えず、思いがけない展開が常に待っているのだ。

　こうした展開を支えているのが、小説の自由奔放さ（作中人物の、おそらくはディドロの？）と、その対極にあるような運命論者ジャックの姿勢である。「すべては天上に書かれている」というセリフで、すべてを運命として決まっていたことと受けとめるジャックの姿勢が、小説の自由度をいっそう輝かせ、ついには運命論そのものを、揶揄しているかのように宙づりにしてしまう。運命論者であることが、自由を実践することの担保になっているような小説である。抱腹絶倒を保証します。

（芳川）

絶後の、軽妙さの二大頂点」として、十八世紀のもっとも偉大な作品だとも述べている（『小説の精神』）。もっとも、ディドロはスターンからの借用を作中で堂々と宣言しているが。カルヴィーノも絶賛した一人。クンデラの小説を含め、「二大傑作」について示唆的な論評がある（『なぜ古典を読むのか』）。（中）

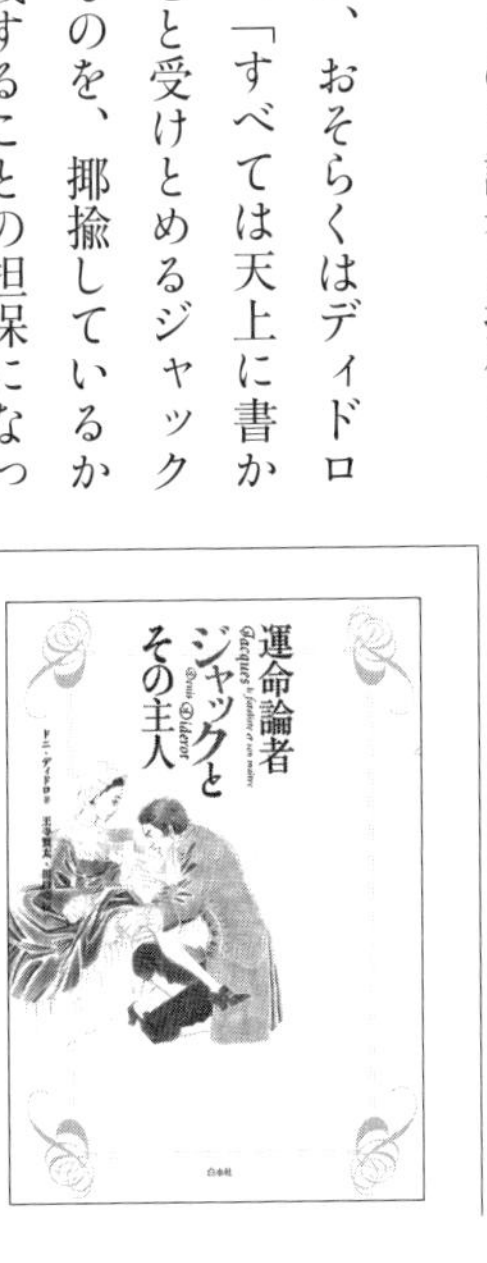

『運命論者ジャックとその主人』王寺賢太・田口卓臣訳（白水社）

娼婦の栄光と悲惨

Splendeurs et misères des courtisanes (1838-47)

オノレ・ド・バルザック

Honoré de Balzac
(1799-1850)
フランスのトゥール生まれの小説家。『ゴリオ爺さん』で、人物再登場の方法を用い、後に約90作品を収めた総題『人間喜劇』(1842年、配本開始)に結びつく。ざっと2500人とも言われる登場人物を有機的に創造した。

パリというジャングルの新種の生物

イタリアの歴史家カルロ・ギンズブルグは、再犯者の存在が十九世紀のフランスでどれだけ想像力をかきたてたのかを指摘している。十九世紀の後半、再犯者の数は増加し、その識別が問題化していた。なにしろすでに、受刑者への烙印という体罰は廃止されており、再犯者の犯罪が増加しているのに、その識別方法が確立されていなかったからだ。

十九世紀前半を生きたバルザックも、再犯者の犯罪を物語に仕立てたが、その登場人物の背中にはまだくっきりと焼き印が押されていた。動物の種の区分と識別が、解剖学的な知見の集積によって促されたように、身体に押された烙印は、再犯者の区別と識別を可能にする。ところがバルザックの創造した再犯者ヴォートランは、焼き印の火傷の痕を、薬品によって消してしまう。それは、パリに放たれた分類不可能な新種の動物なのだ。

バルザックの『人間喜劇』の、いわば背骨を形成するのは『ゴリオ爺さん』と『幻滅』

”私も一言

狡猾な策謀と悪略に奔走するヴォートランの三部作の最終巻。いわゆる〈人物再登場〉の方法による複合的な展開と変化

と本書である。田舎出身の若き貴族ラスチニャックに巨万の富の相続者との結婚を持ちかけ、正統な相続者を決闘で合法的に葬って、そのお膳立てをするヴォートラン。しかし同時に、同じ下宿の密告者により警察の手に渡される再犯者ヴォートラン（本名ジャック・コラン）。それが『ゴリオ爺さん』の物語だとすれば、パリでの成功を夢見て上京したリュシアンの、栄光と挫折を描いたのが『幻滅』である。そして、自殺寸前のリュシアンを悪魔契約のように買収し、黒幕としてリュシアンという美男子のカードを使ってパリの貴族世界と婚姻を結び、これを裏から支配しようと企てたヴォートランの、その成功と挫折とをとんでもない紆余曲折を圧倒的に描いたのが『娼婦の栄光と悲惨』である。

いまやヴォートランは、スペインから来たカルロス・エレーラ司祭と名乗っている。しかし、はたしてこの司祭が再犯者ジャック・コランだと同定できるのか、できないのか。パリの監獄に捕らえられながら、その独房を一種の司令室にして、裏の世界へ指示を出す司祭。高貴な女性たちのリュシアンへの恋心を利用し、証拠の手紙を強迫に使い、独房にいながら一種の情報戦を仕組む司祭。警察や司法との間で、まさにがっぷり四つに組んだ一進一退の攻防を繰り広げ、ついにその正体がリュシアンから告げられても、決して罰せられることのないヴォートラン。その秘密は…後は読んでのお楽しみだが、再犯者を分類しようとする台頭してきた市民社会の要請を、いち早く物語の骨格に据えたバルザックこそ、まさに市民社会の小説家である。そして言うまでもなく、ヴォートランとは、この市民社会の生んだ新種の奇形動物に与えられた名前にほかならない。ヒト科、市民社会属、再犯者種、である。

（芳川）

に富んだ物語性に圧倒される。美貌の青年詩人リュシアンの悲劇的な結末の場面が過ぎて、悪党ヴォートランの収監と裁判の長い話になるあたりからどう面白く読むかがポイント。大作もよいが、小噺集『おどけ草子』なども面白い。神西清が文禄時代のキリシタン言葉を模した絶妙な翻訳書（ドレの挿絵つき）があり、私の愛読書の一つ。（中）

『娼婦の栄光と悲惨（上下）』飯島耕一訳（藤原書店「人間喜劇セレクション」所収）

荒涼館

Bleak House (1852-53)

チャールズ・ディケンズ

Charles Dickens
(1812-70)
イギリスの小説家。貧窮の少年時代を送った後、国会記者となり、『ボズのスケッチ集』、『ピックウィック・ペイパーズ』で小説家として成功。自伝的な『デイヴィッド・コパーフィールド』など多くの小説で十九世紀イギリス随一の人気作家となった。

カフカの影響を受けた小説なのでは？

十九世紀イギリスの大作家ディケンズの円熟期の名作。多層的なプロットの交錯する小説であるが、大きく二つの物語から成り立っている。

一つは「ジャーンディス対ジャーンディス」という大法官裁判所で係争中の訴訟をめぐる話で、当時まことに悪名高かった「法の遅滞」と硬直した理不尽な裁判制度への諷刺の視点を持つ。この小説で描かれるのは、何世代にも渡って判決の遅滞の続く遺産相続問題で、荒涼館の主人ジャーンディスのみならず、館に引き取られたリチャードとエイダ、准男爵夫人レスター・デッドロック夫人、有利な判決を期待していつも法廷に出かける破産した老狂女ミス・フライトなど、さまざまな立場と階層の人々が巻き込まれている。埒《らち》のあかない訴訟に、一攫千金を当てにして身を滅ぼす者も少なくない。もう一つは、エイダの話し相手として荒涼館に住む孤児エスタの出生の秘密とデッドロック夫人の隠された恋

”私も一言

何といっても、冒頭での、ロンドンを覆う霧についての記述が圧倒的である。やがて物語が進んで、裁判をめぐって、登場

愛問題、これに関係した殺人事件をめぐって展開するミステリー小説的な物語だ。

小説は現在形による客観的な三人称の語りとエスタの一人称の語りという対照的な叙述が、数章ごとに行き来しながら進展していく。この異なる語り手による叙述の交替は、現代小説においてもしばしば用いられる方法と言えよう。

これらのほかに、見逃してはならない要点として、ナボコフは宿無しのジョーをはじめとする、さまざまな感情の陰影が溶け合っている子どもたちの魅力を指摘する（『ナボコフの文学講義』）。ディケンズの描く子ども像はしばしば感傷過多と批判されるが、それは「感傷」がいかなるものかを知らない連中の読み方である、と。私もナボコフの言う魅力を認めるが、それでもやはり、あえて〈不条理〉という不易の便利語（？）を使いたくなるような「法の遅滞」に翻弄される人間たちの悲喜劇の物語に心惹かれる。これは旧約聖書の洪水伝説と響き合う多義的なイメージと緊密な文体で知られ、「隠喩の曲芸」（デイヴィッド・ロッジ『小説の技巧』）を駆使した冒頭シーンにも象徴される。十一月のロンドンのきびしい天候、泥まみれの通り、煤煙だらけの黒い霧雨、「どこもかしこも霧だ」と。

しかし肝心の大法官裁判所の権力の実態は、匿名的で不明のままだ。「あの場所には、何かおそろしく人を吸い寄せるものがあるのですね」とミス・フライトは言う。この得体のなさは、何やらカフカの小説を思わせる。十九世紀のディケンズが、カフカの二十世紀の小説に影響など受けるはずはないのだが、書き手ではなく、読者の立場で考えれば、『審判』（私は丘沢静也の翻訳『訴訟』のタイトルを採りたい）を読んだ人が『荒涼館』にカフカを見出したとしても、不思議ではないのである。

（中村）

人物たちの関係が複雑さを増してくると、いやでも冒頭の霧のイメージが重く垂れ込めてくる。ロンドンの現実の描写でありながら、寓意的にもじわじわと物語に対して喚起力を発揮してくる霧なのだ。ロンドンという都市と霧を結びつけた傑作。（芳）

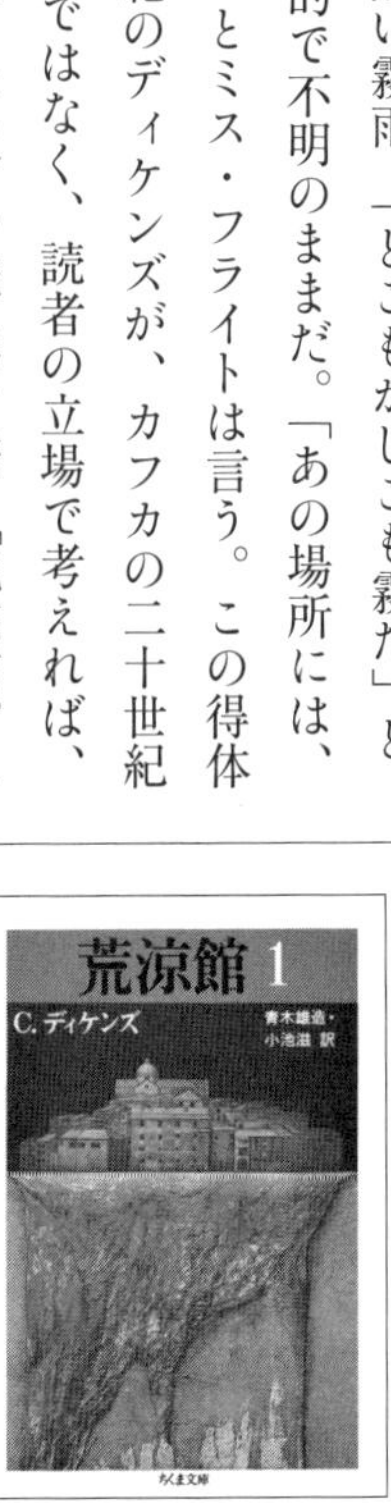

『荒涼館』青木雄造・小池滋訳（ちくま文庫）

アクロイド殺し

The Murder of Roger Ackroyd (1926)

アガサ・クリスティー

Agatha Christie
(1890-1976)
イギリス生れ。ミステリーの女王と称され、ベルギーの私立探偵エルキュール・ポワロやミス・マープルが活躍する推理小説で、世界的なベストセラー作家となった。代表作は本作の他『オリエント急行の殺人』『そして誰もいなくなった』など。

犯人は誰か、明かしてしまっていいですか？

さて、どう紹介していいものやら、困った。何しろミステリ小説なのであるから、犯人名を明らかにしないことが、こうした文学ガイドの暗黙のルールだ。

ところが、『アクロイド殺し』の画期的な面白さを述べるとすれば、その禁を破らなければならない。それでもなお、犯人は誰か知りたくないならば、ここから先は読まないでいただくほかはないだろう。エンディングに向かう「すべての真相」の心理的緊迫感を味読したければなおさらだ。

「フェラーズ夫人が亡くなったのは、九月十六日から十七日にかけての夜――木曜日だった」と新聞記事のような書き出しだ。こうして始まる淡々とした記述は、全編にわたってシェパード医師の手記の形式をとっているが、この語りの主体に秘密が潜んでいる。

村の有力者ロジャー・アクロイドが殺され、シェパード医師が駆けつける。亡くなる直

”私も一言

われわれは読書しながら、無意識のうちに読んでいる文字を映像化しがちである。語り手の記述をもとに、語られることを、

前、彼はシェパードにある秘密を打ち明けていた……。家族の要請でポアロが捜査に参加する。家族も友人も使用人も、すべて疑わしい。ポアロは例によって「灰色の脳細胞」を駆使し、ついに犯人を突き止める。それは、なんと語り手のシェパード医師であった。この驚愕の真相の賛否をめぐり、大いに論議が起こったのは言うまでもない。

犯人は誰なのか知りたいという当然の欲望を充足させつつ、同時に「こんな卑怯な手はないよ」という抗議と不満の声も呼び出す、まさにここではミステリ小説の至芸（？）として、読者の犯人探しの欲望を宙づりにするのだ。しかし、ミステリ小説を読むとき、作者が仕組んだ犯人を突き止めることが、それほど大事なことだろうか？

なぜこんな疑問にこだわるかと言えば、イタリアの作家カルロ・エミーリオ・ガッダの破天荒なミステリ小説『メルラーナ街の混沌たる殺人事件』を読んでしまったからだ。カルヴィーノに言わせると、殺人犯が明らかになりそうになったときに「メンドリとその糞が描写されたとたん、そのニワトリが地面に落とす排泄物のほうが、謎の解明よりもずっと大切になってしまう」小説なのである。「解決」なるものが忘却されたまま物語は奔放に逸脱し、犯人が誰かなど最終的な関心事ではないと思いたくなるミステリ小説なのだ。

では、『アクロイド殺し』をどう読めばよいのか？　それは〈アガサ・クリスティー殺し〉をすることである。作者の専横をしりぞけ、その意図を出し抜いて、読者ひとりひとりが真犯人を突き止めるのだ。実はすでに先例もある（ピエール・バイヤー『アクロイドを殺したのはだれか』）。史上最強の名探偵の一人、エルキューレ・ポアロの捜査結果も覆すとは、痛快ではないか。（中村）

つい見えることに移している。だが、語ることには、語り手の故意の言い落としがふくまれるのだ。本書は、見えていることがアリバイになってしまうという探偵小説の盲点を突いた作品。犯人が語り手になったら、探偵小説に何が起こるか、という問題作である。（芳）

『アクロイド殺し』羽田詩津子訳（ハヤカワ文庫）

神聖喜劇 (1968-69)

大西巨人

Onishi Kyojin
(1919-2014)
福岡市出身の小説家・評論家。戦時中は砲兵連隊に入隊。代表作『神聖喜劇』はこの経験を元に四半世紀を費やして書かれた全8部の大長編。その10数年後に発表された『三位一体の神話』はモデル問題について論争を呼んだ。

法という一本の力線

　どうにも辻褄が合わない記憶にさいなまれている。実家は同じ区画で一度だけ引っ越していて、その古いほうの実家の父親の書棚に、カッパ・ノベルスの『神聖喜劇』が二冊あった。はっきり書名も著者名も本のサイズも記憶しているのに、この文章を書くにあたって、ふとカッパ・ノベルスでの発行を調べてみたら、最初の『神聖喜劇　第一部上』が刊行されたのが一九六八年。記憶をひもとくと、もうその年には、実家は引っ越しているし、父も亡くなっていて、私の記憶というか映像に焼き付いたあの二冊は偽記憶ということなのか。それとも、ほかで見た映像が父の書棚の記憶に混入したのか。

　それはともかく、このような小説は日本文学に類例がない。戦後に書かれた多くの戦争ものと言われる小説のなかでも、屹立している。軍隊の理不尽な場面を持つ小説は多いが、それらと決定的にこの小説が異なるのは、理不尽な陸軍のなかで、その理不尽な状況を人

”私も一言

　よく知られていることだが、大西巨人の書法の一つに、あたかも割注のように（　）括弧が挿入され、律義に情報の明確化

間性との落差で物語にするのではなく、軍隊のなかで、それも陸軍の規則を盾に、徹底して法的に上官の理不尽さと闘う主人公・東堂太郎の闘争ぶりを描いているからだ。そして上官と闘うことは、陸軍と闘うことを意味し、その頂点には天皇がいるのであれば、天皇をも相手に闘っていることになる。どのような規則でも、そこには論理と呼べるものがあって、その論理を徹底することにより、闘争の武器とするのだ。法をつらぬく論理とは、組織をもつらぬく論理だから、上官への法による反抗は、法による天皇の告発でもある。いくら戦後になって、軍隊の悲惨や非合理を告発しても、それは人間らしさや民主主義と言われるものが前提となっていて、たちまち〈俗情との結託〉と呼ばれる事態が出来《しゅったい》しかねない。『神聖喜劇』が多くの戦後派の小説と違うのは、そこである。

　主人公の東堂太郎は、九州帝国大学法学部中退の新聞記者で、それから従軍する。だから、法がどういうものかを知っている。相手の法や規則であっても、そこには論理という筋道があると承知しているのだ。それゆえ、ガンスイと呼ばれる（元帥が読めない）ダメな兵士が窃盗を犯し、あわや死刑のような目に遭わされると、東堂太郎は思わずそれを制止させる叫びを発してしまうのだ。だがそのとき、見ていた仲間が東堂の制止の叫びに同調する。その自然発生的に成立する連帯感のようなものは、同じ負の共通体験を結局は肯定してしまう〈同じ釜のメシ〉的な感傷（それこそ〈俗情との結託〉だ）の共有とは決定的に異なっていて、まさに感動的なのだ。

　この後、上官・大前田に逆に追いつめられることにもなるが、それは読書のお楽しみに言わずにおこう。小説的な面白さが味わえる場面である。

（芳川）

をはかる試みがある。ときに会話文のなかでも徹底される。とまどいはあるが、なかなか面白い。大西は中野重治の「本源的な不明朗性・韜晦性・不貫通性」を批判して「胡乱（うろん）なレトリック」（「あるレトリック」）と呼んだことがある。この作家の文の闘争は、この「胡乱」なものへの抵抗だったに違いない。（中）

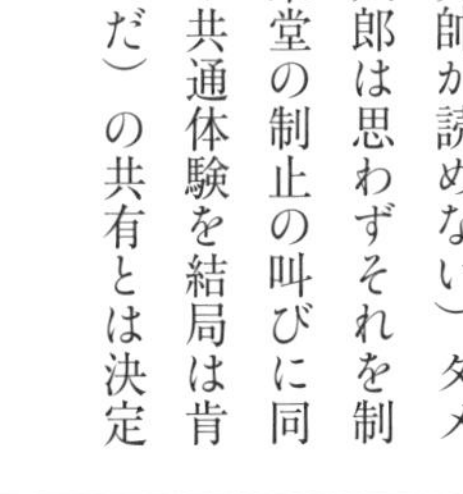

『神聖喜劇（第1部〜3部）』（カッパノベルス）／『神聖喜劇（第1巻〜第5巻）』（ハードカバー版光文社。光文社文庫〈**写真**〉も）。

農耕詩

Les Géorgiques (1981)

クロード・シモン

Claude Simon
(1913-2005)
マダガスカル島生まれのフランスの小説家。『風』『草』『フランドルへの道』により、〈新しい小説家〉として注目される。その後、『歴史』『ファルサロスの戦い』等の前衛作品を発表。『アカシア』など、自己小説もある。

混沌・記憶・歴史

混沌から立ち上がってひとつに像を結ぶのは何か？　クロード・シモンなら、それは歴史と答えるかもしれず、言語と答えるかもしれない。では、その混沌とは何か？

「彼は五十歳だ。イタリア軍の砲兵隊の総司令官である。ミラノに住んでいる。襟と胸に金ぴかの縁飾りがついた上着を着ている。彼は六十歳だ。城館のテラスの仕上げの作業を見守っている。着古した軍隊の外套に寒そうに包まれている。黒い点を見ている。夕方には死んでいるだろう。彼は三十歳だ。大尉である。オペラに行く。（……）彼は一七八一年に、最初の結婚を若いオランダ人のプロテスタントの女性としている。三十八歳で彼はノール県とタルン県選出の国民憲法議会の議員に選ばれる。一八〇七年の冬の間、彼はスウェーデン領のポメラニアに敷かれたシュトラールズントの包囲陣を指揮する。（……）一七九二年に彼は国民公会の議員に選ばれている。」

”私も一言

描写を目でなでるように読んだ『路面電車』（二〇〇一）の読書の時間は忘れ難いものとしてあるのだが、まことに緩やか

これは『農耕詩』第Ⅰ部の冒頭である。以上の引用に「彼」は何人でてきたか？　答は、ひとり。個人の歳と西暦。表記がさまざまだ。しかし基準も存在する。三十八歳の「彼」は、一七八九年にいる。テクスト外の歴史を参照すると、憲法を制定した国民議会はこの年に形成されたからで、国民公会じたいは、一七九二年から九五年までのものだ。すると「彼」の経歴がみやすくなる。「彼」は三十歳で大尉になり、最初の結婚をし、四十一歳で国民公会の議員に選ばれ、五十歳で総司令官になり、五十六歳でシュトラールズントの包囲陣を指揮し、六十歳で死去する。これが整序された「彼」の経歴である。しかし、シモンはそのように書かない。記憶の秩序を優先するからだ。記憶の秩序とは、混沌である。混沌とは、だから個人の身体に刻まれたものとしての記憶なのだ。

　そして記憶の先には、歴史がある。『農耕詩』には、ナポレオン軍の「将軍」にまで登りつめた「彼」とは別に、やはり戦いに参加した「彼」があとふたりいる。クロード・シモン自身を彷彿とさせる「彼」と、ジョージ・オーウェルを彷彿とさせる「彼」である。後者の「彼」は、スペイン内戦に外国人義勇兵として参加し、左翼のなかの権力争いに巻き込まれ、バルセロナと思しき都市を逃げまどう。前者の「彼」は第二次世界大戦に騎馬兵としてベルギー・ドイツ方面に応召し、敗走を経験する。その「彼」らが、記憶の秩序、いや、フィクションの秩序にしたがって姿を示す。同じ文のなかでも、主語は「彼」のままで、人物が入れ替わる。だからテクストは混沌の様相を呈する。それでいて、その混沌を一読すると、そこからきっちり像を結んだ「彼」らが姿を現す。その混沌から何かが浮かび上がってくる体験こそ、シモンを読むということなのだ。

（芳川）

に進む読みの感触は本書でも持続しつつ（とりわけ第Ⅱ部に入って）、三人という複数化した「彼」を通じ、書くことへのラディカルな問いに直面していく。蛇足を一言。シモンはノーベル文学賞受賞後も、印税は年に五十万円ほどで、本が売れないことを嘆いていたという。ちなみに、世界の一千一冊の小説を網羅した某文学大事典でもこの重要な作家を完璧に無視している。（中）

『農耕詩』芳川泰久訳（白水社）

[ゆたかな物語の世界]

ねじまき鳥クロニクル

(1994-95)

村上春樹

Murakami Haruki
(1949-)
京都府生まれ。処女作『風の歌を聴け』で鮮烈デビュー。『羊をめぐる冒険』により、揺るぎない作家の地位を確立。『ノルウェイの森』『海辺のカフカ』『1Q84』など、次々にベストセラーとなっている。

霊能者小説？

『辺境・近境』を読んだとき、村上春樹には霊媒体質があるな、と思ったのだが、あらためて『ねじまき鳥クロニクル』を読み直して、びっくり。なんと、霊能者小説として読めたからだ。主人公の「僕」が、霊能者になる物語。まず、加納マルタという水にちなんだ霊能者が、「僕」の家から失踪した猫を探すという依頼を受けて物語に登場する。「僕」とクミコとの結婚を承諾する条件として、クミコの父親から話を聞きに通いなさいと言われる本田さんも、同じような存在である。戦中、諜報活動中の外蒙古のテントのなかで、本田さんは間宮少尉（当時）から、「それはつまり、霊感のようなものなのか？」と問われ、「あるいはそうかもしれません」と答えているではないか。間宮少尉は戦地では死なないと予言して、それは結果的に的中し、そして戦後、本田さんは、占いを自分の職業としている。正真正銘の霊能者なのだ。

”私も一言

村上春樹の小説を読んでいると、自分の井戸の蓋があく。普段、腸の底に眠っていた怒り、憎しみ、怖れ。そうした感情が、

いや、もうひとり、赤坂ナツメグを忘れてはならない。彼女も、その種の仕事をしていて、「僕」を自分の後継者に育て上げようとしている。「ナツメグが仕事の後継者を見つけたのは、その年の夏」、「新宿のビルの前に座っている若い男の顔のあざを目にしたとき」だった。そしてその「あざ」のある若い男こそ、「僕」にほかならない。

彼らには、必ず相棒がいる。加納マルタには妹の加納クレタ。本田さんには、戦友の間宮中尉。そして赤坂ナツメグには、息子の赤坂シナモン。それぞれに重要な役割を果たすのだが、ここで言及したいのは、本田さんの遺品を届ける目的で「僕」と会った間宮中尉の語るモンゴルでの井戸体験である。というのも、この話を聞くことで、「僕」も井戸にもぐるようになり、井戸を通じて、現実を超えた体験をするからだ。プールで泳いでいるとき、「ここは区営プールでありながら井戸の底であ」るような体験さえする。

そして「夜明け前に井戸の底で夢を見た。でもそれは夢ではなかった。たまたま夢というかたちを取っている何かだった」というかたちで、異空間への「壁を通り抜け」、引き替えに、「右の頬の上に激しい熱のようなもの」を感じ、それはやがて「あざ」という一種の聖痕として「僕」の右頬に残る。その「あざ」を見て、赤坂ナツメグは、「僕」を後継の霊能者に仕立ててゆく。

つまりこうしてみると、『ねじまき鳥クロニクル』は、「僕」を一人前の霊能者へと成長させる小説であり、失踪したクミコ奪還は、むしろそのプロセスで生じたささいな出来事として遠景化してゆく。教養小説＝ビルドゥングスロマンが、人の成長の記録だとしたら、人の、霊能者への成長を記すこの小説を何と呼べばいいのだろうか？

（芳川）

あの皮剥ぎポリスや綿谷ノボルを通って、油のように浮上する。暴力と悪意のうごめく無意識界は、わたしの内にもあるだろう。そこへじわじわと降りていく。悪に対峙しつつ、悪と繋がる。言葉は、井戸に垂らされた縄だ。目を閉じる。間宮中尉のいる井戸の底へ、差し込む光が、ありありと見える。（小）

『ねじまき鳥クロニクル』（新潮文庫、第1部〜第3部）

［方法の探求］

アブサロム、アブサロム

Absalom, Absalom! (1936)

ウィリアム・フォークナー

William Faulkner
(1897-1962)
20世紀を代表するアメリカの作家。1949年にノーベル文学賞受賞。アメリカ南部に架空の田舎町を設定し、実験的な手法を駆使して多くの小説を発表。代表作に本作の他、『響きと怒り』『サンクチュアリ』『八月の光』など。

絢爛たる破滅の物語

『百年の孤独』のマルケスの〈マコンド〉や、あるいは中上健次の〈路地〉などが影響を受けた先駆的な試みなのだが、フォークナーは物語の舞台として架空の共同体〈ヨクナパトーファ〉を設定した。アメリカ南部の小さな故郷の町をモデルにした、作品と作品が交差するインターテクスチュアルな想像的空間であるが、『アブサロム、アブサロム』（タイトルは旧訳聖書『サムエル記下』による）は、『八月の光』など一連の〈ヨクナパトーファ〉サーガの頂点をなす小説。南北戦争の時代を背景に、成り上がりの農園主トマス・サトペン一家の創始から破滅までの悲劇を多彩なイメージと絢爛たる文体で描いている。

複数の語り手による視点の交替、時間の錯綜のなかで、作中の聞く人（＝語る人）クエンティン・コンプソンとともに、読者はサトペンの悲劇的な物語の復元をすすめていく。語り手たちの異なる情報をもとに、一族の血脈の確執と因習に呪縛された土地の歴史を辿

”私も一言

フォークナーには、よく混血の人物が登場する。現在では、これを差別問題と絡めずに読むことはできないだろう。混血だ

ることになるが、こうした物語の再創造に関与していく読書の愉楽は格別なものがある。

濃い陰影を刻むイメージと粘りつくような語りで開始される『アブサロム、アブサロム』は、私にとって藤の花の匂いの記憶とともにある。英米文学を学び始めて間もないころ、難解な英語に挑戦したものの読解力の不足に打ちのめされ、それでも物語の世界に魅了されながら、冬から初夏までかかってとりあえず読み終えた。クエンティンが、ニューイングランドの冷気と闇のなかで、「(南部を)憎んでなんかいるものか」と喘ぎながら思う結末にいたったとき、折しも大学のキャンパスの藤棚の花が甘い香りを放っていた。この小説でも冒頭から藤の花の芳香が漂うという照応によって、こうした経験がしばしばもたらす僥倖なのだが、『アブサロム、アブサロム』は特別な小説となった。

ある田舎町、静かで暑く、物憂い九月の午後、四十三年間ずっと閉めきっている部屋で、誰を悼んでのことか、これまた四十三年間も身につけたままの喪服姿の老女ローザ・コールドフィールドが、クエンティンを相手に怨念にみちた長い話を語り出そうとしている。細かい埃が立ちこめた薄暗い部屋の外では、その夏二度目の甘い香りがむせかえる藤の花が咲いている。ローザは、はたして何に怨嗟をいだいているのだろう？　物語の謎はそこから始まる。

貧乏白人に生まれたトマス・サトペンの王国建設の野望とは？　ハイチの最初の結婚相手に黒人の血が混じっていることを知り、妻子を捨てた報いは？　異母兄妹たちの愛憎の行方は？　使用人ウオッシュの怒りとは？　屋敷が業火に包まれるのはなぜ？　物語の基調にあるのは、癒されざる敗北の宿恨であり、強靭で奔放な敗者の想像力なのだ。(中村)

とわかっただけで判断を変えるサトペンや息子のヘンリーの描写など、人種差別に無頓着な作品として扱われそうだ。差別意識を持つ人物を描くことは、差別とは別のことのはずだが……。ともあれ、フランスの二十世紀後半の小説に与えた影響ははかり知れない。(芳)

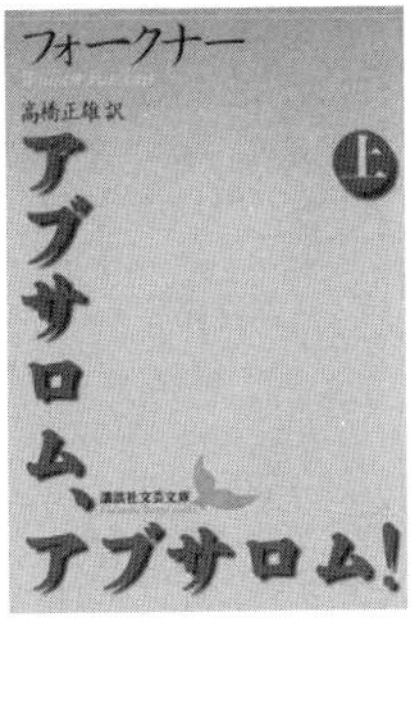

『アブサロム、アブサロム』藤平育子訳(岩波文庫、全二巻)/高橋正雄訳(講談社文芸文庫)〈写真〉

［方法の探求］

灯台へ

To the Lighthouse (1927)

ヴァージニア・ウルフ

Adeline Virginia Woolf
(1882-1941)
イギリスの小説家・評論家。モダニズム文学の主要な作家で、ブルームズベリー・グループの一員。代表作は本作の他『ダロウェイ夫人』『オーランドー』『波』など。評論には女性の抑圧状況への提言『自分だけの部屋』『3ギニー』などがある。

詩と小説のはざま

「そう、もちろんよ、もし明日が晴れだったらばね」。ラムジー夫人のこの言葉が、小説の窓を全開にする。鮮やかな出だしである。もし明日が晴れだったら、一家は灯台へピクニックに行こうというのである。夫人は、気高く美しい五十歳。八人の子持ち。夫のラムジー氏は哲学を研究する学者で、一家はスカイ島にある別荘にやってきている。家族の他には客人もいる。ラムジーの親友・バンクスや、絵を描くリリー、詩人のカーマイケル、ラムジーを崇拝する学徒・タンズリー、ミンタとポールのカップルも。小説は三部から成る。一部では、灯台へ行こうとして、どうも風向き悪く、その目的が達せられそうもない一日が描かれる。明日は晴れないなどと、希望を折るのは夫やタンズリーだが、夫人は希望の芽を摘み取るようなことはしない。結核性関節炎の疑いがある男の子のいる灯台守に渡そうと、作中ではずっと赤茶色の長靴下を編み続けている。遠く近くに聞こえる波音、

”私も一言

人は刻一刻と繊細で曖昧な、たわいないとも切実ともいえる感情の交錯とともに生きている。それを、小説的工夫の慎重

しめりけのある潮風、広がる海、そして沖合に立つ灯台、その光。ウルフの文章はそうした「自然」からリズムと音調を借りるように、時にラムジー夫人、時にリリー、時に孤独なラムジーのなかに自在に出入りし、彼等の意識を繊細な水流のごとくに描き出す。

「『人生《ライフ》』と呼ばれるものは、どこか恐ろしく敵意があるように見え、うっかり隙《すき》を見せるとすぐにでも飛びかかってくるもののように思える」——鋭く研がれた人生への警句が、至る所に散りばめられている。ベースには現実への冷徹な視線があるが、その上で夢を見ようとする激しい心が、言葉となってほとばしっているのだ。真に心打つのは、そういう言葉の在りようだ、と言ってもいい。

「一部」には、一家をとりまとめるラムジー夫人を中心に、幸福感が満ち溢れていて、いつまでもこの世界に浸っていたくなるが、灯台へは行けないのではないかという結末が暗示され、かすかな不安のさざなみもたっている。「意識の仕切り壁がとても薄くなり……すべてが一つの大きな流れに溶け込んでいき、たとえば椅子もテーブルも、夫人のものでありつつ彼らのものでもあり、あるいはもはや誰のものでもないような気がした」。こんな箇所を読むと、作者・ウルフに、東洋的な感性を重ねてみたくなる。

二部、三部では、調子が一転。十年という時が流れ、別荘にはもはや、夫人の姿はない。歳を重ねたラムジーとリリーとが来し方を振り返り、ラムジー氏は灯台へ行く。小説には、絵を描くリリーが芸術的な直観やものの見方を述べる箇所など、抽象的思考が融通無碍に展開される場面もある。「芸術家」が世界を眺める視点と、子を育て人と交際する「生活者」の立場からの視点が、とても魅力的に融けあっている。（小池）

な配慮とともに、これほど見事に描いた小説はない。たとえば自由間接話法の駆使。三人称の地の文のなかに登場人物の思いや気分が内面の声として挿入され、語りの主体の自在な動きと揺れが示される。小説のこうした語りの振幅を味わうために、もう一つの傑作『ダロウェイ夫人』との併読を。（中）

『灯台へ』御輿哲也訳（岩波文庫）／『世界文学全集２－１』鴻巣友季子訳（河出書房新社）〈**写真**〉

モロイ

Molloy (1951)

サミュエル・ベケット

Samuel Beckett
(1906-1989)
フランスの劇作家・小説家。アイルランドのダブリン生まれ。フランスの不条理演劇・小説の代表的作家で、1969年にノーベル文学賞を受賞。代表作は戯曲『ゴドーを待ちながら』。英語、フランス語で小説を発表。

二十世紀小説のはじまり？

ここから小説が変わった記念碑的な作品。二十世紀小説は、現象的には難しさの方向に向かった。小説じたい何が可能かを問う方向、と言い換えてもよい。ベケットの作品がなければ、その後のヌーヴォー・ロマン（新しい小説）と呼ばれる一連の前衛的な小説も出現しなかっただろう。『マロウンは死ぬ』『名づけえぬもの』と並べて、小説三部作と言われている。その最初が本書である。本書のことを考えると、私はいつも決まって一つのイメージを思い浮かべてしまう。◯を二つつなげたような∞（無限大マーク）である。

どうしてか？　全体はⅠ部とⅡ部からできている。Ⅰ部は、モロイという名をかろうじて思い出すことのできる「私」が、旅（らしくもない）から帰ったあとのようにも見え、Ⅱ部は、モロイを見つけに出かける（これも旅だろうか？）モランという男が「私」として語っているのだが、これがよく似ている。いや、それ以上に、Ⅰ部の最後がⅠ部の最初

”私も一言

『ゴドーを待ちながら』を初めて観て、芝居小屋を出たあと世界が変わった！　あんな経験は他にない。『モロイ』は小説。

につながるように読めるのだ。Ⅰ部は、「私は母の寝室にいる。今ではそこで生活しているのは私だ。どんなふうにしてここまでやってきたかわからない。（…）だれかが助けてくれた。」（安堂信也訳）とはじまるのだが、Ⅰ部の最後は、こうなっている。「なぜだかわからないが森は一つの溝《みぞ》で終わっていた。そして、自分に起こったことに気がついたのは、その溝のなかだった。たぶん、そこへ落ちたので、目をあけたのだろう。」これが、Ⅰ部の最後の文脈だ。だから、溝から「だれか」に助け出されて、冒頭につながる、とも読めるのだ。そしてその「だれか」を、モロイを探しにでかけた私＝モランだとしてみたら、どうなるか（小説には何もそのような示唆はないのだが）。

そしてⅡ部の最後も、Ⅱ部の冒頭につながるように読める。「真夜中だ。雨が窓ガラスを打っている。私は落ち着いている。すべてが眠っている。それでも私は立ち上がって、机へ向かう。眠くはない。（…）／私の報告は長くなりそうだ。あるいは、書き上げられないかもしれない。」これがⅡ部の冒頭だ。そしてⅡ部の終わりに、「報告をしろと言ったのはその声だ。それは私が今ではより自由だということだろうか。（…）そこで私は家へはいって、書いた。真夜中だ。雨が窓ガラスを打っている。真夜中ではなかった。雨は降っていなかった。」とある。まるでロブ＝グリエの『迷路のなかで』（一九五九）の天候をめぐる記述を彷彿とさせるが、完全にⅡ部の冒頭につながっている。

しかし、そのように『モロイ』を読むことは邪道かもしれない。まったく読んだことがないタイプの小説だっただけに、なんとか理解しようとして、私は必死にⅠ部とⅡ部を∞状につなげたかったのかもしれない。筋には還元できない小説である。

（芳川）

読みながら、所々で、外国へ行ったときのことを思い起こした。周囲の人が何を言っているのかわからない。こちらの思いも、うまく伝えられない。困難や不可能に取り囲まれながら、しかしそこには奇妙な快感もある。ベケットを読む快楽と似てはいないだろうか。（小）

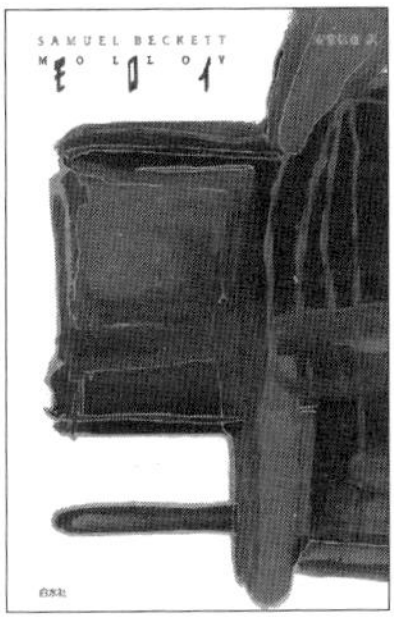

『モロイ』安堂信也訳（白水社）

［方法の探求］

砂の女 (1962)

安部公房

Abe Kobo
(1924–1993)
東京生まれ、満州に移住。敗戦時、父を亡くし引き揚げる。医師の道を放棄し、『壁—S・カルマ氏の犯罪』で昭和26年の芥川賞受賞。本作の他にも『他人の顔』『箱男』『方舟さくら丸』など話題作を発表。戯曲に『幽霊はここにいる』『友達』など。

垂直に垂れた縄梯子

砂にまみれた村落に、一人の男が迷い込んだ。日も暮れて、未亡人の家に泊めてもらうことに。翌日には出ていくつもりだった。しかし砂掻きに駆り出され、そうこうしているうちに、いつまでも村に留め置かれる。一度は逃亡を企てた。だが失敗。砂に足をとられ、腰まで沈み込み、「助けてくれぇ！」と叫んだのだ。彼は思う。「きまり文句！……そう、きまり文句で、結構……死にぎわに、個性なんぞが、何の役に立つ。型で抜いた駄菓子の生き方でいいから、とにかく生きたいんだ！……」。白い砂地から、乾いた哄笑が湧く。深刻なのに笑ってしまう。笑ったあとに怖くなる。砂とは何か？　それは絶えず流動していく、意志を持たないもの。どんな隙間にも入り込み、ヒトの生きる領域を侵犯する。まるで時間のように。「砂の女」に圧倒的な現実感を与えているのは、この砂の持つ物量感だ。読みながら読者は次第に余裕をなくす。この砂は何を象徴しているのかなどと考える

”私も一言

この作家への思いは複雑だ。とてつもない傑作として『砂の女』に衝撃を受けたが、以後の長編には失望するばかり。まだ

間もなく、頭のなかを砂に侵される。主人公の置かれた閉塞状況を、ともに必死で生きるしか、この小説から出られる方法はない。

部落の人は皆、一個の砂粒にも等しい。個別の表情を持たず、集団的。助けあうことは狎れあうことであり、生きることは諦めることと同義。よくわからない、それでいて結論は見えているといったふうの空気が、曖昧なうちに「場」を決定していく。その場にいつしか順応し始める男だったが、同時にそれまでの常識だの通念もはがされていき、欲望もまた、むきだしになる。地球上に最初に現れた人類は、彼のように女と性交したかもしれない。恋愛などなく、そこに至る過程もない。ただ、「男」がおり「女」がいた。彼らの周りには、人間と等価の、砂や水や石や草があった。タイトルに言う「砂の女」とは、砂で出来た「女」とも読める。その「女」のなかにも砂地獄は続いていて、そのなかへ一度でも足を踏み入れたのなら、逃げ切ることなどできないのだ。

脱出のために上から垂らされる「縄梯子」が印象的だ。わたしには、生死を繋ぐ「垂直の時間」に見えた。盲目的に明日を信じ、人と、疑いもなく次の約束を交わして生きるわたしたちは、時間というものが水平方向へ流れていくものだと信じて疑うことがない。しかしそれは虚妄なのではないか。最後、女が外の世界へ連れ出されたあと、男の前にはあの縄梯子が片付けられずに残っていた。さあ、のぼれ、縄梯子を。しかし男にとって、逃げることは、とうに最優先事項ではなくなっている。脱力感のなかで読み終えた読者は、本の外へ叩きだされ、今度は自らの現実につきあたることになるが、しかしそこにもまた、広がっているのだ。砂、砂、砂、どこまでも続く、無表情な砂地が。

（小池）

芝居の方が楽しめた。そういえば紀伊國屋ホールで開演の行列待ちをしていたら、隣に渥美清がいたなーとか、映画『砂の女』で岸田今日子の尻と背のアップが、真砂の広がる丘陵に見えたなー、などと今は取り留めないことを思いだしたりする。(中)

『砂の女』(新潮文庫)

［方法の探求］

緑の家

La casa verde (1966)

バルガス＝リョサ

混沌と狂奔にみちた物語の奔流

「軍曹はちらっとシスター・パトロシニオのほうを窺う。虻は相変わらず動こうとしない。両岸の緑の壁から熱気をはらんだ靄が湧き、肌にまつわりつく」という書き出しとともに私たちは物語の奔流に引き込まれていく。彼らがランチに乗って向かっているのは、ペルーの密林の原始的なインディオの集落。そこで二人の少女を拉致し、町の伝習所で教育をするのだが、同じ先住民の娘で世話係のボニファシアは少女たちを逃がしてしまい、僧院から追われる。彼女に恋をするのが警備隊のリトゥーマ軍曹で（作家はこの人物を偏愛していて、他の小説にも登場する）、二人は結婚するが、やがて彼女は売春宿「緑の家」で働くことになる。小説はこのボニファシアの物語をはじめ、時と場所を異にする五つの物語が、入れ替わりながら語られていく。悪行を繰り返してきた日系人フーシアの隆盛と転落、砂漠の中に「緑の家」を建てた楽士のアンセルモと捨て子の少女アントニアと

Mario Vargas Liosa
(1936-)
ペルー生まれのラテン・アメリカ文学を代表する作家・評論家。1976-79に国際ペンクラブ会長、2010年ノーベル文学賞受賞。主な作品に本作の他『都会と犬ども』『世界週末戦争』など。1990年には大統領選に出馬、フジモリに破れた。

”私も一言

読書中は、まるで密林を歩いているような印象だが、抜け切ると感動が待っている。リョサが小説を書くと決めたきっかけ

の愛の顛末に、「緑の家」を焼き払ったガルシーア神父の物語など。

『緑の家』の多彩な小説的方法について一つだけ述べておけば、この作家が『若い小説家に宛てた手紙』の中で「通底器」という言葉を使って説明している手法だ。フローベールの『ボヴァリー夫人』第二部八章の農業祭のエピソードから説明しているのであるが（ちなみに、この小説との出会いが作家を志すきっかけになったという経緯がフローベール論『果てしなき饗宴』に詳述されている）、「通底器」とは「ちがった時間、空間、あるいは現実レヴェルで起こる二つ、ないしはそれ以上のエピソードが語り手の判断によって物語全体の中で結び合わされること」だ。先に触れたように、時間的にも空間的にも隔たった現代都市の住民と石器時代を生きる密林地帯の先住民の五つのエピソードを多面的に循環させ、『緑の家』という全体像を浮かび上がらせている。

批評意識の強いバルガス＝リョサらしい創作法ではあるが、もちろんそうした「実験的手法」だけにこの小説の醍醐味があるのではない。人々の生の混沌と狂奔にみちた時空の多面性が誘い出す、豊かな物語のエネルギーを感得することに読書の楽しみがあるのだ。

ところで、五歳にさかのぼる「緑の家」の思い出を語るバルガス＝リョサのインタビューの中で（『疎外と叛逆』）、女たちが部屋で待っていて、客との相談がまとまると、砂漠に出ていき、星空の下で事に及んだという。このエピソードは小説には入れなかったと作家は言うのであるが、なぜか私はあったような気がしている。私自身が勝手に書き込みをしてしまっているのだろうが、物語の熱気にあおられて、そんな錯覚をいだくのもまた小説的愉楽かもしれない。（中村）

が、フローベールの『ボヴァリー夫人』にあることは本論に詳しいが、その複数の時間と空間の多重的展開こそ、映画の可能性を先取りしていて、後の世界の現代文学に影響が大だった。これが本書に映画的な展開をもたらしていて、他のラテン・アメリカ小説と違うところだ。（芳）

『緑の家』木村榮一訳（岩波文庫）

［方法の探求］

くずれる水 (1981)

金井美恵子

文字をいかに液状にするか？

金井美恵子は水の小説家である。初期の小説においては、よく雨が降る。コップに結露する水もある。その水が、態を変える。人を介することで、いわば有機化される。たとえば、汗である。汗は肌と肌の接触を誘う。ときには、カミソリで肌を剃った際にできる小さな南天のような血の粒のこともある。小説は、こうした体液に浸される。そしてその次に来るのが、紙の上に文字を書くときの媒体となるインクという液体にほかならない。文字をじかに支える液体。そのとき何が起こるかと言えば、文字そのものの液状化である。水となる文字。はたして、文字が水となるとはどういうことか？

ここに水がある。その水は、文字からできている。その水としての文字を容れるのが作品という容器である。容器＝作品が変われば、水＝文字は形を変える。その水＝文字を取りだせば、どれも同じ水＝文字である。そうした形の異なる容器＝作品を五つ収めている

”私も一言

語り手が会いにいく「交通安全体操指導家」とは、まず何よりもその文字の並びが、水とは対称的に崩れそうもないもので

Kanai Mieko
(1947-)
高崎市生まれ。詩人として鮮烈デビューした後、『愛の生活』(1968)で作家活動に入る。『岸辺のない海』『文章教室』『恋愛太平記』『柔らかい土をふんで、』『お勝手太平記』等、常に問題作を発表し続けている。

のが、『くずれる水』という作品集にほかならない。まったく異なる形もあれば、いくぶん似た形の容器＝作品もある。いまここに、そんな三つの容器＝作品に容れたときの、水＝文字の形を見てみよう。

「列車のなかは、ガラガラに空いていて、わたしたちの他に乗客はなく、それをいいことに、わたしはシートに彼女を横たわらせて抱いた。そんなことがあったはずがないのに（絶対になかったと、確信しているわけではないのだが）、以前にも同じように列車のなか**で、こうしてシートに横たわった彼女のスカートをまくり上げ、欲情して緊張し、びりびり放電している手で、薄い布地の小さなパンティを脱がし（片方の足首のところに小さな布きれがひっかかったままで）、手よりももっと鋭い欲情に放電しているもので、彼女の内部に深く触れはしなかっただろうか。**」

ゴチックでの強調は引用者だが、この部分が異なる容器＝作品のなかに三度も登場する。一度目は、いまの引用の「くずれる水」であり、二度目は「水いらず」であり、三度目は「洪水の前後」である。それぞれ容器＝作品はちがう形をしていて、そこに入る水＝文字は異なって見える。しかしその水＝文字を、コップに移せば、どれも同じ水＝文字なのだ。文学の常識を覆すこと。これまでの暗黙の約束は、同じ文字を使って描写すれば、それは同じそのときの対象であって、描写の前提となる一回性を疑ってはいなかった。同じ文言でも、ちがう作品の、ちがう状況の、ちがうときに用いることができる。そのように用いられた文字は、だから容れる容器によって形を変える水のようになっている。文字の水らしさの獲得であり、それを日本の小説で最初に行ったのが金井美恵子である。（芳川）

笑いを誘う。作品冒頭では主語が出てこないが、しばらくすると「わたし」が現れ、「わたし」はある場面でいきなり「ぼく」を名乗る。かなりびっくりする。一続きの流水（テキスト）であっても、違う人称ならば、水は瞬時に、違う色水に染められる。ここにはそういう変化を、脳の「肌」で味わう快楽もある。（小）

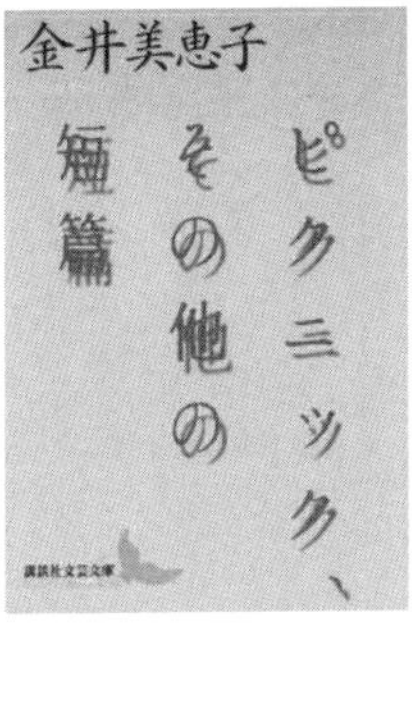

「くずれる水」（日本文芸社刊『金井美恵子全短篇Ⅲ』に収録）／（講談社文芸文庫『ピクニック、その他の短篇』〈**写真**〉に一部収録）

人生使用法

La Vie mode d'emploi (1982)

ジョルジュ・ペレック

Georges Perec
(1936-1982)
パリ出身のフランスの小説家・随筆家。ユダヤ系で、本来の苗字はペレツ。『物の時代』でデビュー。実験的な文学グループ「ウリポ」に参加、言語遊戯にあふれた多くの作品を発表した。代表作は本作と『煙滅』『Wあるいは子供の頃の思い出』など。

本書の使用法の諸注意

ある芸術作品を読んだり、見たり、聞いたりするよりも先に、前もってその斬新な発想を知ったとたん、作意（コンセプト）それ自体にあらかじめ昂奮してしまうことがないだろうか？　それだけで表現の可能性が更新される決定的な予感さえ持ってしまったりする。懐かしい記憶をたどれば、社会科学への挑発を自認した寺山修司の演劇との刺戟的な遭遇が、私にとってはそうした経験の典型例だった。小説の場合であれば、プルースト、ジョイス、カフカは別格として、ナボコフの『青白い炎』、マルケスの『百年の孤独』、そしてこの『人生使用法』となろうか。いずれも小説的企みを知ったとたん、早々と気持ちの昂ぶりを覚えたのだ（もちろん期待外れだった例もたくさんある）。

では、『人生使用法』の驚きとは？　二段組みの本文五六八頁に、索引、引用されている作家リスト（引用というより確信犯的な剽窃）、主人公たちの住む中層アパートの断面

”私も一言

ペレックを読むと、自由について考えてしまう。拘束がないと自由は味わえないのか？　拘束とは、書く上で、ペレックが

図を入れて約700頁といったボリュームではない。では、登場人物の総数一四六七人(私が数えたわけではないが)であることか? 確かにトマス・ピンチョンの『重力の虹』の四〇〇人やトルストイの『戦争と平和』の五〇〇人よりもかなり多い。しかし、七〇〇頁の大作に登場人物が一名という小説に比べればはるかに驚きは少ない(仮にそのような快作があれば、であるが)。小説の企みへの驚きをあえて簡潔に言えば、緻密な言語遊戯の徹底が、奇想天外な人間喜劇を造り上げていることである。

パリのある通りにあるアパートの階ごと、部屋ごと、全住民の生活を詳細に記述していくのだが、今のみならずかつて住んでいた人物にも及ぶ。それぞれの記憶を辿り、意識に分け入り、感情を追い、部屋にある事物を網羅し、執拗に描写が積み重ねられていく。また、クロスワードパズル、楽譜のタイトルページ、看板、新聞の見出し、レターヘッドの見本、雑誌広告など雑多な挿絵が混在する。

物語として通読するだけではなく、事典項目を追うような検索的な読み方、パズルを解く数理的な読み方、カタログ集めに熱中する蒐集狂的な読み方、あるいは拾い読みといったような読解の多重な遊動性を誘う。一見、マニュアル本とおぼしき題名にも、そのしたたかな意趣がのぞく。

アメリカのポール・オースターやイタリアのイタロ・カルヴィーノもこの小説に魅せられた作家だが、そのカルヴィーノは、「小説史上最後の、真の『事件』をなすものだ」とハーヴァード大学のノートン詩学講義で述べている。 (中村)

自らに課す規則のようなものだが、その一つが、本書では、チェス盤にアパートの部屋を見立て、桂馬飛びで重複しないように辿り、全部の部屋を語ることだ。この拘束との闘いが、ペレックの真骨頂。(それでは読み手には自由がない気がするが)。なお、ペレックはエッセイの類も秀逸である。(芳)

『人生使用法』酒詰治男訳(水声社)

存在の耐えられない軽さ

Nesnesitelná lehkost bytí, L'Insoutenable légèreté de l'être (1984)

ミラン・クンデラ

Milan Kundera
(1929-)
チェコスロバキアの作家。プラハの春の後、チェコ国籍を剥奪され、亡命してフランス国籍を取得した。共産党体制下の生活を描いた『冗談』を始め、『生は彼方に』『微笑を誘う愛の物語』などの多くの小説、評論、戯曲が邦訳されている。

哲学の哀しみ

咀嚼できないところもあるのに、わたしはこの作品がとても好きだ。言葉は複雑で、多義的な広がりを持ち、詩的なイメージに満ちている。哲学・恋愛・政治という、本来、はじきあうような素材が三位一体となり、全体が官能的な音楽を奏でているところも類を見ない。随所に明滅する人生の哲学的箴言の新鮮さ。気になって引き出したら、本は棒線だらけになってしまうだろう。冒頭に、ニーチェの「永劫回帰」の思想が引かれている。一度経験したことが、そのままの形でもう一度繰り返される。際限もなく。考え詰めると、気が狂ってしまいそうだ。これにぶつけられているのが、「人生の一回性」についての考察で、こちらには十分な説得力がある。わたしたちは、準備もなく、いきなり我が人生を経験するが、作者はこのことを「まるで、役者が一度もリハーサルをせずに舞台に登場する」ようなものだと語っている。「だが、人生の最初のリハーサルがすでに人生そのもの

❞私も一言

キッチュなものを嫌うというクンデラ。だが本書を読んでいると分からなくなる。トマーシュの女好きは、女ならだれで

だとしたら、そもそもこの人生にどんな価値があるというのか？」。作者はさらに、「一度はものの数にはいらない」というドイツの格言を引き、「…ただ一度限りの人生しか生きないとは、まったく生きないも同然なのだ」と書いている。ショッキングな言い方で、脳内がぱっと白紙になるが、わたしたちの生を言い当てている。このような生の実相に、重さと軽さという尺度が当てられ、二つの概念は音楽のモチーフのように、小説のなかで姿かたちを微妙に変え、硬と柔、闇と光、自由と拘束、幸と不幸、夢と現実、結婚と恋愛、俗悪（キッチュ）と芸術といったふうに、互いを照らしあう視点となって広がっていく。

　主人公・トマーシュが深く関わりあうのは、対照的な二人の女。一人は自由を体現する画家のサビナ。もう一人は、共に暮らすことになる無垢な伴侶テレザ。テレザが、トマーシュの家に押しかけ女房のようにやって来て、二人が朝まで一緒に眠る場面は美しい。眠りながら、テレザはトマーシュの手をじっと握っている。この時、彼は彼女に、河の流れに放り出された捨て子のイメージを重ねる。多数の女たちとは寝る（性交する）だけ。しかし愛情とは、ただ一人の女と「眠りをともにしたいという欲望」だと彼は思う。

　作品の背景には、六十年代後半から七十年代にかけての、チェコスロバキア共和国の政治状況が横たわっている。民主化を進めた改革運動「プラハの春」が、ソ連軍の侵攻により挫折、その後、この国ではトマーシュのように、職業が剥奪されるなど、反体制派への弾圧が行われた。クンデラ自身、共産党から除名処分を受け、教職を追われて後にフランスに亡命。本作は亡命後の作品だが、母語であるチェコ語で書かれた。九十年代半ばからは、母語でなくフランス語で執筆活動を行っている。（小池）

もよいという願望じたいも、キッチュではないのか。テレザを追い求めてチェコにもどるトマーシュも、絵に描いたような純愛に見えて、私にはキッチュに見える。一説によると、クンデラがノーベル文学賞を取れないのは、その女性の描き方のせいだとも言われているが。（芳）

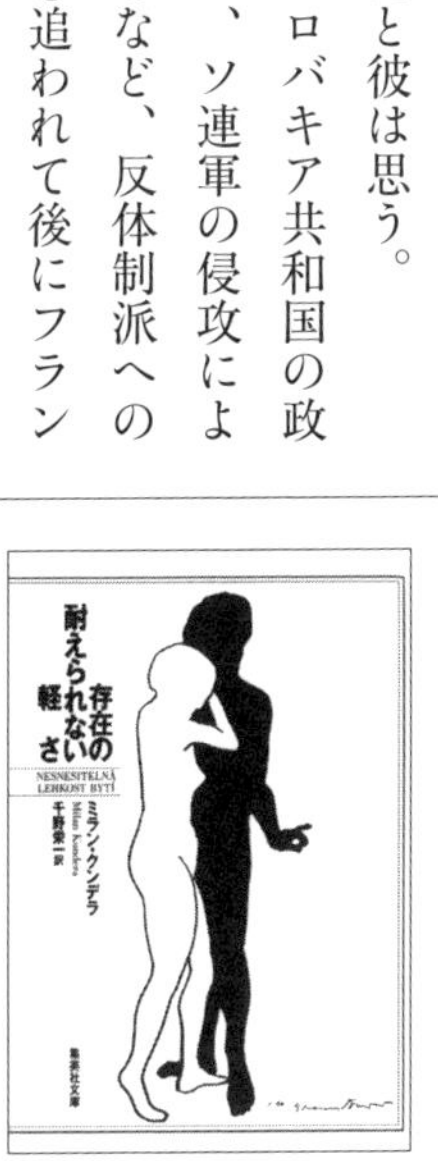

『存在の耐えられない軽さ』千野栄一訳（集英社文庫）〈**写真**〉／『世界文学全集Ⅰ—3』西永良成訳（河出書房新社）

［方法の探求］

挟み撃ち

(1973)

後藤明生

Goto Meisei
(1932-1999)
北朝鮮の永興に生まれる。早稲田大学露文科卒。『笑い地獄』(1969)により注目を浴び、代表作に本作の他『吉野大夫』『首塚の上のアドバルーン』等がある。評論に『笑いの方法』『カフカの迷宮―悪夢の方法』『小説は何処から来たか』等がある。

とつぜん、橋の上で……

「ある日のことである。わたしはとつぜん一羽の鳥を思いだした。（……）わたしは、お茶の水の橋の上に立っていた。夕方だった。たぶん六時ちょっと前だろう」という冒頭で、『挟み撃ち』ははじまる。わたしが「とつぜん」思いだしたのは、二十年前に受けた大学の英語の入試問題に出てきた「早起き」鳥のことであり、六時に橋の上にいるのは、そこで友人と待ち合わせをしたからだ。相手は来ない。来ては、小説が作者の思っている方向に進まない。相手が来ないから、わたしは橋の上で、他の橋の名前を思いつくことができる。それもあくまで「とつぜん」に。

「とつぜん、白鬚橋の名が口をついて出てきた。吾妻橋、駒形橋、それから……源森橋？　もちろんいずれも『濹東綺譚』である。イサーキエフスキー橋。これはゴーゴリの『鼻』である。（……）なんと羨ましい小説だろうか！　実はわたしも、ああいうふうに橋

”私も一言

いとうせいこう『鼻に挟み撃ち』を読んで、実は初めて本作を知った。いずれの作品にもゴーゴリがいた。「鼻」や「外套」

や横丁や路地の名を書いてみたいものだ。」
そうした名前を書いてみたいのは、自分の小説に、である。わたしは、荷風やゴーゴリに憧れる小説家でもある。しかし、わたしにはいまいる橋の名前さえ分からない。分からないからこそ、橋の名の出てくる名作を、自分の小説に呼び出すことができる。橋の上で、「この橋は何という名の橋だろう?」と自問するのは、名作を合法的に引き寄せるための口実である。なぜか? これが戦後の、後から見れば、ポスト・モダンと呼ばれる小説の最初の作品だからである。〈引用〉などともっともらしく呼ばれたこともある。しかし、後藤明生は、なぜ書くのか? と問われて、小説を読んだから、と答える小説家である。小説は、どこを切っても書き手の主観が出てくる作者の持ち物《きんたろうあめ》ではない。過去の小説との交流こそが、いまの自分の小説を可能にしている。やがて〈テクスト相関性《インターテクスチュアリティー》〉と呼ばれる方法である。そうした方法を、おそらく意識せずに実践しているのが本書である。

それを、どの小説よりも美しく実現している個所が本書には存在する。わたしが大学受験に上京する際に着ていたダブダブの旧陸軍の外套。その裏には、ちゃんとゴーゴリの『外套』が縫いつけられているのだが、それを二十年後に「とつぜん」思いだし、一日をかけて探し回る小説である。その外套を求めて、かつて下宿していた埼玉県蕨市まで行き、駅前からわたしが歩き出すところをぜひ読んでいただきたい。どこで変わったか気づかれないように、自分の小説からゴーゴリの小説に移っている。そのテクストの融合ぶりが、小説じたいのユートピアにほかならない。ようやく書かれたのだな、という一冊。(芳川)

を読み返した。作品の内に作品がある。重奏を奏でながら独奏もしている。著者が朝鮮から引き揚げて暮らした筑前地方の方言「バカらしか、ち!」まねしてみると胸がすく。一切は突然のうちに起こるというこの世界の有り様を、脱線につぐ脱線という方法で証明した小説。御茶の水の橋の上で記憶と現在が「わたし」を挟み撃ち。(小)

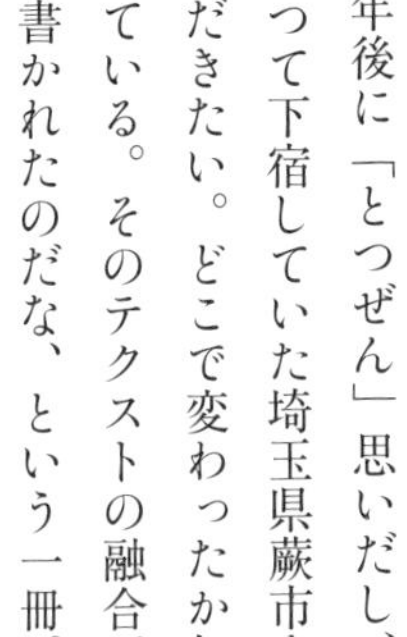

『挟み撃ち』(講談社文芸文庫)

［奇想のたのしみ］

虚航船団

(1984)

筒井康隆

虚構にしかできない離れ業？

作者は何をやろうとしたのか。おそらく、虚構＝フィクションの過激な実践だろう。しかし、評価は両極端に割れた。一方の無理解に対し、作者は『虚航船団の逆襲』と題したエッセイ集まで書いて、反論している。だからともかく、この小説の輪郭を、三章構成にしたがって、それぞれ冒頭からの三つの引用で紹介しよう。

「まずコンパスが登場する。彼は気がくるっていた。針のつけ根がゆるんでいたので完全な円は描けなかったが自分ではそれを完全な円だと信じこんでいた。彼は両脚を屈伸できる中コンパスである。」（第一章「文房具」）

「グリソンの群れがモノカシラ山脈（主峰戒幻山二三〇八米《メートル》）を越えてメスカール地方へ侵入してきた時からクォールの歴史は始まったといってよい。十種類に及ぶ鼬《いたち》族が各地に分散して棲んでいるメスカール地方の統一こそクォール全地支配のための必要条件であ

Tsutsui Yasutaka
(1934-)
大阪に生まれる。『時をかける少女』などでナンセンスSFのジャンルを開拓。『ベトナム観光会社』『アフリカの爆弾』など。前衛的な長編に『虚人たち』や『文学部唯野教授』。エッセイ『私説博物誌』など多数の作品がある。

”私も一言

実験性とか前衛性をことさらに誇示する芸術作品に共通するものは、アマチュア精神だと言った人がいる。一発勝負の着

るといえた。」（第二章「鼬族《ゆうぞく》十種」）
「「あの子はどこへ行ってしまったんだろうねえ」クズリの母親は石造りの家を出て前庭の畑に立ち赤茶けた低い山山を見わたす。」（第三章「神話」）

一見、まるで落語の三題噺である。この三つの章の冒頭からは、共通性は想像できないだろう。これを結ぶ物語をいかに着想するか。そこに作者の技量も想像力も動員される。そして筒井康隆はそれを成し遂げた。彼にしかできないことと言ってよい。

宇宙船団を想像してほしい。文房具からなる宇宙船がそこには混じっている。やがて流刑地の惑星クォールの住民を殲滅しろとの命令がくだるのだが、それまで文房具たちは航海の目的も目的地も知らされず、発狂していたのだ。

そして惑星クォールには、流刑にされた凶悪なイタチ族が棲んでいる。千年の歴史があり、地球上の人類には比べられない速さで、原始的な状態から核兵器を開発するところまで文明を発展させた。その文明はちょうど、冷戦時代に突入したところで、核戦争が起こってしまう。文房具の宇宙船が着いたのは、ちょうどその時だった。

そうして殺戮が繰り広げられる。文房具たちはイタチ族を殲滅することはできない。イタチの文明は滅びるが、文房具もすべて死ぬ。あとに残ったのは、一部のイタチたちと文房具とイタチの混血児たちだった。そして母イタチは、混血児の子供の行く末を案じる。

クレオールの言語を獲得した地域の人びとを連想させなくもないのだが、三題噺はこのように脈絡をつける。筒井康隆の虚構にしかできない物語のつながりである。それにしても、イタチが人類の戯画に見えて仕方ない。

（芳川）

想と思いつきに賭けるというわけだ。しかし筒井康隆こそは、例外的にプロフェッショナルな実験作家であり続けてきた。筒井ワールドにあって、この小説は、球の行方の判らないほどの場外ホームラン級の作品だ。だが、単なる特大のファールだよという読者もいるが、どうだろう。しかしそうした言われ方こそが「前衛」の証かもしれない。

（中）

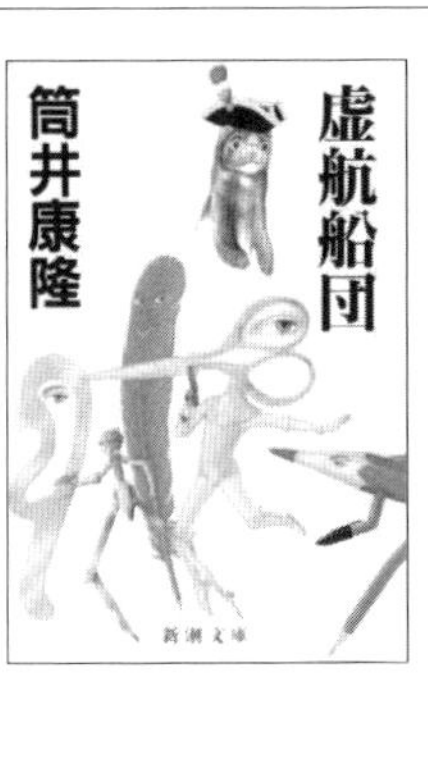

『虚航船団』（新潮文庫）

［奇想のたのしみ］

トリストラム・シャンディ

The Life and Opinions of Tristram Shandy, Gentleman (1759-67)

ローレンス・スターン

Laurence Sterne
(1713-1768)
イギリスの小説家。牧師。46歳の時自費出版した『紳士トリストラム・シャンディの生涯と意見』第1巻・2巻で、田舎牧師から一躍有名人になる。9巻までの未完に終わったが、20世紀になると「意識の流れ」を追求する文学の源流とされた。

自分の誕生を語る「私」

日本に初めてこの小説を紹介したのは、小説家になる前の夏目漱石（明治三十年二月）である。現に『吾輩は猫である』の「四」章には、その名前が出てくる。「この頃『トリストラム・シャンデー』の中に鼻論があるのを発見した。金田の鼻などもスターンに見せたら善い材料になったろうに残念な事だ」とは、迷亭のせりふである。

トリストラム・シャンディは、ヨークシャーの地主階級の紳士だが、自分が生まれた一七一八年一月五日から半生を詳細に回想する。精子としての自分が射精される瞬間から語り起こし、全九巻中の三巻まではトリストラムの誕生する日を語るために費やされる。「トリスメジスタス」という名前が考えられるが、女中が覚えきれず、「トリストラム」（悲しみの意）と名づけられてしまう。父は完璧な息子に育てようと、「トリストラム百科事典」の執筆にとりかかるが、執筆を子供の成長が追い越してしまう。ここに、叔父のト

”私も一言

真っ黒なページ、空白のページや奇妙な図表の挿入など、脱線や逸脱の仕掛けには、多くの人があらかじめ驚く（？）名作

ウビーが加わるのだが、叔父の挿話の多くは、トリストラムの誕生以前である。

何が言いたいのか、といえば、たとえば第五巻に「私は五歳でした」とあるとおり、この語り手の「私」＝トリストラムの視点の奇妙さ加減である。それはおそらく、こう理解されるだろう。まさか五歳の幼児がこれほどの知識を理解して語っているのではなく、「私」は成人したのちに、語りの視点としての「私」を自分の誕生を語れるところにまで移動し、そのまま語りを持続させている。つまり「私」のなかには、見えないかたちでその後の時間が圧縮されているのだ、と。それは、リアリスティックな視点から見れば、いかにも辻褄が合わないが、フィクションゆえに許された視点の移動と圧縮にほかならない。

この視点の移動と圧縮とは何か？　語りなど持続できないはずの年齢に自分を移動・圧縮させることで、視線に、ある種の余裕をともなった諧謔味が生まれる。そしてこれを漱石の別の言葉で言えば、「作者の心的状態」ということになり、それがこの移動によって保証されるのだ。いうまでもなく「作者の心的状態」とは、漱石の有名な「写生文」の定義と説明につかわれる言葉だ。『トリストラム・シャンディ』は、この「私」の移動と圧縮により、「写生文」と同じ効果を手に入れた。そして翻って漱石は、自分の『吾輩は猫である』のなかで、この語り手の移動と圧縮をさらりとおこなっている。猫＝吾輩という移動・圧縮である。語り手としての猫の誕生により、漱石は「写生文」的な「作者の心的状態」を手に入れた。猫＝吾輩とは、トリストラム＝私という視点がはらむある種の「心的状態」を、日本文学のなかに移動させるための視点の圧縮にほかならない。この語りの圧縮と移動によって、日本の近代小説に特異なものが持ち込まれたのである。

（芳川）

だ。何しろ主人公の誕生までに全九巻のうち四巻を要している。その後も、語りは渋滞と脱線で五歳から先になかなか進まないのである。スターンは英国国教会の牧師（それでいて社交界の持て男）であるが、頭と言葉と股間の諸問題とが、いかに微妙なつながりを持っているか、機知豊かに描いている。（中）

『トリストラム・シャンディ（上・中・下）』朱牟田夏雄訳（岩波文庫）

ジーキル博士とハイド氏

The Strange Case of Dr. Jekyll and Mr. Hyde (1886)

R・L・スティーヴンスン

Robert Louis Stevenson
(1850–1894)
イギリスの小説家・詩人・随筆家。スコットランドのエジンバラ生まれ。若くして結核を病み、転地療養をしながら執筆活動を続けた。1890年以降、サモア諸島に移り、そこで生涯を終えた。多くの冒険小説を書いたが児童向けの『宝島』が有名。

二重人格と言えば、この小説であるが

ジーキルにハイドと言えば、人間の心にひそむ善と悪の二重の人格を体現した人物の名として広く知られている。何度となく劇化、映画化がされてきたし、イギリスには善の顔と悪の顔を半分ずつ合成したデザインの切手もあるほどだ。温厚で人望のある医師ジーキルが、薬品の力を借りて狂暴な悪人ハイド氏に変身して人殺しとなり、紳士と犯罪者の善悪二重の人物を使い分ける。ところが、いつしか自由に変身することができなくなり、ジーキルに戻れなくなって自ら命を絶つ。こうした物語の大筋は知っている人が多く、二重人格者のミステリアスな寓話として読み継がれてきた。道徳的な抑圧感の強かった十九世紀ヴィクトリア朝のイギリスは、人間性にひそむこうした善と悪の二面性に深い関心がもたれた時代で、教会で教訓的な戒め話として使われるほどであった。

名前にしても、しばしば次のような意味を持つと解釈される。Jekyll はフランス語の

”私も一言

中学の理科の時間だった。直前に読んでいたせいか、本書をすぐに連想した。試薬の実験をしていたのだが、数滴の薬品で、

Je（＝私）とkillとの合成で「私は殺す」だ。実際、ジーキルはハイドとしてテムズ川のほとりで上院議員を撲殺する。また、最後に彼はジーキルとして自殺の道を選び、ハイドをこの世から葬り去ることになる。またHydeに関しても、hide（＝隠す）としてジーキルのもうひとつの隠すべき人格を含意しているというわけだ。

そもそもこの小説で描かれている人格の分裂とは、どのような事態なのか。「善と悪という互いに無縁の存在が一緒に束ねられていること、すなわち、両極端なこれらの双生児が意識の胎内で激しく争い合い、哀れな宿主を苦しめていることこそ、人類の災いではなかろうか」とジーキルは思っている。しかし、こうした「人間の本源的二元性」は、誰もが心のうちにかかえているものと言えるだろう。そうした混合体こそが人間の常態なのだ。したがって、この小説のユニークなところは、ジーキルのうちにあった「悪」の要素を化学実験でハイドとして析出したことであり、両者の入れ替わりの迫真の描写力なのである。ひるがえって考えれば、作中に現われる「手形」や「遺言」のモチーフなども、なんらかの自己の一部を抽出して他者に仮託する分身的問題を含意していると言えないこともない。

ところで、イギリスのハマー・プロダクションの製作した『ジーキル博士とハイド嬢』は、死体から女性ホルモンを抽出してジーキル博士が若く美しい女性に性転換する映画のようで（私は未見）、いつの時代でもこの小説のテーマは刺戟的なのだ。

カルヴィーノの『まっぷたつの子爵』の一読もおすすめする。「善半」と「悪半」の二重身に引き裂かれたメダルト子爵の「善半」の慈悲のふるまいが、非人間的な悪徳と同じくらい無慈悲な結果をもたらすという、さまよえる「半身」の戦慄的な滑稽譚だ。（中村）

がらりと色が変わる。まるで、ジーキルとハイドの人格変換みたいだと思った。二重人格の変化がまるで化学反応のように思えたのだ。この物語の展開は人格の変貌に基づいているのだが、試薬の変化の方は、とにかくそう覚えよ、と教師に言われた気がする。（芳）

『ジーキル博士とハイド氏』海保眞夫訳（岩波文庫）

パノラマ島綺譚

（1926-27）

Edogawa Ranpo
(1894-1965)
三重県出身。筆名は文豪ポーのもじり。『二銭銅貨』でデビュー、『心理試験』などで、本格的探偵小説の基礎を築く。エログロ・怪奇を前面に出した『陰獣』などの作品もあれば、『少年探偵団』シリーズなどもある。戦後は評論でも活躍。

江戸川乱歩

パノラマを描くこと　風景を描写すること

『パノラマ島綺譚』は、昭和元年から二年にかけて『新青年』に連載された。そのころを回顧して、乱歩自身が『朝日新聞』（62/4/27）紙上で、「この小説の大部分を占めるパノラマ島の描写が退屈がられ」て、発表当時は好評ではなかったと語っている。たしかに、推理小説にしては、主人公がパノラマ島について説明している部分がやや長い。それでも見事な描写になっているのだが、どうも推理小説にはなじまなかったらしい。この世評を変えたのが（少なくとも作家本人にとって）、個人的に酒を酌み交わしながら本作を激賞した萩原朔太郎で、その結果、乱歩は本作に対し「対外的自信を持つようにな」る。

私が惹かれるのは、むしろパノラマとその描写である。パノラマは、十八世紀後半にイギリスで創案され、十九世紀のフランスでも人気を呼び、日本では明治二十三年に上野公園ではじめて公開されている。本書での主人公の説明によれば、「景色を描いた高い壁で

”私も一言

私もこの小説の「パノラマ」が持つ仕掛けの面白さに関心をそそられる。なぜなら、江戸川乱歩の世界にあっては、〈見る

以て見物席を丸く取囲み、その前に本当の土や樹木や人形を飾って、本物と絵との境をなるべく見分けられぬ様にし、天井を隠す為に見物席の廂《ひさし》を深くする。」

遠くにあった風光明媚な風景や名所や戦場などを、目の前にあるかのように錯覚させる大がかりな建物装置。遠くに行かずに、近くで遠方が味わえる。これは、汽車が発明されて、空間上の距離感に大異変がもたらされたときの産物だ。その意味で、刻々と姿を変えてゆく車窓という枠のなかの風景と親和性を持つし、いまのスマホ画面に集められた風景の先祖のようなものだ。大きさを無視すれば、遠方にある知をぎっしり具体的につめこんだ博物学的な図鑑やさらには百科事典の類とも、親和性を有している。私がその先に見たいのは、パノラマに描かれた風景と、誕生の時期をほぼ同じくする近代小説（＝探偵小説）の風景描写（場所描写）とが、秘かに、しかし確実に親和性を持つということだ。

理想郷に憑かれた主人公は、これをM県の沖にある小島にパノラマとしてつくりあげる。作者はこの「世界の創造」を、「丁度小説家が紙の上に」ひとつの「世界を作り出」すことに比していて、主人公の作りあげたパノラマが、この小説のなかでいわば実際の風景のように描写されていることが、その親和性を裏打ちしている。パノラマを描くこと、そして小説のなかで風景を描写すること。この一致こそが、まさに『パノラマ島綺譚』を、数ある小説のなかで独自の位置に押し上げているのである。

しかも最後で、謎解きのきっかけに、主人公がかつて編集部に持ち込んで没になった小説（文字通り、パノラマが出てくる『RAの話』）が使われるあたり、主人公にとってのパノラマ島の創造と小説の創造とが重なる。乱歩は時代の知の姿をもとらえた。（芳川）

ことの欲望〉と小説的趣向は切り離せないものだからである。視覚のトリック（『D坂の殺人事件』にしろ、盗み見（『屋根裏の散歩者』）にせよ。探偵という存在にしても、目撃、証拠から始まる目の情報ゲームなのだ。（中）

『パノラマ島綺譚』（角川ホラー文庫『パノラマ島綺譚　江戸川乱歩ベストセレクション6』）

冥途（1922）

内田百閒

とうとう、愈《いよいよ》、益《ますます》、段段…

「めいど」の表記には、「冥土」もあるが、百閒は「冥途」を選ぶ。冥《くら》い途《みち》を選ぶのは、なぜか？　以下は私の、個人的な推測である。

『冥途』には、全部で十八の短篇がふくまれている。私を魅了するのは、恐ろしさや不気味さが漸増してゆく物語の運びである。怖いものをじかに目にするより、それをこれから見るぞ、というそこに至る過程の方がスリリングであるから、怖さはそこに至るまでの漸進性や漸近性の方に多くある。

ところで、各篇を読んでゆくと、内容の違いにもかかわらず、頻繁に使われる同じ語句に遭遇する。たとえば、「段段」「とうとう（到頭もある）」「時時」「人人」「愈（いよいよ）」「益（ますます）」「途途」「どんどん」等々。まだいくらでもある。ランダムに挙げれば、「ひょうろひょろ」「ちらちら」「白ら白ら」「ひらひら」「しくしく」「さあさあ」。どれも最初の

Uchida Hyakken
（1889-1971）
小説家・随筆家。夏目漱石門下で、幻想的な小説や独特のユーモアに富んだ随筆などを得意とした。主な作品に鉄道紀行シリーズ『阿房列車』や、『贋作吾輩は猫である』など。愛猫家としても知られる。

”私も一言

夢の時間を生きる十八篇。「流木」が忘れられない。蝦蟇口を拾った「私」の心が、暗い夜道をゆくように照らしだされる。

「花火」からで、今度は擬音語・擬態語も混じる。しかし、どれも繰り返し表現である。これによって、恐怖の瞬間に至るまでの漸進性や漸近性が表現されていることは確かだ。

そう思って読み返すと、二つのことに気づく。時間の漸進性をはっきりと示すためか、掌篇のなかで、よく日が暮れる。光の漸次的減少が時間の経過を示し、夜が近づいたことを示す。もちろん、夜とは恐怖の時間である。たとえば、「段段外が暗くなって、夜になりそうに思われた」（「尽頭子」）にしろ、「あたりが暗くなるにつれて」（「烏」）にしろ、「すると空が段段薄暗くなって来た」（「柳藻」）にしろ。もう一つは、距離の漸近性をはっきり示すためか、作中人物がやたらと歩く。歩いて、危うい対象に近づいてゆき、その漸近性が不安や恐怖や不気味さを読者に募らせる。たとえば、「狭い道を何処までも何処までも歩いて行くと、薄暗く暮れかかっている向うの方に」（「白子」）にしろ、「一心に真正面を向いて、しずしずと歩いて行った」（「石畳」）にしろ、「女は土手の上を、何処までも何処までも、急ぎ足にすたすたと歩いて行った」（「短夜」）にしろ。歩きながら、薄暗くなることもよくある。かつ、そこに繰り返し表現が加わる。

いや、日が暮れ果て、歩くことが止まっても、その漸進性や漸近性は繰り返し表現によって維持される。この、いわば二拍子の言葉は続くのだ。二拍子の言葉とは、歩行のリズムそのものではないか。作中人物が歩き終えても、言葉が歩行を維持し、恐怖の対象への漸近性を維持する。『冥途』が冥い途であるのは、日が暮れるなかを作中人物が歩き続けるためにほかならない。冥途は行き先ではなく、その過程にあるのかもしれない。

（芳川）

途中までは可笑しいのに、最後は一緒に泣きたくなって、そのとき自分が幼い子供のように思われた。百閒のなかにも続いていたのではないか。幼年時代の心細い夜道が。「私」の足にひっかかった流木の株のようなもの。その感触にはぞっとするような現実感がある。同趣向の作品集に『旅順入城式』がある。（小）

「冥途」（岩波文庫『冥途・旅順入城式』所収）

［奇想のたのしみ］

夢の浮橋

（1971）

倉橋由美子

Kurahashi Yumiko
（1935-2005）
高知県出身の小説家。明治大学在学中に学長賞に応募した「パルタイ」が受賞して評判になり、作家活動を開始。初期の『聖少女』『スミヤキストQの冒険』や、連作となった『夢の浮橋』、泉鏡花賞を受賞した『アマノン国往還記』など。

夢をさます清冽な理性

倉橋由美子には「桂子」を主人公とする、一連の小説群がある。その幕開けを作ったのが本書である。源氏物語五十四帖のうちの最終巻「夢浮橋」を連想する題名だ。源氏のほうの巻名は、出典不明の和歌「世の中は夢のわたりの浮橋かうち渡りつつ物をこそおもへ」との関係が考えられているそうだが（『源氏物語　第六巻』小学館）、この世を虚構の夢の浮橋ととらえた古人の感性に、本作の成熟した文学世界は、よく響きあうものを持っている。

小説の背景には、七〇年代の、政治色の濃い時代があり、主人公・桂子が学ぶ大学でも、「全共闘」が文学部の前期試験を妨害し、大学側が機動隊を導入したりして、だいぶ騒がしいことになっている。もっとも作品の内部で展開しているのは、そのような政治状況とは全く無縁の、一種異様な交歓図で、このアンバランスも刺激的だ。

”私も一言

桂子さん登場の作で好きなのは『夢の通い路』。では本作は？この小説のきわだった「優雅さ」は、〈敢行精神〉にあると私は

結婚するはずだった桂子と耕一は、互いの両親から強い反対にあうが、その理由の源には、双方の両親、二組の夫婦による、十年に渡る交換の関係があった。桂子と耕一が、場合によっては兄妹かもしれないという恐ろしい疑念が、当然、桂子自身にわく。しかし小説は、登場人物たちに通俗的「悲劇」を演じさせない。

桂子の態度を強く印象づけるものとして、nil admirari（ニル・アドミラリ）という言葉がときおり登場する。ラテン語で、何物にも驚かない、動じない、という意味だそうだ。人生に、いかなる衝撃が走ろうとも、常に平静を保ち、行動する。たとえば桂子は耕一との結婚をすっきりあきらめたあと、お見合いで、指導教官でもある山田との結婚をすんなり決める。そこに懊悩や葛藤はない。あったとしてもそれを見せない。倫理や法律や、この世のあらゆる規範を、桂子は理性をもって超越し、そのうえで、その規範に縛られた日常世界へ、あらためて優雅に降り立つのだ。その小気味よさ。ぬるい偽善より、意識的な、反道徳的悪が選ばれる。そこに精神の濁りはない。

この小説を読んだあとは、いわゆる恋愛にまつわる「悩み事」というものが、たちまち些事に見えてくる。無駄なことで悩んではいけない。毒に満ちた反恋愛小説だが、結婚という恋愛の終わりこそが、真の「出発」であると捉えられている点、類を見ない「結婚礼賛小説」といえる。娘、桂子の結婚を機に、二組の夫婦は、この異様な交わりにピリオドを打とうとするが、小説は、桂子と山田、そして耕一とその婚約者まり子の、新たな「交換」を暗示して終わる。甘美な悪夢はさらに続く。小説内にはオースティンの小説にからめて語られる小説論もあり、小説を読む楽しみを様々な角度から満喫できる。（小池）

思う。たとえば『源氏物語』や谷崎潤一郎の小説やあれこれの小説論、スワッピングの風俗、苦笑を禁じ得ない大げさに戯画化された学生運動、読んでいていささか気色悪い桂子と指導教授の遣り取りなど、まさしく天こ盛りの敢行だ。何よりも女性の台詞の「…ですわ」の連発につぐ連発は、あきれるばかり。（たぶん）すべて承知の上での敢行。ならば驚嘆すべき「優雅」と言うほかはない。（中）

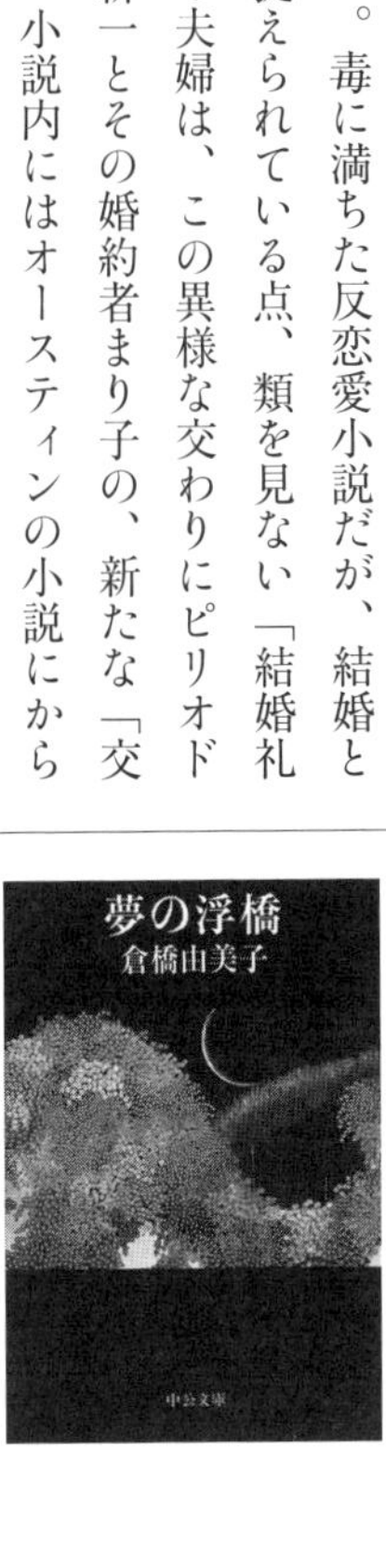

『夢の浮橋』（中公文庫）

[奇想のたのしみ]

異邦人

L'Étranger (1942)

アルベール・カミュ

Albert Camus
(1913-1960)
フランスの小説家・評論家・劇作家。仏領アルジェリア出身。『異邦人』や評論『シジフォスの神話』で注目され、小説『ペスト』はベストセラーになる。不条理の哲学を提唱し、政治的暴力を巡るサルトルとの論争も有名。

「異邦人」殺人事件として読めば？

『異邦人』を再読して、印象が一変した。そしてじつに驚いた。これは、探偵小説の意図的な失敗作ではないか。探偵小説のパロディーと言うと、言い過ぎだが、探偵小説になりきれないところを、こっそりと、しかも最大限に利用した小説なのではないか。

「私」がアルジェ郊外の浜辺でアラブ人に銃弾を撃ち込む様子は、語り手である「私」自らが語っている。検事の証人尋問じたいも、「私」を有罪にするためのものでしかない。「私」がなぜ発砲したのか、その動機はいっこうに解明されない。老母を養老院へ入れたこと。埋葬の日に、いかにも冷静に見えたこと。母の死に顔を見ようともせず、柩の前でタバコを吸ったこと。友人の女衒《ぜげん》に協力して、アラブ人の女に手紙を書いて、その復讐に加担したこと。埋葬の翌日に女と喜劇映画を見て、いっしょに寝たこと。

これらは「私」を有罪に導くためのものだが、それは、当時のキリスト教社会の道徳規

”私も一言

最初は怪物の物語だと思って読んだ。次第に、わたしが「私」ムルソーだと思った。彼は人間の原型ではないだろうか。「司

範からいかにずれているかを示すにすぎない。この〈ずれ〉にあたえられた名こそが〈異邦人〉なのだ。作者の意図からすると、「私」が有罪になるのは、アラブ人の殺害によってではなく、この社会規範との乖離によってでなければならない。

そのとき『異邦人』は、なぜ「私」が五発も発砲したかを謎としてもつ新たな探偵小説となる。もっとも裁判長に動機を問われた「私」は、滑稽さを承知しつつ「それは太陽のせいだ」と答える。発砲の場面には、こうある。「額に鳴る太陽のシンバルと、それから匕首からほとばしる光の刃の、相変わらず眼の前にちらつくほかは、何一つ感じられなかった。(…)そのとき、すべてがゆらゆらした。海は重苦しく、激しい息吹を運んで来た。(…)ピストルの上で手がひきつった。引き金はしなやかだった。」(窪田啓作訳)

たしかに「私」の言うように「それは太陽のせい」である。だからこそ殺人の動機として不条理であり、不条理ゆえに、当時多くの若者の支持を集めたのだ。しかし問題は、こうした不条理な動機を作者に思いつかせたきっかけで、その謎こそが解かれねばならない。

仮説を一つ。カミュはプルーストの『失われた時を求めて』のなかに、そのきっかけを見つけたのではないか。浜辺の「ぎらぎらと輝く空虚さが私の目を眩惑し」(鈴木道彦訳)なければ、海辺で出会うアルベルチーヌに「不思議な魅力」は付与されず、「私」は不幸な恋に陥らずにすんだ。この恋愛の動機と『異邦人』の殺人の動機には、ともに海を背景にした太陽が条理を超えた不思議な力を発揮している。風景(自然)との親和性を有する点で、共通しているのだ。通常の原因と結果を結ぶ推論が条理を構築するとすれば、浜辺の太陽のまぶしさこそが、この条理を阻む。不条理な恋と不条理な殺人。

(芳川)

祭」が言うように、我々は皆、死刑囚なのだから。彼は誰も支配しない。誰からも支配されない。太陽の動きが唯一の規範。焼けただれた砂のような粉飾のないその心。愛は濁り。不条理こそが透徹した真実なのでは。ママンによってこの世に生み出され、マリイに愛された彼。真実の「幸福論」がここに展開する。(小)

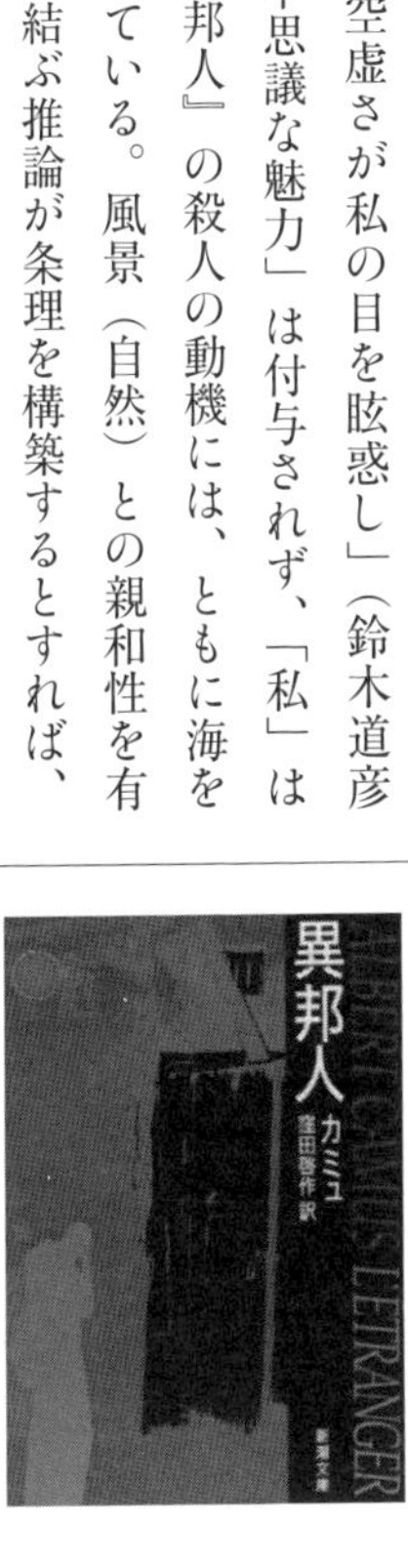

『異邦人』窪田啓作訳(新潮文庫)

[奇想のたのしみ]

伝奇集

Ficciones (1944)

ホルへ・ルイス・ボルヘス

巧緻をつくした言語空間の迷路

博学多識の文学的工匠として幻想的な作品群を創り出し、二十世紀文学で特異な存在のボルヘスの最初の作品集。「円環の廃墟」「『ドン・キホーテ』の著者、ピエール・メナール」「バベルの図書館」などよく知られた短編小説を含む十八篇からなる。目にする一刻一刻の光景、人生の細部のすべてを覚えてしまうという、記憶の氾濫に苦しむ男を描く「記憶の人、フネス」は、とりわけ幻惑的な読書体験となろう。

ボルヘスは十歳前にエッセイや物語を書き、十三歳のとき最初の短編小説を発表した。だが、世界的な名声を得たのは六十歳を越えた一九六〇年代に入ってからである。その声望の変化をジョージ・スタイナーは「一部の人々に個人的損失感」をもたらしたとユーモラスに述べている。自分だけのものとして密かに大事にしてきた景色が、大勢の旅行者の眺める「パノラマ的な光景」になったというわけだ。

Jorge Luis Borges
(1899-1986)
アルゼンチン出身の小説家・詩人・批評家。若くして視力を失う。驚くべき学識を駆使し、夢や迷宮、円環をモチーフにした幻想的な小説で知られる。英米文学に造詣が深い。本作で作風を確立。他に『ブロディーの報告書』『砂の本』など。

”私も一言

緻密な論理で語られる作品群。どれも、入り口のわからない建物の前に立たされたときのような不安がある。意味がたど

一方で、ボルヘスの創造する虚構空間の迷路は、ある意味で微々たる小景がパノラマ的な絶景を内包しているとも言えるのだ。あるいは一つのものが、別のものの内部に含まれていたりする。たとえば、一人の人間を夢見ている男が、自分もまた誰かの夢のなかの人物にすぎないと悟るとか（「円環の廃墟」）、あらゆる書物の完全な要約となるたった一冊の書物が存在するとか〈「バベルの図書館」〉。「わたしは迷路のなかの迷路のことを、つまり、曲折しながらますます広がってゆき、過去と未来を中におさめ、数々の天体までかかえ込んでいる、そんな迷路のことを考えた」と語る「八岐《やまた》の園」の言葉も暗示的だ。

　この作家の小説はほとんどが短編で、いずれも巧緻を尽くした言語の迷路をなし（「本と迷路とはひとつだと考えた者は一人もいなかった」とある作中人物は言う）、小さな作品が長編に匹敵する小説的な感興を持つ。

　〈カフカ的小説〉がそうであるように、〈ボルヘス的小説〉としばしば呼ばれることがある。それはどのような意味においてか？　あえて一例だけ示せば、ある架空の本をすでに書かれてしまった他人の本のふりをして蘊蓄《うんちく》をかたむける〈空惚《そらとぼけ》〉の方法だ。これは「プロローグ」で「それらの書物がすでに存在すると見せかけて、要約や注釈を差し出す」と述べていることに重なる。実際、そのように書かれた「アル・ムターシムを求めて」を、インド人作家の書いた書評と信じこんだ読者もいるのだ。こうしたボルヘスの博識は、「博識のパロディー」だとアメリカの作家ジョン・アップダイクが讃嘆を込めて記している。「調べて書かれたことの隣にでっちあげが並ぶという皮肉な世界」なのだと。（中村）

れるのに難しい。しばらく読んでも入り口が見つからないときもあれば、ふと扉が開くこともある。「記憶の人、フネス」がそうだ。世界が始まって以来の記憶を持つ男。目の前の物を知覚する一瞬にも、物に付随する膨大な記憶が動く。彼は肺充血で死んだ。ほっとする。廃墟になった国会図書館を想像した。（小）

『伝奇集』鼓 直 訳（岩波文庫）

［奇想のたのしみ］

眠れる美女

（1961）

川端康成

秘仏としての少女の身体

都内には今、秋葉原を中心に、「添い寝カフェ」と呼ばれる店があるらしい。労働基準法に触れ摘発された店があったとニュースで聞いて、初めてその存在を知った。

本作でも老人たちが、さる妖しい宿に通い、十代の生娘たちに「添い寝」する。秋葉原と少し違うのは、本作の彼女たちが真裸でしかも深く眠らされているということ。「たちの悪いいたずらはなさらないで下さいませよ」。冒頭、江口老人は、宿の女から釘をさされるが、悪いいたずらとはどんなものか。続いて女は、「女の子の口に指を入れようとなさったりすることもいけませんよ」と言うから、ここでは皮膚という表面への接触は許されても、その身体内部（人生）に侵入することは禁じられているようである。

もっとも、老いを極めた者はそもそも「挿入」が不可能という場合もある。可能性を残す江口老人などは、禁を破って試みる。が、「きむすめのしるし」にさえぎられ驚いて引

Kawabata Yasunari
（1899-1972）
大阪出身、新感覚派の代表的作家。日本の伝統美を追求し、日本人初のノーベル文学賞受賞(1968)。小説に『伊豆の踊子』『禽獣』『雪国』『千羽鶴』『山の音』『古都』等。随筆『末期の眼』や講演「美しい日本の私―序説」も有名。72歳で自死。

”私も一言

本書のフランス語版の書評を、ガルシア=マルケスが書いていた。たしかに、本人が飛行機に乗ったところからはじまる。

き返す。そうしてただ、少女の肌の温もりや匂いといった表層の愉楽をエゴイステックに歓び、その身体から甘い夢の蜜を盗むのである。男女が互いの身体に侵入し、平等に、同時に、高まり果てるという、あの「結合」とは、まるで異なる類の官能がここにはある。

意志を持たぬ女を相手にするところはソフトな死姦。実際、少女たちの深すぎる眠りは、時に眠りの底で死に接近し、ふっとあの世へ渡ってしまうことも。もちろん、この宿では何か起きても、何も起きていないという建前で進む。「この家には、悪はありません」。女が明快に否定する、その背後から、悪がもうもうとたちのぼってくるようだ。

ある夜、江口は二人の娘と添い寝をし、一人が息をしていないと気づく。このときも女は、彼に驚くべき言葉をはく。「娘ももう一人おりますでしょう」。この小説を読んでいると、悪とは何かがわからなくなってくる。定義することそのものに脱力感を覚える。

この特殊な密室で、江口老人は過去の女たちを思い出し様々な妄想にふけるが、興味深いのは、眠る少女を前に乳呑児の幻臭を嗅いだり、六十七歳にして、最初の女は「母だ」とひらめくくだり。事実の上の最初の女は妻であろうと、自分でもそのひらめきをいぶかしがっている。しかしわたしには震えるような真実と思われた。また、江口老人には、結婚している三人の娘がいるのだが、添い寝の最中、娘の一人が畸形児を産む夢を見る。少女の清らかさや処女性が尊ばれ、母と子の原初のユートピアが追慕されながら、同時に生命を嫌悪する、怖ろしい虚無の力が作品を覆う。その力はあまりに強く誘惑的で、母性や愛情の名の下に隠されてあるものを一気に無にして塗りつぶす。江口老人の指が触れているのは、温い皮膜の下のひんやりとした死そのもの。魔の手が為した傑作である。（小池）

『眠れる美女』（新潮文庫）

隣の席に美女が座ったと思ったとたん、その美女は眠り込んでしまったという。図らずも、江口老人の添い寝の状況になってしまったのだ。その構図の一致を書評の枕に使っていたが、さてどんな書評だったか、褒めていたのは確かだが、いまではその枕しか思い出せない。（芳）

欣求浄土（1970）

藤枝静男

家族とのこんな再会と団欒もある

藤枝静男の文学の面白さは、〈シュールな私小説〉とも言える妙趣にある。私的な体験がその内奥にある幻想域を誘い出して、驚くべき逸脱と飛躍の奇譚となったりする。『空気頭』の場合、病弱な妻との生活の回想や目の治療のために考案した奇妙な器具の実験報告が詳細に記されているのだ。『田紳有楽』では、美濃生まれのグイ呑みが金魚に発情し、アクロバティックな愛の交歓に及んだりする。

『欣求浄土』は、作家の人生体験が投影された眼科医・章《あきら》の生の軌跡をたどる連作短編。ここでも風土色と土着性にあふれた私的な現実を自在に変形する奇想を愉しめるであろう。なかでも「一家団欒」はアンソロジー・ピースとしても知られる異色作だ。

五九歳になった章はある日曜日の午後、先祖の墓におもむく。「とうとう来たな」と彼は思い、安堵とも悲しみともつかぬ気分で「累代之墓」とある墓石に手をかけ、その下に

Fujieda Shizuo
(1907-1993)
静岡県藤枝出身の作家。本名勝見次郎。眼科医をしながら、志賀直哉の影響を受けて小説を書きはじめた。奇想と私小説の融合した特異な作風で知られる。『空気頭』『愛国者たち』『田紳有楽』『悲しいだけ』などで各種の文学賞を受賞。

”私も一言

先に死んだ家族が、これだけ温かく迎えてくれるのだもの、死んでよかったねと章に言いたい。死ぬ前にこの作品が読めて

もぐっていく。四角いコンクリの空間には父を中心に三人の姉兄が坐り、二人の弟妹は小さな蒲団に寝かされている。一歳で亡くなった妹ケイから七十歳で没した父鎮吉まで六人の名前は作者の年譜的事実と同じである。

「章が来たによ」と父が言うと、髪を桃割れに結った五二年前に死んだ少女のままの姿のハル姉が、「あれまあ、これが章ちゃんかやあ」と叫ぶ。包帯だらけの章の身体を見て、交通事故でもあったのではないかと父が心配すると、死んだとき、内臓もみな寄付し、眼球もくり抜いて義眼をかぶせてもらったと章は答える。「むごいのう」という父に、悪いことばかりしてきたから、当たり前だと彼は言い、涙がこみ上げる。中学の時、ノートとペンを盗んだこと、中学卒業後、執拗な力で性欲に悩まされて、陰茎を道中差しで傷つけたこと、兄が乏しい小遣いを工面してくれたのに、もらった金をカフェの女に貢いでしまったことなどを詫びると、また泣きだす。ハル姉は「お前も、はあ死んじゃっただで、それでええじゃんか」と慰める。ここは何て暖かい場所だろう、と章は安堵の溜息をつく。墓の中で再会した家族との一家団欒こそ浄土なのだ。それから彼らは死者も生者も集う「ヒヨンドリ」（火踊り）の祭りに出かける。デンデコ、デコデコと太鼓の音が響く……

「土中の庭」に、「こういうことを書いて何を言おうとするわけでもない」という一文がふいに現れる。とりわけ「一家団欒」を読んだ後ならば、思わず微笑んでしまう言葉であろう。おそらくこの飄逸《ひょういつ》な断言の背後にあるのは、小説の可能性の沃野を拓いた自負なのだ。こうした藤枝静男の小説的沃野の先に、生者・死者が入り乱れ、破天荒で怪異な法事が行われる笙野頼子の『二百回忌』があることも記しておきたい。

（中村）

よかったなあというのが、わたしの読後感。僕＝章は生前、悪行を重ねてきたと思っているが、ここに作者を重ねれば、おそらく書く行為も、「悪」の一つだっただろう。しかし自らを汚れた者であるとする認識は、本作品を透み渡ったものにしている。（小）

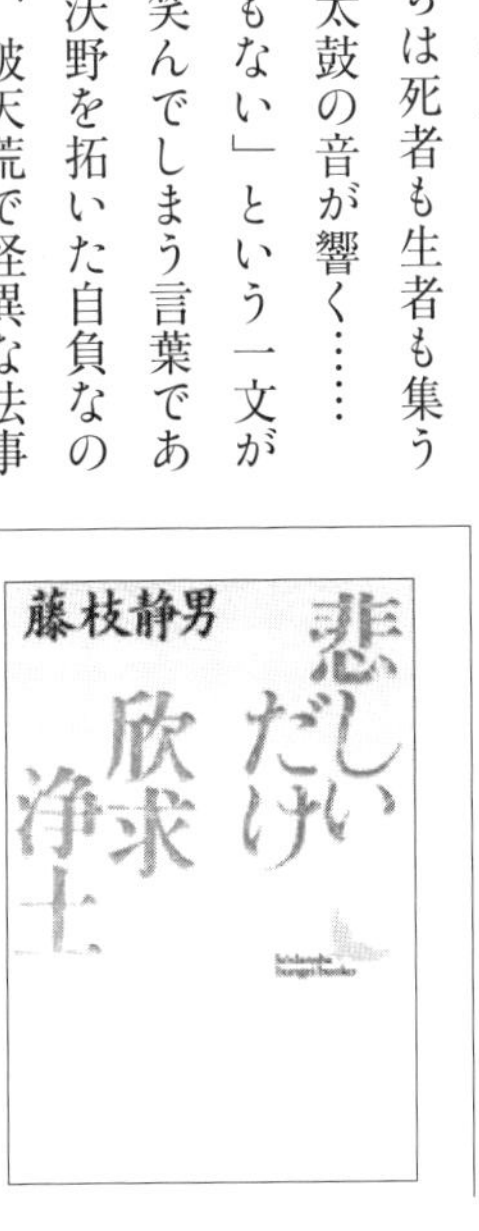

『悲しいだけ／欣求浄土』（講談社文芸文庫）

［短編集を味わう］

チェーホフ短篇集

アントン・チェーホフ

Антон Павлович Чехов
(1860-1904)
ロシアの小説家・劇作家。モスクワ大学医学部に入学後、家の生計のために風刺雑誌に作品を書く。短編小説の名手として知られるが、戯曲の名作も多い。特に晩年の『かもめ』『ワーニャ伯父さん』『三人姉妹』『桜の園』の四大戯曲は有名。

物語の中に拳銃が出てきたら……

村上春樹の『1Q84』のBook2で、ヒロイン青豆に拳銃を持たせたタマルは言っている。「チェーホフがこう言っている（…）物語の中に拳銃が出てきたら、それは発射されなくてはならない」と。「物語の中に、必然性のない小道具は持ち出すなということだよ」と説明している。〈チェーホフの銃〉という教訓だが、これが短篇だとどうなるか。

物語が長くない分、詰めが唐突にやってきて、用意した小道具を再利用できるほどの展開にまで至らないのではないか？　ところが、そうではない。短篇では、小道具という考えにこだわらなければ、一度出てきたものはムダなく利用される。特に、男や女がでてくると、さまざまなかたちをとるが、ほぼ恋愛という展開で再利用される。ムダな人物は出てこない。

たとえば、「金のかかるレッスン」。「表情は冷たく、事務的で、まるで金談《きんだん》にでも来た

”私も一言

チェーホフの短編は、バスを待つ間にも読める。その間に人は、やっかいな我が人生を脇に寄せ、かわりに小説の中の、他

人の顔つきだった」（松下裕訳・ちくま文庫版）という女への判断が、フランス語の家庭教師を依頼した男の抱いた第一印象だった。しかし、その「金談《きんだん》にでも来た人」という判断が正鵠を射ているとしても、物語に女がでてきた以上、男はその女に恋をして、当初の計画とはかけ離れた地点につれてゆかれる。「犬をつれた奥さん」でもそうだ。避暑地に、犬をつれた若い既婚者の女があらわれるや、ひと夏の遊びと考えて中年の男が近づき、深い関係になって、やがて互いの人生を捨てかねないほどの関係になってゆく。「くちづけ」では、容姿も性格もさえないリャボーヴィチ二等大尉に焦点が当てられたとたん、招待された村の貴族の館で部屋に迷い込んで、暗闇のなかで恋人を待っていた姿の見えないその家の女のだれかにくちづけされ、その体験が男の何かを狂わせてゆく。「かわいいひと」でも、冒頭からオーレニカという娘が登場したと思うと、その、とにかく素直に人を好きになるという癖が娘を目の前にいる男と結婚させてしまい、いつしか彼女は男の口癖をオウムのように反復するまでになる。夫が死ぬと、今度もまた……というかたちで、物語は進む。

ところで、村上春樹は『1Q84』のBook1ですでにチェーホフの名前をだして、天吾と編集者の小松にこのようなやりとりをさせている。厄介な事態になるかもしれない状況が生じたのだ。〈「この話のあとでは酒が飲みたくなるかもしれない」と小松は言った。／「さぞかし愉快な話なんでしょうね」／「どうだろう。それほど愉快な話ではないと思うね。逆説的なおかしみならいくらかあるかもしれないが」／「チェーホフの短篇小説のように」／「そのとおり」〉村上春樹もまたチェーホフの名前を再利用し、ムダにしない。（芳川）

者の人生を垣間見る。このことが、精神にもたらす清新で不思議な作用。作中に立派な人はあまりいない。おかしくて俗っぽくて引き裂かれている人々。いつしかそこに自分の分身を発見すると、胸に小さな灯りがともる。ある日、偶然、目にした「注文原稿」は、わたしにとってまさにそんな一編だった。（小）

『チェーホフ短編集』松下裕訳（ちくま文庫）／『新訳　チェーホフ短篇集』沼野充義訳（集英社）〈写真〉

芥川龍之介短編集

Akutagawa Ryunosuke
(1892-1927)
東京生れの小説家。東大在学時に漱石の木曜会に参加。『羅生門』『鼻』で文壇に登場。『地獄変』『藪の中』『枯野抄』『河童』や童話『蜘蛛の糸』『杜子春』などが有名。昭和2年服毒自殺。

芥川龍之介

戻り道の心細さ

活躍した期間は十年と少し。しかしその間、この作家は緻密でバリエーションに富む多くの短編を書き残した。歴史物、現代物、私小説的幻想譚……。晩年、「話」らしい「話」のない詩に近い小説の価値を説き、谷崎潤一郎と論争したが、芥川の作品には、実によく出来た「話」らしい「話」もあり、「あらすじ」だけでも感動してしまうことがある。

その一例として、思い出すのは「トロッコ」。工事場のトロッコに惹かれ、土工たちに頼んで思いの外遠くにまで行ってしまった少年が、帰り道、今度は歩いて、しかも一人で家まで帰るはめになる。段々と周りが暗くなるなか、板草履を脱ぎ捨て、羽織も脱いで捨て、ようやく家の門口に辿り着いたとたん、大声でわっと泣く。同じところでわたしも泣いた。緊張がどっと解けた「ゆるみ」の安らかさ。それは泣くことでしか表現できない類のものだ。ふと、連想が作者に移り、わたしには芥川龍之介が泣いているような気がした。

”私も一言

芥川を読みはじめたきっかけは、小学生のころに伝記を読んだからだった。たまたま、小学校の図書室で手に取った。そし

少年はいつか冒険の旅に出て、育った家庭のなかから独立する。しかし戻れる場所、ゼロになる場所、また初めから始められる場所を持っていることは、人間にとって幸いなことに違いない。芥川自身はどうだったか。とはいえ、前へ前へと進んでいかざるを得ない人間にとって、「戻る時間」というのはきついものだ。行きはよいよい、帰りは怖い。背なかを押す風が吹くのは行く時で、戻るときには逆風を受ける。「抵抗」しつつ、進まなければならない。単に行くことより、おそらく数倍、エネルギーを要する。

「蜜柑」という作品では、奉公先へと向かう小娘が、見送りにきた弟たちの「労」に報いんと、客車の窓から蜜柑を放る。「私」の陰鬱な心には、そのとき一瞬の光が差すのである。この小娘、三等の切符を手に握りしめ、「私」のいる二等客車に乗ってきた。二等、三等の階級差の記述が、小娘の野卑な印象を強めるかのように、作中、幾度か繰り返される。「生活者」と「芸術家」の対立を見る思いだ。彼のなかにも、それぞれの面を被った二人の芥川がいた。芸術至上主義者としての彼ばかりを見がちだけれど、一生活者としての視点がなければ、どちらの作品も書き得なかったはずだ。しかし、いずれの作品も、繭のごとき幸福な外殻で覆われていて、そこからはじかれている作者の、孤独を強く感じさせる。

晩年の「歯車」には、文夫人の、「何だかお父さんが死んでしまいそうな気がしたものですから」という戦慄の一行が書きつけられてあって忘れられない。他にも、「父」「六の宮の姫君」「一塊の土」「雛」「年末の一日」「戯作三昧」「点鬼簿」「玄鶴山房」「蜃気楼」等々、読み直したい傑作がずらり。

（小池）

て数年後、今昔物語からの翻案ものが好きになり、やがて気がつけば、芥川と今昔や宇治拾遺を交互に読むようになった。だから、私の記憶のなかには、芥川が書いてはいない、芥川風の今昔や宇治拾遺の物語がいくつもあって、今回も、芥川にあると思った短篇がないのだった。

（芳）

『芥川龍之介全集　全八巻』（ちくま文庫）

［短編集を味わう］

モーパッサン短編集

ギイ・ド・モーパッサン

Henri René Albert Guy de Maupassant
(1850-1893)
フランスの小説家・劇作家・詩人。代表作は『女の一生』『ベラミ』など。短編の名手として知られ、作家の地位を確立した「脂肪の塊」をはじめ約260篇の作品を発表。フランス自然主義の代表的作家の一人。

大らかさと豊饒さと

モーパッサンというと何より思い出すのは、彼がすでに有名な作家になっていた一八八九年、エッフェル塔が完成するとこれをひどく嫌い、眺めずに済むからということで、塔内のレストランで食事をした、というエピソードである。嫌悪した対象を遠ざけるのではなく、むしろその一部となるほど近づくことを自分に許す、まさに奇想というほかない。遠ざかりたいものに近づく、という逆説の持つおかしさ。それでも、どこか素朴なのだ。モーパッサンの著作にある独自のユーモアと大らかさに通じるところがある。

モーパッサンは生涯に二百篇とも三百篇とも言われる短篇を残した。普仏戦争から戻ると役人となり、かたわら、伯父の親友フローベールの指導を受ける。九三年に没しているから、作家としての活動期はほぼ十年。『女の一生』や『ベラミ』といった六つの長篇をはじめ、戯曲、旅行記と発表しているので、その間はほぼ書きまくったと言える。

”私も一言

私の好きな短編は「メヌエット」。公園で会った老人夫婦(かつてのオペラ座のバレエの総監督と大スターの舞姫)の小さな

ところで、現在、もっとも多くの短篇を読めるのは「新潮文庫」の三冊である。訳者の青柳瑞穂の「あとがき」によれば、「第一巻には田舎もの、第二巻には都会もの、第三巻には戦争ものと怪奇もの」を配したというが、私が好きなのは、第一巻の田舎を題材にしたものだ。土に生きる頑固で粘り強く個性的な人間を見ていると、日本の文学には欠けている領域だと思わざるを得ない。永井荷風が「モーパッサンの石像を拝す」を書いて、憧れを語っているが、「アマブルじいさん」や「ベロムとっさんのけだもの」や「ジュール叔父」に出てくるような人物には、なかなか日本の短篇ではお目にかかれない。

そんななかで、私の好きなのは大地から生まれたような母性の豊饒さをたたえた作品である。たとえば「牧歌」。イタリアからマルセイユに行く列車に、職を求めに行く若い男と乳母に出る女が乗り合わせる。百姓女はパンとゆで卵を食べ、ぶどう酒を飲み、スモモを食べはじめる。話しているあいだに出身が隣村同士ということがわかり、親近感が増す。ただし、女は乳飲み子を置いてきていて、その乳が張って仕方ない。苦しいほど張り出して、ついには「ああ、もうがまんができません。死ぬような気がします」と言って、服をすっかり開き、乳房を出して「苦しい」と唸っている。すると若い男が、「わしでよかったら、らくにしてあげてもいいが」と申し出て、赤ん坊のようにその乳を飲みはじめる。そして飲み干すと、女は礼を言う。すると若い男が「この二日、飲まず食わずだったんです」と逆に礼を言うのだ。素朴さと豊饒さの交換。もう一つ、雌鳥の代わりに卵を自分で孵《かえ》すトワーヌじいさん（「トワーヌ」）のおかしみを語りたいが、紙幅がなくなった。人間も自然の一部、という大地に根ざす大らかな感触が好ましい。

（芳川）

思い出が、主人公「私」のいつまでも消えない悲哀の痕跡になっている。「ある種の出会い、ふと垣間見ただけでそれと察しられた事柄、ひそやかな悲しみ、ある種の運命のいたずら」（高山鉄男訳）といった些細な出来事こそ心に残るものだという。国木田独歩の「忘れえぬ人々」をも想起させる文意だが、これは短編小説の要諦の一つであろう。（中）

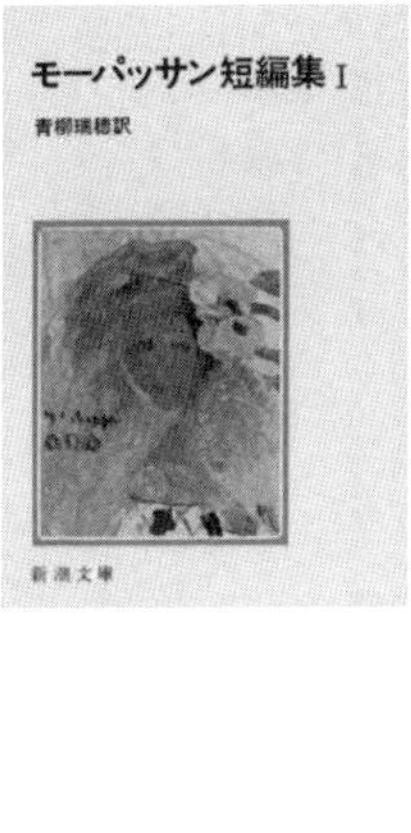

『モーパッサン短編集（1）〜（3）』青柳瑞穂訳（新潮文庫）（**写真**）／『モーパッサン短篇選』高山鉄男編訳（岩波文庫）

［短編集を味わう］

梶井基次郎全集

梶井基次郎

檸檬爆弾

梶井基次郎は、町を歩き、町の風景を詳細に表した。彼の風景描写は読み飛ばせない。本質というものは、常に内側に隠れているものだが、この作家の内面は表側にむきだしになっている。それが梶井基次郎の「描写」である。外側の風景が常に心の内部と連動している。言葉はその、内と外とをつなぎ、孤独で美しい音楽の流れを生み出している。

三十一年の短い生涯。年表を見ると、患った病名がたくさん出てくる。肋膜炎、肺炎、腎臓炎、流行性感冒、痔疾に神経衰弱等々……。発熱やだるさ、呼吸困難などで、絶好調ということはなかった人だ。そんな人が創った文学、どんなに陰々滅々したものかと思うが、わたしなどは逆に不思議な明るさを感じることが多く、また、そういう作品に魅力を覚える。冴えかえった冬の青空が、この作家にはよく似合う。文学への方向を決める前は、エンジニアを志し、第三高等学校（現・京都大学）では理科甲類に在籍していた。

Kajii Motojiro
(1901-1932)
大阪市出身の小説家。肺結核のため、31歳の若さで亡くなるまでに、20篇余りの詩情豊かな小品を残した。代表作は「檸檬」のほか、「城のある町にて」「冬の蠅」「櫻の樹の下には」「交尾」「のんきな患者」など。

”私も一言

私にとっては、「檸檬」とマグリットの絵が切り離せない。「檸檬」を初めて読んだとき、印象は強烈だったのに、よく分

今もなお、多くの読者を惹きつけているのが、よく知られた「檸檬」。出だしは暗い。「えたいの知れない不吉な塊が私の心を始終圧えつけていた」。しかし梶井の目は、その一点に沈み込むことなく、見すぼらしくても美しいもの――「詩美」を求めて、街のなかを彷徨うのだ。行き着いたのはある果物屋。傾斜のある台は黒い漆塗りで、その上に、果物の数々が並べられている。深くかぶった廂のせいで、夜はいっそう周囲が暗い。しかし店のなかは、電燈が果物の上に「驟雨のように」浴びせかけられていて、眩しいほどだ。読んだ当初、「丸善」よりも、むしろこの店のほうがわたしの心に強く残った。今もきっと、こんな店が、都市の裏路地にあるに違いない。電燈は、果物の一つ一つをくっきりと照らすが、同時にわたしたちの孤独を照らしだす。

最後の場面で「私」がなしたこと――檸檬を爆弾に見立てて、積み重なった本の一番てっぺんに置いて店を出ること――は、この作品のクライマックスといっていいが、別の側面から見れば、青年らしい自意識過剰な行為であり、店員さんには見られていなかったのだろうかとか、檸檬を爆弾と思うのは勝手だけれど、出しっぱなしの本のほうはいささか迷惑じゃないの、とか、いろいろ思わないこともない。

でも、今、読み返すと、やっぱりすかっとする。長い年月をかけて、わたしの内にも、吹き飛ばしたくなる鬱屈が、たまりにたまってしまったのだ。手を伸ばせば、そこにある檸檬。不動である。揺らがない、あのかたち、あの重さ、あの匂い、あの感触、そしてあの色。梶井基次郎の読者はみな、心に一個の檸檬を抱えている。檸檬によって破壊したいのは自分自身であるのかもしれない。

(小池)

からなかった。たまたま数年後、マグリットのハトの形にくりぬかれた空の絵を見たとき、そこにいないはずのハトがくりぬかれて飛んでいて、その時、檸檬の形をした爆弾が、突然脳裡に浮かんだ。ないのにある、あるのにないもの。そこに梶井の檸檬の喚起力を見た。(芳)

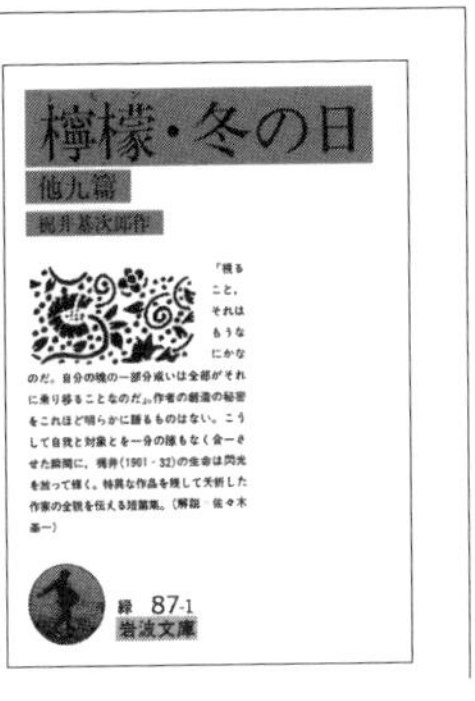

『梶井基次郎』(ちくま日本文学28)／『梶井基次郎全集 全1巻』(ちくま文庫)／『檸檬・冬の日 他九篇』(岩波文庫)〈**写真**〉／『檸檬』(角川文庫)

［短編集を味わう］

遊戯の終わり

Final del juego (1956)

フリオ・コルタサル

Julio Cortázar
(1914-1984)
ベルギー生れのアルゼンチンの作家。仏文学の教員や翻訳をしながら詩や小説を書き、「占拠された屋敷」でボルヘスに認められる。代表作に『懸賞』『石蹴り遊び』『悪魔の涎』『マヌエルの教科書』など。後半生はフランスで過ごした。

夢によって生きる

優れた短編は皆、そうだと思うが、コルタサルの短編も、あらすじがうまくまとめられない。まとめようとすると、自らの力で解けてしまう、不思議な紐を見る思いだ。どの作品も、まぎれもない日常の平凡な描写から始まっている。それがいつしかねじれ、異次元の世界へと接続する。日常と非日常は、決してなめらかに繋がれているわけではない。たとえば「山椒魚」という作品。山椒魚に取り憑かれた「ぼく」が、「山椒魚」そのものになってしまう状況が描かれているが、「ぼく」と「山椒魚」は、階段を踏み出すように、いきなり強引に結びつけられる。「はじめて出会ったあの瞬間からぼくには分かっていたのだ。つまり、ぼくたちはある絆で結びつけられている」。こうした接続のされ方には、荒々しい野性味があるが、同時に深い説得力も伴っている。

作中には「ぼく」のこんな語りがある。「彼ら山椒魚の秘めた意志、つまり一切に無関

”私も一言

眩惑的な感覚に身を置きたければ、絶好の短編集。意識の転移が起こる「山椒魚」は、私も愛読してきた。井伏鱒二の同名

心になりじっと動かずにいることによって、時間と空間を無化しようとする彼らの意志がおぼろげながら理解できるように思えた」。この「山椒魚」とは、わたしたちの内側に、太古から横たわる「夢」の原型なのではないか。

そういえば、と改めて画像で眺めてみれば、この魚、生物進化の「源」を感じさせる、妙に古代的な顔つきをしている。意識の深みに触る何かがある。「意識を備えているが、自分の肉体に隷従し、底知れぬ沈黙と救いのない瞑想にどこまでも縛りつけられた存在」――この存在は、読む者の体内にぬるりとすべりこみ、やがてわたしたちを、一匹の山椒魚そのものに異化させてしまう。

人間はなぜ、夢を見るのだろう。人を内側から解放してくれるものが、「夢」なのだとすれば、わたしたちは、夢見ることなしに生きていくことは出来ないだろう。夢みることを禁じられたのならば、おそらく正気を保ってはいられないはずだ。夢は、人間の摩耗した心の組織を、その力によって解体し、水分を補給し、新たな精神に組み替えてくれる。山椒魚とは、わたしたちの「心」そのもののことなのだ。

この作品集には他に、自分にそっくりな少年と出会い、死を初めて自覚した男の話、「黄色い花」なども収録されている。これもまた読者を深く魅了する作品だ。男は、いわゆる「生まれ変わり」が、同時に起こってしまっている不思議さを思う。しかし出会って数ヶ月後、少年は死んだ。死と不死、日常と非日常、現実と悪夢とがメビウスの輪のようにひねられ繋がっている。わたしたちはそれを文字によって「経験」する。「読む」より、一層生々しい「経験」だ。

（小池）

の短篇と併読すれば、〈幽閉〉感覚の違いを愉しめるだろう。授業で何度となく言及してきたのは、一ページにも満たない掌編「続いている公園」。あたかも大長編のように語る＝騙るパフォーマンスを実践した。自分の尾を呑みこむ怪蛇ウロボロスのような作品。驚くべき殺人の企みに読者はふるえるだろう。（中）

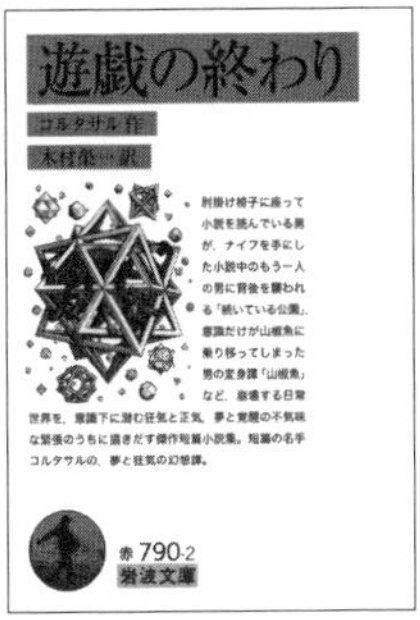

『遊戯の終わり』木村榮一訳（岩波文庫）

アッシャー家の崩壊、その他

'The Fall of the House of Usher' in *Tales of the Grotesque and Arabesque* (1839)
Tales (1845)

エドガー・アラン・ポー

夢幻と恐怖と戦慄と、それから……

詩人、小説家、批評家としてポーは十九世紀アメリカ文学の中でひときわ特異な光を放っている文学者だ。その存在を無視して今日にいたる文学史を考えることはほとんどできない。ボードレールを先駆とするフランス象徴主義の詩人たちに影響を与えたことはよく指摘されるが、最大の功績は、ミステリ小説、推理小説を創始したことだろう。名探偵デュパンの登場する「モルグ街の殺人事件」、ジャック・ラカンが精神分析的に読解を試みたことで知られる「盗まれた手紙」、斬新な都市小説でもある「群衆の人」、人気作の「黄金虫」などである。江戸川乱歩がポーに傾倒して日本での推理小説の礎を築いたことは周知のとおりだ。谷崎潤一郎、芥川龍之介、佐藤春夫、萩原朔太郎も影響を受けた。

さらに奇譚、冒険、ＳＦ、ゴシック、あるいは狂気、夢幻、幻覚などの要素の混交した幻想怪奇小説のジャンルへの目覚ましい貢献もある。しかもそれらを理知的に描く作風を

Edgar Allan Poe
(1809-1849)
アメリカの小説家・詩人。さまざまな雑誌で編集者をしながら本作や、初の推理小説と言われる「モルグ街の殺人」、暗号小説「黄金虫」、怪奇と恐怖に満ちた「黒猫」、詩「大鴉」などを発表。江戸川乱歩のペンネームはこの作家に由来する。

”私も一言

ポーというと、詩篇「大鴉」のイメージが強烈だが、「アッシャー家の崩壊」にも、同じ緊迫感がある。屋敷の描写から、

持つ。飼い猫をめぐる復讐譚「黒猫」、分身の葛藤を描いた「ウィリアム・ウィルソン」など。なかでも最高傑作が「アッシャー家の崩壊」である。

雲海が垂れこめる暗鬱な秋の夕暮れ、神経の異常をうったえるロデリックを見舞うため、語り手の「私」はアッシャー邸を訪れた。瘴気の昇る沼に囲まれ、荒れた屋敷の壁には一条の亀裂が走り、微細な菌類が蜘蛛の巣のように覆っていた。ロデリックは名門アッシャー家の最後の当主で、妹のマデリンもまた不治の病にある。

読書や音楽で慰めたものの友人の憂鬱をやわらげることはできない。ある晩、ロデリックはマデリンの死を伝え、埋葬する前に亡骸を地下室に安置すると告げるが、柩を覗いた「私」は、二人が双生児であることを知る。マデリンが死んで一週間ほどした夜更け、異様に興奮したロデリックをなだめようと「私」は本を読み聞かせるのだが、朗読の最中に正体のわからない叫びを耳にする。するとロデリックは、マデリンを生きながら葬ってしまったと呟き、扉を指さすと、外には……。

屋敷や暗い沼がロデリックの精神に感化力を発揮しているのだが、こうした人間の心と物質、あるいは宇宙とが相互浸透し呼応しあっている〈万物照応〉の交感こそ、ポーの世界の特質をなすものだ。私がまだ十代のナイーブな読者であったころ、ポーの作品から奇妙な感応力の触手が伸びてきたことがあった。読んでいるさなか、部屋の壁が気になりだし、恐々と振り返ってみると、後ろの壁面にそれまでにない細いひびが一筋入っていて、赤黒い液が滲み出していた（ホントウに！）。今はユーモアを帯びた緊迫感が軽快な語りのテンポを作っている「アモンティラードの酒樽」のような小説に心惹かれる。（中村）

主人公が双子の片方を埋葬したと分かるその流れ。読むにしたがい、緊迫感はいや増してゆく。「大鴉」の、詩人の頭上から飛び立とうとしない不吉な黒鳥も同じ役割をはたしている。生と死にちなむ緊迫感なら、短篇小説家のなかで、ポーの右に出る作家はいない。（芳）

『黄金虫・アッシャー家の崩壊』八木敏雄訳（岩波文庫）／『黒猫・アッシャー家の崩壊』巽孝之訳（新潮文庫）（**写真**）／『黒猫』富士川義之訳（集英社文庫）、ほか

オコナー短篇集

フラナリー・オコナー

人間が変容する瞬間

　オコナーは、生涯、カトリック信徒としての立場から作品を執筆したと言われる。確かに多くの作中に、聖書の文言を思い起こさせるものがある。作品に理解が行き届かないとき、わたしは自分にその点での、知識不足を感じてきた。しかしオコナーの小説は、カトリック小説という枠組みに収まるものでもない。描かれているのは実に普遍的で具体的な人間の有り様である。読んでいると、どこかの時点で衝撃的な亀裂が入る。それは日常の、ありふれたいつもの人間関係を壊し、小説空間を歪ませる。隠れていた神秘がむきだしになるのだが、その手つきはいつだって容赦がない。オコナーの小説家としての類まれな才能以上に、強靱な精神、書き抜く意志といったものに、どんな読者も圧倒されるだろう。

　二十年近い執筆活動の間、紅斑性狼瘡という恐ろしい病いが彼女を苦しませたことは無視できない事実である。彼女が十六歳のときに、父親が同じ病いで死亡。やがて来るだろ

Flannery O'Connor
(1925-1964)
アメリカの作家。南部を舞台にした作品が多い。24歳で父と同じ病を発症、治療と創作の日々を送った。「善人はなかなかいない」「高く昇って一点へ」など、多くの優れた短編を残した。真理を求める狂信的な男を描いた『賢い血』などの長編も。

”私も一言

　生と死を見つめる冷静にしてグロテスク、かつ求道的な視線。この南部女性作家の存在はアメリカ文学史においてとりわけ異

う自分の死を見据えながらも、絶望せず、最後まで書くことを第一義に貫いた。

死の前年に完成した短編「啓示」は、残された手紙を読むと、本人もその出来にかなり満足していたことがわかる。オコナーの到達点といっていい、力強い短編だ。様々な階級の様々な人々が集う、田舎の医院の待合室が舞台。夫・クロードとともにやってきたターピン婦人が、ある女の子から、理不尽な暴力と手酷い言葉を投げつけられるという顛末を描いている。話し好きで、正しく宗教心を持ち、自分のあり方に満足している「ターピン婦人」は、どこにでもいる。なぜ、彼女、メアリ・グレイスは、彼女に向かっていきなり本を投げつけたのか。襲いかかって首をしめたのか。「もといた地獄に帰りなさいよ、老いぼれのいぼいのしし」などと罵倒したのか。周囲の者は驚き、メアリは気が狂《ふ》れた人間として、救急車で他の病院へ運ばれる。いかにも加害者はメアリ、被害者はターピン婦人という図式ができあがるのだが、ことはそう簡単に運ばない。

怒りに震えるばかりのターピン婦人だったが、ある日不思議な「行列」を幻視する。行列の最後には、ターピン婦人が自分もその仲間だと思っている、いわゆる良識のある人々が付き、その他の者を先へ行かせるのである。「多くの先なる者後に、後なる者先になるべし」。マタイ伝にあるこの言葉が訳者によって付記されている。

待合室での出来事を、わたしたちはもう一度、大きく目を見開き、見つめてみなければならない。私に見えたのは、ターピン婦人の心に差し込んだ、もしかしたら、本人すらまだ気付いていないかもしれない「啓示」である。暴力にも見える「光」である。傷を負い血を流すことで、ようやく開かれてくる心の領域がある。

（小池）

彩を放っている。私が一読をおすすめしたいのは、「善人はなかなかいない」と「火の中の輪」。のどかに始まった話が、のどかなまま、いきなり暴力性が噴出する。傑作長編『賢い血』にしてもそうだが、表現にいっさいの感傷もなく、鋭く冷徹、地上から超越したような怖さを帯びた不思議な〈清澄感〉がある。

（中）

『オコナー短編集』須山静夫訳〈新潮文庫〉／『フラナリー・オコナー全短編上・下』横山貞子訳〈ちくま文庫〉〈写真〉

［短編集を味わう］

ウィリアム・トレヴァー短篇集

ウィリアム・トレヴァー

William Trever
(1928-)
アイルランドのコーク州に生まれ、現在はイギリスに移って創作を続けている。イングランド・アイルランド双方を舞台に宗教の違いに由来する人々の葛藤を描いた作品が多い。『フェリシアの旅』『聖母の贈り物』『密会』など。

成熟した「手」の仕事

裏表紙にあるトレヴァーの写真を見ていると、「名人」という言葉が浮かんでくる。ずっしりと読み応えのある作品を書くが、人々の描き方は、むしろさらりとしている。それでいてどの人も、ずっと前から知っていたというように、輪郭が視えてくるから不思議である。様々な職業を持ったごく普通の人々の、明日もあさっても、今日と同じ日が続くように思われる暮らし。そのなかに、最初、気付かないほどのつまずきや亀裂が入り、変化が緩やかに起こり始める。トレヴァーはいかなるときも裁判官にはならない。ただ彼らをじっと黙って見詰める。そのまなざしは「愛」に似ていて、描かれた人々の心の奥を、光のように温め照らす。人生にはまだこの先にも、細い道が続いている。生き続けて行くよりほかに仕様がないじゃないか——諦念と忍耐が入りまざった苦い認識だが、残るのは絶望ではない。故郷、アイルランドに材を取ったものも多く、文化や宗教、歴史が違うところ

”私も一言

トレヴァーは短篇を知りつくしている。私のお勧めは『密会』所収の「死者とともに」。病気の男を見舞ったのは、宗教をす

から来る、わかりにくさを覚えることもある。けれど、じっくり読んでいけば、誰もが深く感情移入できるはずだ。日本では、ここ五、六年、トレヴァーの短篇集が続けて翻訳され、多くの読者に短編の名手としての作家が印象づけられた。翻訳されたもっとも新しい短編集『アイルランド・ストーリーズ』から、「女洋裁師の子供」という作品を紹介してみよう。

主人公は、若いカハル。修理工場で父親の右腕となって働いている。そこへやってきたのがスペインから来たカップル。ブールダーグの聖母を見たいという。「像の前で罪の赦しを乞う告解者は、うつむいた聖母の目から涙がこぼれ落ちるのを見る」。そんなうわさに釣られてやってきたのである。その涙、実は単なる雨粒にすぎないことが司祭の調査で明らかになっている。が、カハルは観光料を稼ぐため、そのことには触れず、彼らを車で現地まで案内する。帰りの夜道で「事件」は起きた。闇のなかに突然、飛び出してきた女裁縫師の幼い娘をはねてしまったのである。さらに悪いことにはそのまま逃走。ここからの展開は、ほんとうにトレヴァーらしい。数日たって、女の子が行方不明というニュースが聞こえてくるが、やがて現場とは別の「石切場」で彼女の遺体が発見される。死んだ子の母親がカハルのもとを訪ねてくる。どうやら彼女は何もかもを知っているようだ。女の子も母親も、発達遅れなんじゃないかといううわさも出る。追いつめられたカハルだったが、やがてはねられた娘を石切場へと移したのは母親ではないかということがわかってくる。ここにあるのは、単純な被害者と加害者の対立などではない。まるで共犯者のような不思議な関係。その妙味の詳細は読んでいただくしかない。トレヴァーの作品には、罪の先へ、人間を送り出す愛の未来がある。

（小池）

すめる婦人たちだ。男なら、そんなものは追い返しただろうが、妻は彼女たちを家に上げ、もてなす。なぜ、そんなことができるのか。男に追い返されないのか。妻はしだいに結婚生活の辛さを語ってゆくが、じつは男は二階にいるのだ。ただし、死者となって。この設定の妙。

（芳）

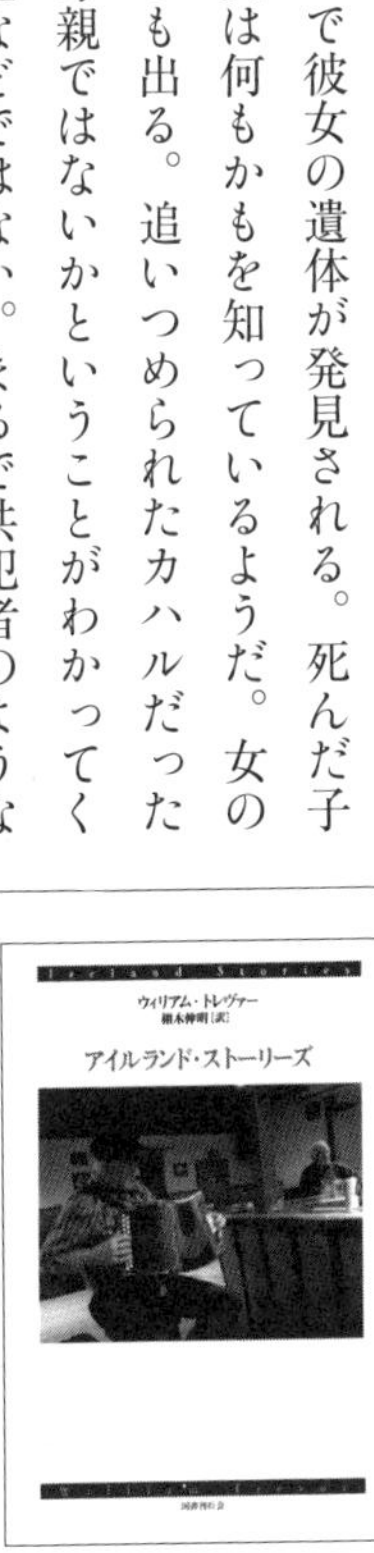

『聖母の贈り物』『アイルランド・ストーリーズ』〈写真〉いずれも栩木伸明訳（国書刊行会）／『密会』中野恵津子訳（新潮クレスト・ブックス）

［短編集を味わう］

レイモンド・カーヴァー短篇集

レイモンド・カーヴァー

Raymond Carver
(1938-1988)
アメリカの小説家・詩人。短編の名手で、中流家庭の日常の孤独感や暗部を淡々と描いたものが多い。作品に「頼むから静かにしてくれ」「愛について語るときに我々の語る事」「大聖堂」など。邦訳はほとんどが村上春樹による。2004年に全集刊行。

心臓のように脈打つ短編群

カーヴァーは詩と短編、そしてエッセイを書いた。長編小説は書かなかった。書こうと試みたことはあったが、どうもうまくいかなかったようだ。「書くことについて」(*On writing*)というエッセイで、「長編小説を読むことにも書くことにも苦労をおぼえた。途中で集中力の寿命が尽きてしまったのだ」(村上春樹訳)と書いている。

人の生のある瞬間を精巧なナイフで切りとる――というのは、短編作家に課せられた常套的至上命令だが、彼のナイフは重いし刃がぎざぎざ。活字になったあとも、その作品に幾度も手を入れ、決して器用に作品を仕上げる人ではなかった。その人生もしかり。文章はどこまでもシンプルで正確。曖昧な情緒性は遠ざけられ、余計な修飾はそぎ落とされている。

切り上げ方にもカーヴァーらしさは光る。結論はない。その作品は、終わるのではなく、

”私も一言

カーヴァーはあるとき、「電話のベルが鳴ったとき、彼は掃除機をかけていた」(村上春樹訳)という文を思いつく。そし

途切れる。本当はまだ先があるのだが、というように。実際、そうなのである。途切れた先も人生は続く。カーヴァー作品には、小説の人生と読者の人生とを、がっしりと連結する親和力が働いている。

ある作品では、ディスコミュニケーションあるいは相互不理解が、許しと和解へと至る経過が提示され（「ぼくが電話をかけている場所」、「大聖堂」など）、また別の作品では、喪失や死が、人々の生を変え、動かしていくさまが描かれる（「隣人」とか「ささやかだけれど、役にたつこと」など）。

作品内に生き生きとした流れを作っているのは、登場人物が交わす会話だろう。どこかばらばらで、ぎくしゃくとしている。それでいて、行き着きたい最終地点は一緒なのだという、不思議な絆が彼らのあいだを貫いている。まるで何か大事なもの――それが何であるのか、本人たちにもわからない、というふうなのだが――を、共に運搬している人々のようだ。読んでいる間は読者もまた、その運び手の一員であることは言うまでもない。もっとも読み終わった後は、その「大事なもの」を、今度は一人で運ばなければならない、ということにも気づく。つまり、生きよと作者から背中を押されることになる。

勝ち続けるなんてことはできない。同様に、負け続けるということも。やっかいなことは山積みだが、とにかく、もう少し先まで行ってみようぜ。

――作品のなかから聞こえてくるのは、そんな声だ。太くあたたかいが、どこか気が弱そう。それを繊細と言い換えてもいいけれども。信頼できるそのヴォイスは、あらゆる種類の哀しみを知った、成熟した男の声だ。

（小池）

て、この一行に物語がふくまれていると感じる。そこから一つの物語が紡がれるのだ。これぞ短篇作家の資質ではないか。大理石を見て、そこに埋まっている像が見える彫刻家のように。

（芳）

『レイモンド・カーヴァー全集』村上春樹訳（中央公論社、全八巻）

林檎の木の下で

The View from Castle Rock (2006)

アリス・マンロー

Alice Ann Munro
（1931- ）
カナダの作家。オンタリオ州の町に生まれ、カナダの地方を舞台とする小説を発表。処女短編集の総督文学賞を皮切りに、多くの文学賞を受け、2013年にはノーベル文学賞を受賞。『木星の月』『イラクサ』『林檎の木の下で』等。

おごそかな一瞬

すばらしい短編には、しばしば「よく出来た」（ウェルメイド）とか、「職人技」などという賞賛が被せられる。デビュー以来、「短編小説の名手」という賞賛を集めてきたアリス・マンローにあっても、その点は充分、うなづける。しかしわたしの知る彼女の短編は、思いの外、複雑で、タフな作りだ。「よく出来た」などという枠組みには、どうにも収まりきれないものがある。分量からいっても、中編と呼びたいような短編が多い。そして読後には、長編小説のような重量感が残る。一人の人間を描く際、生涯に匹敵するくらいの、「長い時間」を取り扱っているせいだろう。

ここで取り上げてみたいのは、自伝的な短編連作集『林檎の木の下で』。スコットランドを出て、カナダへと入植したマンローの一族が描かれてはいるが、「まえがき」では、あえて「これらは短編小説である」と断っている。大胆な虚構が取り入れられているにし

”私も一言

「おごそかな思いがあふれる」作品として、「イラクサ」を思い出す。主人公の女性「私」は、少女時代に思慕を寄せ、甘美な記憶を共有する井戸掘りの息子マイクと久しぶりに再会する。すでにお互いに家庭がある身

ても、細部の生々しさに、マンローの経験がにじみ出ていないはずはないと感じさせる。
第二部の「チケット」は結婚を巡る話で、深い感慨を残す。クリスマスの日に結婚する予定の「わたし」が、婚前の日々を、旧態依然とした家族のなかで、家事に明け暮れながら過ごしている。そこに重ねられるのは、母や祖母、祖母の妹・チャーリーおばさんらの結婚のいきさつ。恋をしていた人とは別の人と結婚したという祖母の話、チャーリーおばさんは逆に、夫と「伝説的な愛情」を育んだ。「愛という言葉は使われなかった。二人は好きあっている、と言われていた」。まるで昭和の日本人みたい。懐かしい人々がここにもいた。チャーリーおばさんは、「わたし」のために、いかにも手製というタイプのウェディングドレスを作ってくれている。仕付け糸を抜く、短い時の間にも、感情が行き交い、濃密な思いがあふれでる。引き抜かれる糸の音まで、聞こえてくるようだ。「どうもまだ袖が気になるの」などと仮縫いにいそしみながら、チャーリーおばさんは「わたし」に、「もし気が変わったら」逃げてこいと、五十ドル札を四枚、こっそり渡す。
祖母に「わたし」が尋ねた質問は、気高い怖れに満ちている。「こわいと思ったことはなかったの？　あのほら――」あるひとりの人間とともに人生を生きることを、と「わたし」は言いたかった。でも、祖母は、「初夜」のことかと勘違い。行き違いのおかしさはおかしさのまま、その祖母だって、こわさを乗り越えてきた人間なのだと気づくとき、わたしたちの胸には、おごそかな思いがあふれる。誰もがあえて口にはしなかった、刃の上を歩くような現実の酷薄さを、マンローはこうして一瞬でむきだしにする。あっと思う。哀しみと喜びとがぐるぐるまわり、深く温かい沈黙が広がる。

（小池）

だ。「私」は身体がうずき、期待するものがある。しかしマイクは人生の「最悪を経験した男」で、悲哀の結末が待つ。だが衝撃的な事実そのものよりも、イラクサの棘をめぐる、まことに落ち着きはらったユーモアの漂う話の着地の仕方がすばらしい。マンローに心動いたならば、キャサリン・マンスフィールドやユードラ・ウェルティの作品の一読もおすすめしたい。（中）

『イラクサ』、『林檎の木の下で』、『ディア・ライフ』など。いずれも小林由美子訳（新潮クレスト・ブックス）

［これぞクラシック］

吾輩は猫である (1905)

夏目漱石

Natsume Soseki
(1867-1916)
明治日本の代表的小説家、評論家。本名金之助。東大で英文学を講じながら本作を発表。『坊ちゃん』『草枕』を執筆後、朝日新聞に入社し『虞美人草』『三四郎』『それから』『門』『行人』『こゝろ』等を発表。胃潰瘍で倒れ、絶筆は『明暗』。

猫のひげ、漱石のひげ

「吾輩は猫である。名前はまだ無い。」——誰もが知る有名な出だしである。まだ無いとあるから、途中で付けてもらえたのかと思うが、そうではなく、この猫、最後まで名無しである。最初は、お腹をすかせた捨て猫だった。苦沙弥先生の「置いてやれ」の一言で、ようやく住家が決まったものの、昨今のペットとはだいぶ扱いが違う。逆に言えば、ご主人様から過剰な支配を受けず、高貴な自由を持つとも言える。ありあまる余暇を「人間観察」と「ひなたぼっこ」で過ごし、美猫の三毛子からは、「先生」などと呼ばれ、尊敬されるほどの教養の深さをもちあわせている彼（猫）だが、人間の側から見れば、あくまでも名無しの「猫」にすぎない。しかし真に、自在に生きるためには、名などいらぬ。無名に限る。「猫」のポジションは、漱石の、そんな願望を表すものだったかもしれない。

それにしても、おかしい。この「猫」は。家の裏に、日のよく当たる十坪ばかりの茶園

”私も一言

「吾輩」は、物語の最後に甕の水に溺れて死ぬ。この語り手（猫）が物語のなかに生まれる時の方は、あまり注目されない

があって、時々、彼は、そこで「浩然の気を養う」。ずいぶんと難しい漢語をあやつる猫だ。「吾輩は淡泊を愛する茶人的猫である」などというくだりもあって、猫にはつきもののひげが、わたしには次第に、漱石のひげに見えてきた。そう、「猫」とは「漱石」のこと、漱石は、「猫」に自分を仮託しているのだ、と思ってみても、語る主体はあくまでも「猫」の顔をしている。この裂け目から、ユーモアと哀しみが溢れて出てくる。

　語り手が猫であることが、もっとも活かされているのは死を扱った場面であろう。最後、ビールを飲み、ふらふらになって、気付けば大きなかめのなか、溺れて死ぬという、情緒もなにもない、極めて即物的な死に方をこの「猫」はするわけだが、人間社会のなかで何枚ものベールに包まれ、見えにくくなっている「死」は、本来、そうやって、誰にでもいきなり訪れる。別の場面で、死について考えていた猫が、思い出すのは次のような経験だ。「寒いので火消壺の中へ潜り込んでいたら、下女が吾輩が居るのも知らんで上から蓋をした事があった。その時の苦しさは考えても恐ろしくなる程であった」。これもまた、「猫」にしかできない体験で、「死」の感触をリアルに伝える。山の芋の入った箱をお宝と勘違いし、盗んでいった「どろぼう」の一件も、目撃者が、人語をしゃべれぬ「猫」だからこそ活きる。猫の身体になることで、読み手は途方もない自由を与えられる。

　苦沙弥先生の周りに集まる、個性豊かな登場人物たちの座談を通して、明治期の文学が見えてくるのも面白い。新体詩や翻訳について、あるいは小説論など、興味深いトピックスが次々現れる。目方は重いが、語り口は軽妙。漱石作品のなかでも、わたしは個人的に、この長編が一番好きだ。

（小池）

が、池のほとりである。それで私は勝手に、この池を「物語の羊水」だと考えている。そこに羊水があるから、物語のなかに生まれ、語りはじめた猫が、最後に甕に溺れると、語りも終わる。物語の最初と最後が水つながり、という解釈はいかが？（芳）

『吾輩は猫である』（新潮文庫）〈写真〉／（集英社文庫〈上下〉）

［これぞクラシック］

ドン・キホーテ

Don Quijote de la Mancha (1605)

ミゲル・セルバンテス

Miguel de Cervantes Saavedra
(1547-1616)
スペインの作家。海軍軍人となり、海賊の捕虜となったり、本国でも負債を払えず投獄されたりと波乱に富んだ生活の後、1605年『ドン・キホーテ・デ・ラ・マンチャ』を出版、同時代・後世に大きな影響を与えた。

騎士として現実を正視すること

騎士道小説に憧れ、自らを騎士と信じ込んだ主人公が、お供のサンチョ・パンサと遍歴の旅に出る…本書の筋はよく知られている。が、主人公は本当に狂気の人間なのだろうか。ドン・キホーテ像には、ドイツ・ロマン派の影が伸びていた。英雄的とか、理想主義的とか、近代の幕開けという評言に、その一端がのぞく。支配的だったこの見方に、『ドン・キホーテ』における現実とのかかわりを強調して文句をつけたのは、『ミメーシス』の著者アウエルバッハである。

『ドン・キホーテ』で注目に値するのは、アウエルバッハも注目したように、ドゥルシネーア姫と出会う場面である。「三人の百姓女のほかには何も見えなかったので、ひどくうろたえたドン・キホーテは、サンチョに、ひょっとして姫たちを町外れに置き去りにしてきたのではないかと尋ね」（牛島信明訳）る。そして「驢馬に乗った三人の百姓女しか

”私も一言

近代小説の祖と見なされ、ディケンズ、フローベール、ドストエフスキーらに強い影響を与えてきたことは、どの文学史

見えぬぞ」と口にする。つまり明らかに、ドン・キホーテは現実を正しく見ている。いくら騎士道小説の読みすぎで、その小説世界を地で行く気になったとしても、それは、そのような口実のもとに、狂気の振りをして、騎士道遍歴のまねごとをしているということなのだ。ここには、狂気を演じる自分を黙って見ている正気の自分がいる。その点で、二重に分裂した人間がいて、それはそのまま作者の意図の次元に重なるものだ。だからこそ小説のリアルさに触れるのであって、それを何より語っているのは、同じ場面の直後である。

「もうこのときにはドン・キホーテもサンチョのかたわらでひざまずき、両の目を皿のようにして、サンチョが女王様、女王様と呼んだ女の顔を見すえていた。もっとも、いくら眺めても、それはただの村娘で、しかも丸顔で鼻ぺちゃの決して器量よしとはいえない女だったので、あっけにとられた騎士は、ただまじまじと見つめるばかりで、口を開くことさえできなかったのである。」

騎士の仕草でひざまずきながら、それでもドン・キホーテは現実を正視している。だからこの後「邪な魔法使いめが、ただいま拙者の両の目に雲とかすみをかけ」た、とキホーテの口から発せられる辻褄は、この小説を維持するための作者の辻褄であり、方法なのだ。これは、狂気としての主人公をかかえる近代小説ではなく、それを一気に超えて、〈小説の小説〉を意識させるほどの小説である。なにしろ、〈小説の小説〉とは、一つの小説の振りをしながらそれを見ているもう一つの小説を視野に置くことだからである。騎士道小説を見ている『ドン・キホーテ』のように。だからセルバンテスは、すでに近代を超えているのかもしれない。

（芳川）

の本にも書いてあるとおりだ。各章の標題の愉快さ、「ロバの鳴き声の冒険と、人形師の愉快な冒険、それに占いをする猿の忘れ難い予言についてなされた覚え書き」とか。しかし、それらを裏切る退屈さもある。正直、誰でも通読するのに予想外の時間を要することだろう。実は、この「退屈」自体について、多彩な思考を刺戟する抜群の面白さをもった小説なのだ。（中）

『ドン・キホーテ』牛島信明訳（岩波文庫、全6巻）

［これぞクラシック］

ロビンソン・クルーソー

Robinson Crusoe (1719)

ダニエル・デフォー

Daniel Defoe
(1660-1731)
イギリスの小説家、ジャーナリスト。実業家としても活躍し、経済問題への提言をまとめた『企画論』が最初の著作。諷刺パンフレットを書いて投獄されたり、破産経験も10数回という波乱の人生を送った。他に『モル・フランダーズ』など。

高い場所にとどまってはいけない

正式なタイトルを言える人は、どれほどいるだろうか?「ヨーク出身の船員、ロビンソン・クルーソーの人生と不思議な驚嘆すべき冒険、アメリカ大陸沖合の大きなオリノコ川の河口に近い無人島にただ一人、二十と八年のあいだ生活し、船が難破して岸に打ち上げられたが、いかにして彼を除く全員が命を落とし、彼のみ海賊から救われるにいたったか述べる不思議な記録」というものだ。「記録」と仮に訳したaccountという語が示唆的だ。これは「計算」に由来し、「収支計算書」の意味を含む。実際、クルーソーは無人島で生活するにあたって、損得計算の簿記をつけるのである。私が若き日に原作を読みとおしたのは、大塚久雄の『社会科学の方法』で「経済人ロビンソン・クルーソー」という、最初の資本主義的人間の造形という視点に関心を持ったからである。クルーソーこそ、新興のイギリス中産階級の勤勉で信仰心に篤い起業家の姿を投影させているというわけだ。

”私も一言

なぜ、ロビンソンは生き延びることができたのか、と私も考えてみた。食糧は、島の自然が潤《うるお》してくれるが、重要なのは、

マルクスもウェーバーも関心を示し、これほど社会科学を啓発してきた小説はない。それだけに多数のパロディがあり、私のすすめる小説をあえて一冊のみ挙げるとすれば、従僕フライデーの書き換えによって、文明の意味を反転させたミシェル・トゥルニエ『フライデー、あるいは太平洋の冥界』（榊原晃三訳）であろうか。

『ロビンソン・クルーソー』は物語としても読みどころは多い。無人のはずの島に、「足跡」を一つだけ発見する、イギリス文学史上もっとも有名な挿話に関しても、読者はクルーソーに劣らず、その謎をめぐって思案することになる。真相は各自でお確かめを！

ところで、このおよそ三百年前の小説に、あくまでも〈サバイバル物語〉として立ち戻ったとき、二十一世紀の私たちに何か示唆するものはあるのだろうか？

クルーソーはなぜ生き延びることができたのか、カフカがまことにユニークな解釈をしている（『カフカ寓話集』池内紀訳）。それは彼が「島の中のもっとも高い一点、より正確には、もっとも見晴らしのきく一点」にとどまり続けなかったからだ、と。

理由はどうであれ、見晴らしのよい場所から沖合を通る船を待ち、ただ遠くを眺めて暮らしていたら、「彼はいち早く、くたばっていた」。ならば、代わりに何をしたのか？「島の調査にとりかかり、またそれをたのしんだ」のである。島の植物は？ 動物は？ 彼は日々の生活へのたくましい探求心によって生き長らえたのだ。

危機にある人間は誰でも、先行きを見通せる高み＝展望をせっかちに求めてしまう。しかし、その場所こそが迷妄にみちた予測にあふれ、失意を繰り返し生み出す場である。実際、私たちは〈展望〉がいかに捏造されやすいものか、思い知ったはずなのだ。（中村）

クルーソーが島で発見した捕虜をフライデーと呼んで、奴隷としたからではないか。主人と奴隷、つまり最小のヨーロッパ的社会構造を構築したのである。島の人間化、というか西欧化によって生き延びるとは、まさに、さかんに植民地を競い合った同時代の欧州と同じではないか？（芳）

『ロビンソン・クルーソー』武田将明訳（河出文庫〈写真〉／『ロビンソン・クルーソー』平井正穂訳（岩波文庫）

［これぞクラシック］

高慢と偏見

Pride and Prejudice (1813)

ジェイン・オースティン

Jane Austen
(1775-1817)
イギリスの小説家。牧師の娘として生まれ、18世紀から19世紀のイギリスの田舎を舞台に、中産階級の女性の暮らしを結婚をテーマに描いた。主要作品は本書のほか『分別と多感』『エマ』『マンスフィールド・パーク』『説得』など。

愛と打算

適齢期にある若い姉妹らが結婚にこぎつけるまでの顛末を描いた本書、恋愛小説というよりは、むしろ結婚小説と呼びたい、堂々たる保守性を持っている。彼女らは、もちろん簡単には結婚に至らない。道を阻むのは、タイトルにもあげられている「高慢」あるいは「偏見」など、人間の持つどうしようもない愚かさ。その愚かさが互いを遠ざけるものの、愚かであるという互いの自覚が、それぞれを歩み寄らせ、許し合うきっかけを作る。オースティンの筆致は、ときに辛辣だが、決して冷たいものではない。この作家にかかると、あらゆる「欠点」が、人間の「華」に見えてくるから不思議である。作品の背景には、十八世紀イギリスの階級制度や、男子に限るという限嗣相続制度がある。結婚が、当人たちの合意だけでなく、家をも巻き込む騒動であることは、現代日本とさして変わらない。

ベネット家の五人娘のうち、次女のエリザベスが、この物語の中心人物として配置され

”私も一言

「独身の青年で莫大な財産があるといえば、これはぜひとも妻が必要だというのが、おしなべて世間の認める真実である」

ている。打てば響く、そのハツラツとしたふるまいは、ダーシーのみならずわたしたち読者を魅了する。一目惚れといった、素早くわかりやすい恋は、熱が覚めるのも早かろうが、反発から始まった恋はどうだろう。揺り戻しが大きい分、劇的だが、結びつきは強く長続きするという効能があるような気がする。エリザベスとダーシーの出会いがまさにそうで、彼女はダーシーの高慢さに、最初、誰よりも烈しい反感を抱いた。

長女のジェインもまた、最後はビングリーとの恋を成就させるが、エリザベスに比べると、周囲のお膳立てでなんとか前進するといった受け身の恋だ。美人の上、人を疑うことを知らず、人のよい面ばかりを見ようとする彼女は、人格者だが優等生すぎる。おかしいのは彼女らの母親で、言説・態度に矛盾多く、とにかく娘たちを、お金持ちのところへ嫁がせようと一生懸命。うっとおしい人物だが、娘たちの結婚が決まればさっと身を引く。このあたり、日本の共依存的母娘とはだいぶ違う。そんな比較をしながら読むのも楽しい。

多くの登場人物のなかで、わたしが惹かれるのは、次女エリザベスに加えて、彼女の父、ミスタ・ベネットだ。この父娘、気質に通じ合うところがあり、彼らの表現するユーモアと皮肉が、作品の正統な味わいに、ひとねじりもふたねじりも魅力を加えている。読み終えた時に残るのは、堅牢な石の建築物にも似た、確かな幸福のかたちである。さて、恋は終わり、いよいよ生活が始まる。夢見る時代は終わったのか。いや、本作が、最後にわたしたちに与えてくれるのは、地面に足をつけたうえでなお人生を夢見る、しぶとい力である。ここで改めて小説の冒頭に戻ってみれば、なんとわくわくする出だしであろうか。俗に通じて夢を見る。生活と文学は、いつだってしっかり手をつないでいるのだ。　（小池）

（小尾芙佐訳）とは有名な冒頭文。原文を引けばもっと判りやすいのだが、「真実」（真理）という荘重で高邁な断言に、金持ちの独身男が花嫁さん募集中だとする世俗的な結論がおおげさに並置される。この機知に富む文に小説の基調となる軽妙な喜劇性が、早くも用意されているのだ。（中）

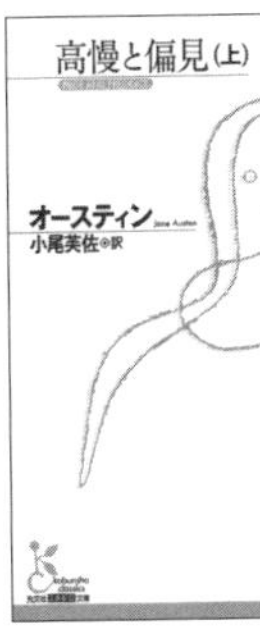

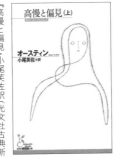

『高慢と偏見』小尾芙佐訳（光文社古典新訳文庫）〈**写真**〉／『高慢と偏見』上・下　富田彬訳（岩波文庫）／『自負と偏見』中野好夫訳（新潮文庫）／小山太一訳（新潮文庫）

［これぞクラシック］

パルムの僧院

La Chartreuse de Parme (1839)

Stendhal
(1783-1842)
フランスの小説家。本名マリ=アンリ・ベール(Marie-Henri Beyle)。代表作に『赤と黒』『パルムの僧院』『恋愛論』『イタリア紀行』など。17歳で訪れたイタリアを第二の故郷とし、墓碑銘は「ミラノ人アッリゴ・ベイレ　書いた　愛した　生きた」。

スタンダール

ファブリス　イノセントな視野狭窄者

口述筆記で、わずか五十三日で仕上げられているせいか、文庫で上下二巻のこの本は、軽快に展開してゆく。そこを、じつに無垢で軽率な情熱に支配された主人公ファブリスが駆け抜ける。その際の、いわば里程標になっているのが、主人公が折々に見いだす予兆であって、これは裏切られることなく、物語の先々で必ずその通りに実現される。

たとえば、プラネス師の予兆的な助言がそうだ。あるいは、牢で死んだ囚人の服をファブリスが着るときにも、それを、いずれ自分が牢に入る予兆として受けとめる。いったい何度、ファブリスは投獄されるのだろう。その度に、救出をめぐって宮廷での駆け引きは面白さを増す。イタリア人であるのにナポレオンに憧れて、自分もその戦争に加わろうとするとき、自分の生まれた年に母が植えたマロニエの木に、春はまだ浅いのに葉があったら、と考えるのも、予兆的である。はたして、葉はある。だからファブリスはその予兆に、

”私も一言

大岡昇平がこの小説の翻訳の経験から、「反・ファブリス的な視点」を試みたという芳川論評に納得。その執筆スタイルは、

自らの行動を託す。つまり、戦争に参加するのだ。

　とりわけ三章と四章の戦争シーンは名高い。本人は、ワーテルローの戦に巻き込まれているのに、「自分が見たのははたして戦争だったのか？」と自問するほど、目の前で起こっていることを戦争として自覚しないまま、戦争に遭遇する。見ているのに、視野が絞られている。イノセントであるために、見通せないのだ。ファブリスがファルネーゼ塔の牢獄につながれるのも、そこからアルプスの山並みに視野を絞り、その崇高さに気づかせるためではないか。また塔の牢獄の窓がふさがれるのも、ファブリスがそこに小さな穴を開けて、塔を仕切る将軍の娘クレリアとより親密な視線を交わし、心を通わせるためではないか。視線を絞るとき、それは水平というより垂直に動く。だから視野が狭いのだ。

　今回、ふたたび『パルムの僧院』を読み直していて気になったのは、講談社版・世界文学全集25の巻末にある古屋健三の、大岡昇平の「とりわけワーテルローの場面」の既訳に対する敬意の表し方である。そうか、大岡昇平は『野火』の前に、このファブリスの戦場の場面を訳している。いや、スタンダールの戦場の描き方との差異がいっそう際立つのは、『レイテ戦記』である。その戦い全体を、大岡昇平は、空間的にも時間的にも、まるで細大もらさず記そうとする点において、ファブリスの大局観のなさの対極にある。スタンダールが発明したファブリス的な視点を、大岡昇平は、自ら『パルムの僧院』を訳すことで、いわば反・ファブリス的な視点として受けとめたのではないか。だからこそ、大岡昇平にとって、自らの戦争体験を独自に言語化することが可能になったのではないか。何が起こったのかすべてを見ようとする視線は、ファブリスとの差異において際立つ。（芳川）

『幼年』『少年』でも一貫したものかもしれない。『パルムの僧院』は、最後の急展開に限らず、話のスピード感が読書の愉楽を保証してくれる。ファブリスへの叔母サンセヴェリナ公爵夫人の愛ゆえの策謀がその中心にあることは確かだろう。『赤と黒』にも言えるが、物語の疾走感は格別のものがある。（中）

『パルムの僧院（上・下）』大岡昇平訳（新潮文庫）〈**写真**〉／生島遼一訳（岩波文庫）

罪と罰

Преступление и Наказание (1866)

フョードル・ドストエフスキー

Фёдор Михайлович Достоевский
(1821-1881)
帝政ロシアの小説家・思想家。『貧しき人々』でデビュー。空想的社会主義に参加して死刑判決を受けるが。執行寸前に恩赦となる。『死の家の記録』で文壇に復帰。代表作に『白痴』『悪霊』『カラマーゾフの兄弟』など。

階段小説なのだ

ペテルブルグ大学法学部を学費未納で中退したラスコーリニコフは、知的で感受性の豊かな青年だが、ナポレオンを崇拝し、自らの選民思想によって高利貸しの老婆とその妹を殺害する。しかし予審判事ポルフィーリイに粘り強く犯行を追及され、罪の意識と焦燥の日々を送るなかで、家族の貧窮を救うために娼婦になった娘ソーニャの愛と信仰心によって罪を告白し、改心にいたる——。

あらためて言うまでもないが、『罪と罰』は世界文学史もっとも著名な小説だ。悩める青年ラスコーリニコフもまたシェイクスピアのハムレットと並んで広く名を知られている。

トルストイを賛美する一方、ウラジーミル・ナボコフ（一一四頁）はドストエフスキーをあまり評価しなかったことで知られているが、この『罪と罰』に関しても、「因習的な修辞」ばかりで「安っぽい文学的トリック」にすぎないと批判する。しかし「ディテール

”私も一言

本書といえば、江川卓の「謎解き」。重厚な本格思想小説のイメージが一変した。例えば「666の秘密」。主人公のフル・

を愛撫すること」が小説読みの至上の方法だと述べたナボコフが、『罪と罰』の細部の豊潤を楽しめなかったとは何とも残念だ。

ナボコフ好みの細部ではないかもしれないが、ほんの一例のみ記す。ラスコーリニコフが老婆を殺す場面のある描写だ。彼は刃ではなく、峰のほうで斧を振り下ろす。なぜ峰なのか？　ベローフと江川卓の註解書から推考するならば、頭上に振り上げた斧の刃は、彼の脳天に向けられているのであり、この瞬間、ラスコーリニコフ自身もまた象徴的な死にいたったのである。それゆえにこそ彼の住んでいる小部屋は「柩」を思わせたのだし、そこへ「死刑宣告を受けた男」のように入っていったりもするのだ。

この小説には夕暮れ、橋といった過渡や境界を示すイメージが物語の結節点に頻出する。とりわけ「階段」の小説的装置の重要性はロシアの文芸理論家バフチンが指摘したとおり、危機や運命の変転につながる境界域である。五階建の屋根裏の自室への上り下りだけでなく、高利貸しの老婆やマルメラードフやソーニャの部屋に入るにも、警察に出頭するのにも階段を使わなければならない。ラスコーリニコフは少なくとも四八回「階段」を上下するという。ペテルブルグの街をさまようことに伴うこの〈上る下りる〉という運動性は、言うまでもなく心理的上昇と下降、物語の進展のドラマティックな起伏に結びついている。

さらに、さまよえる若き魂の〈上り下り〉の運動性がクライマックス（ちなみにこの言葉の語源は「はしご」の意味のラテン語）に到るのは、ソーニャに促されてラスコーリニコフが広場の十字路に立ち、お辞儀をし、身体を折りかがめ、ひざまずき、大地に許しを求めて接吻する、いわば直立した姿勢での上下運動に昇華されたときなのである。（中村）

ネーム（ロジオン・ロマーヌイチ・ラスコーリニコフ）から、イニシャルを取り出すと、ロシア文字でｐｐｐ。これを裏返すと、ｂｂｂと読め、そこから数字の６６６が見えてくる。この数字こそ黙示録的に、アンチクリスト（悪魔）を指すというのだ。度肝を抜かれた。（芳）

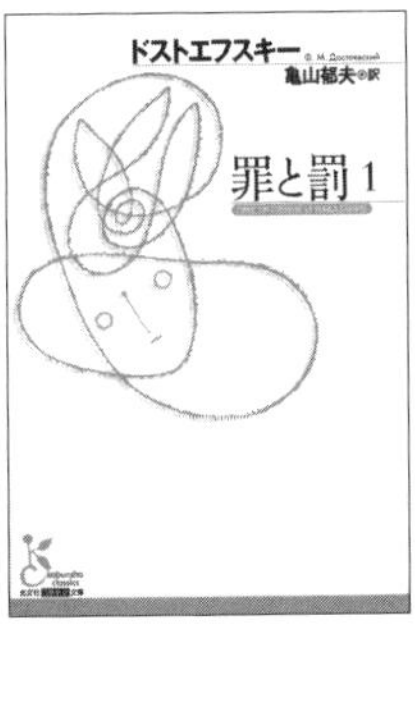

『罪と罰』江川卓訳（岩波文庫）／亀山郁夫訳（光文社古典新訳文庫）〈写真〉ほか

［これぞクラシック］

失われた時を求めて

A la Recherche du Temps Perdu (1913-1927)

マルセル・プルースト

速さの差異の発見

第一巻『スワン家の方へ』が一九一三年に上梓されたとき、最終巻『見いだされた時』の大団円のゲルマント大公邸での「午後の集い」は、ほぼ準備されていたという。それを七巻からなる膨大な『失われた時を求めて』に成長させたのは、一九一四年に起きた第一次世界大戦によって出版事情が急激に悪化し、その「猶予期間」をプルーストが執筆に利用したからだ。小説言語の自己増殖と言われるように、この猶予期間に、プルーストは猛烈な勢いで書きまくった。おそらくそれまでとは書く速度が違っていたのだろう。

アルベルチーヌも、この猶予によって重要な役割を担って誕生した。飛行機の操縦を習う途中で事故死した秘書のアゴスチネリを、作家は彼女に援用する。話者の「私」が恋する女であり、じつはバイセクシュアルで、嘘の糸を吐きまくって話者を翻弄する女だ。

この自己増殖のなかで魅了されるのは、速度という質の差異が際立つ点である。「私」

Marcel Proust
(1871-1922)
フランスの小説家・批評家・エッセイスト。パリの医者の家に生まれ、華やかな社交生活を送る。死の直前まで書き続けた代表作『失われた時を求めて』は自身とベルエポックの社会を投影し、意識や記憶の本質を追求した大作。

”私も一言

文学の常備薬のような小説だ。通読すれば、読みの体質が変わる。横へと筋を追っていく読み方でなく、立ち止まって、

が馬に乗って移動中、馬のとつぜんの反応に、彼方の空に飛行機を見いだす、という異質な速度との遭遇体験があったが、アルベルチーヌを乗せての移動や遠出にも、最新の自動車を利用する光景が見られる。自動車の出現で、それまでの空間＝距離と時間の関係が大きく変わったことに、「私」も驚いている。

しかし圧倒的なのは、この『逃げ去る女』に、速さの差異が際立つメディアの交差が刻まれていることだ。手紙と電報である。この速度の差を巧みに用いること。なにしろ、電報は手紙を追い抜くのだ。これが最大に発揮されるのは、アルベルチーヌが「私」のもとを出奔した後に、もどった先の叔母のボンタン夫人からとどく電報と、その前に投函されていたのに後から「私」のもとにとどく手紙においてである。というのも、アルベルチーヌを引きもどそうと画策して、「私」は虚勢を張った見せかけの手紙を書く。さらには、共通の友人アンドレと結婚するというウソまで書き、相手の返事が来ないと、しまいには誇りをかなぐり捨てた電報を打つ。その直後に、ボンタン夫人から、アルベルチーヌの落馬事故死を伝える電報がとどくのだ。そしてその後に、事故前にアルベルチーヌが出していた「わたしがお宅にもどるには、もう遅すぎるかしら?」という手紙がとどくのである。

最後には、アルベルチーヌは「私」のもとにもどる意志を持っていた。その手紙が、彼女の死後に届くことによって、せっかくのもどる意志が、取り返しのつかない時間の流れのなかで宙づりにされるのである。ボンタン夫人からの電報がこの手紙を追い抜かなければ、単に、もどってくる歓びが訃報によって悲嘆に変わるにすぎない。プルーストがいま現在を生きていたら、おそらくメールの速さを小説に活かしたにちがいない。（芳川）

いわば垂直的に立ち上がる細部の表現の豊饒に身を浸す愉悦を知る。ときに任意のページを開き、目に入った場面を服用しては気分を整える。じわりと後から効く。強い興奮剤になったりすることもある。未知の感覚が「心の間歇」として生起するのだ。文学の漢方薬にして劇薬。（中）

『失われた時を求めて』鈴木道彦訳（集英社文庫　全13巻）〈**写真**〉／井上究一郎訳（ちくま文庫　全10巻）

［これぞクラシック］

変身

Die Verwandlung (1915)

フランツ・カフカ

これは介護小説なのです

「ある朝、グレーゴル・ザムザが不安な夢から目を覚ましたところ、ベッドのなかで、自分が途方もない虫に変わっているのに気がついた」（池内紀訳）という、自分の身体の怖るべき異変を伝えるこの小説の始まりは多くの人が知っていよう。ここで読者が少なからぬ衝撃を受けることは、グレーゴルが自己の〈変身〉という異常な事態に「気づく」ことはあっても、少しも驚かない点にある。虫への変身は大事件のはずなのだが、セールスマンのグレーゴルとその家族の日常生活が、風変わりな幻想譚という気配をほとんど見せず、淡々とひたすら冷静な筆致で描かれていく。そこに不気味なユーモアが漂う。

この作家の作品群は今日にいたるまでさまざまな哲学的な解釈を競う格好のテキストになってきた（その点、ウラジーミル・ナボコフ『ナボコフの文学講義』所収の『変身』論は、「非凡な詩的効果」を追究した示唆に富む読解の試みだ）。

Franz Kafka
(1883-1924)
チェコのプラハに生まれたドイツ語作家。代表作に『審判』、『城』など。生前に発表された小説としては、『変身』や『流刑地』など数作のみ。ほとんど無名作家のまま短い一生を終えた。死後、友人のマックス・ブロートが遺言に反し、その作品を刊行した。

”私も一言

誰もが理解できる基本的な言葉を使い、荒唐無稽な困難を真顔で語る。甲虫の固い甲羅こそ、突き破れぬ人生の困難そのもの私は『変身』を異変を生じた家族の世話という、病者の介護小説として読んでみたい気がするが、どうだろう？　たとえば、「家具を運び出すと、よくなる希望を捨ててしまって、すっかりあの子を見捨てたように見えないかしら？」といったような、まことにさりげない母親の言葉が気にかかるのだ。部屋に閉じこもった兄の世話をしているのは、もっぱら妹のグレーテルである。そのグレーテルが、虫になった兄が部屋を自由に這いまわれるように、家具を処分することを決める。しかし、母親は息子の気持ちに背く行為のような気がして、部屋を元のままにしておくことを望む。なぜなら、調度品は単なる物ではなく、持ち主の存在と人格に結びつき、いわば生を支え、その人の記憶が染みついた身体性を帯びたものですらあるからだ。「人間としての過去を急速に、あまさず忘れていくことにならないか？」とグレーゴルが煩悶するように、それらの処分は死に等しいこともあろう。ならば、最後に干からびて死ぬに先立って、彼はここで一度殺されたとも言える。

　まことに皮肉にも、この妹のように、介護にもっとも労力と時間を割いている中心人物の下す判断は、いくら専横的に感じられても、他の者には逆らい難い。まわりの人間がその人の頑張りに依存している以上、納得できない行為に直面しても、文句は言いづらいのだ。このように『変身』は、何やら現代の介護者をかかえる家族と重なる微妙な問題を恐ろしいほどリアルに伝えているではないか？

　ところで、私が最も戦慄を覚える変身譚は、優れた画家でもあったがゲシュタポに射殺された、ポーランドの作家ブルーノ・シュルツの小説だ。ぜひ「あぶら虫」と「父の最後の逃亡」の一読を。（中村）

だが、彼は結局、虫として、家族の困惑と嫌悪のなかで死ぬ。身も蓋もない。しかし涙の干上がったカフカのユーモアは、どんな薬よりも精神に効く。同情など要らない。虫となった彼とはわたしのことだ。彼亡き後、家族の三人に明るい未来がのぞく。それもまた、目の曇りを晴らすような現実である。（小）

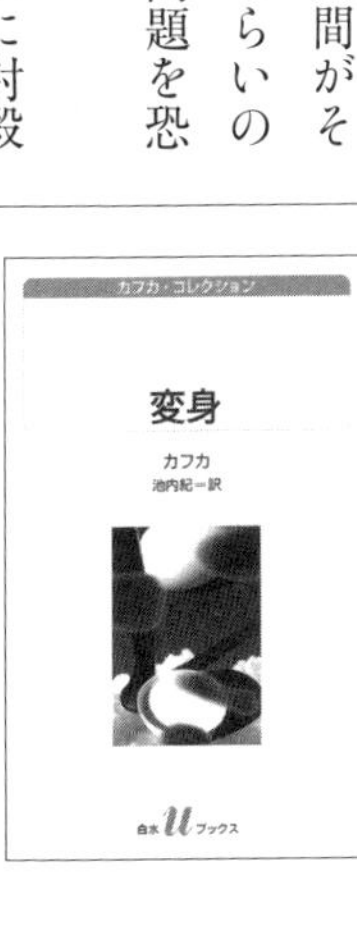

『変身』池内紀訳（白水Uブックス）〈写真〉／『変身／断食芸人』山下肇・山下萬里訳（岩波文庫）／『変身／掟の前で』丘沢静也訳（光文社古典新訳文庫）

［これぞクラシック］

ユリシーズ

Ulysses (1922)

ジェイムズ・ジョイス

James Joyce
(1882-1941)
アイルランド生まれ。若くして故国を去り、ヨーロッパ各地で過ごす。小説表現の可能性を極限まで追求し、20世紀最大の作家と評価される。短編集『ダブリンの人々』、半自伝的小説『若い芸術家の肖像』、最晩年の『フィネガンズ・ウェイク』など。

犬と猫の話として読んでみれば？

二十世紀文学の記念碑的な長編小説。三部構成の全十八挿話からなる。各挿話はホメロスの長編叙事詩『オデュッセイア』を枠組みとして構成され、ダブリンのユダヤ人広告取りレオポルド・ブルームの一九〇四年六月一六日の朝から深夜までの日常が、古代ギリシャ神話の英雄オデュッセウス（ユリシーズは英語読み）の二十年におよぶ放浪と冒険の生活と対応させて描かれている。登場人物もブルームがユリシーズ（オデュッセウス）にだけでなく、妻のマリオン・ブルーム（愛称モリー）がペーネロペイア、芸術家志望の青年教師スティーヴン・ディーダラスが息子テーレマコスに擬されている。ただし、話の展開や人物の姿は新たに造型され、たとえばモリーは貞淑な妻ペーネロペイアとは異なり、愛人を持っている。それを知りつつ、妻に卑屈な態度で接するブルームも「英雄」とはほど遠い。

”私も一言

ジョイスのなかで、私は本書がいちばん好みだが、本書のなかでは、最終挿話の第十八挿話がいちばん好きだ。夫ブルーム

『ユリシーズ』の二十世紀文学に与えた衝撃と影響は、各挿話に駆使された多様な文体実験にある。「内的独白」（意識の流れ）は言うにおよばず、新聞記事、論述、カトリックの教義問答などの文体模倣が実践され、とりわけ子宮内の胎児の成長を英語の文体の発達史になぞらえて描く十四挿話、モリーの女性意識の内奥を句読点なしの独白で記述する十八挿話はよく知られている。

ところで、『ユリシーズ』は、実験性、前衛性、難解、小説の歴史の革新といった麗句に包囲され、文学解釈のエリートたちが占拠して読解能力に劣る常人を容易に寄せつけず、皮肉にも〈読まなければいけないのに読めない代表作〉であり続けてきた。

では、どうすれば、この刺激にみちた魅力的な小説を〈読んで楽しい代表作〉にできるのか。まず、作者が精緻に仕掛けた難解な判じ物（その最たる実験小説が『フィネガンズ・ウェイク』）と考えず、まさしく『ユリシーズ』のテーマでもあるのだが、散歩でもするように、関心のむくまま細部の視界や人物の動きに足を止めつつ、読み進めればよい。何しろダブリンではタクシーの運転手が、好きな一節を口ずさむのだし（私も聞いた経験がある）、伝説の女優マリリン・モンローが愛読した小説なのだ。たとえば、犬と猫の話として読んでみたらどうだろう？　第十二挿話の語り手が実は「犬」であるという柳瀬尚紀による画期的な〈発犬伝〉による翻訳から読むのもよいし、作中で猫探しをするのも一興だ。愛猫家ブルーム（第四挿話）だけに、最終挿話のモリーの独白にいたるまで、ところどころ魅力的に出没する。いずれにせよ、読者に解読への過剰な負荷を与えることが、画期的な小説の証などと思いこむ必要はない。（中村）

が酔って妻のベッドにもぐりこむと、今度は寝ていたはずの妻モリーの内的独白がはじまる。最初は浮気相手との行為を満足気味に振り返るが、やがてブルームのやさしさに傾き、プロポーズのことさえ思い出す。その独白の横滑り感がたまらない。（芳）

『ユリシーズ』高松雄一、丸谷才一、永川玲二訳（集英社文庫）〈**写真**〉／『ユリシーズ』柳瀬尚紀（河出書房）二〇一四年現在翻訳継続中

［これぞクラシック］

源氏物語

（1004-1012 頃成立）

紫式部

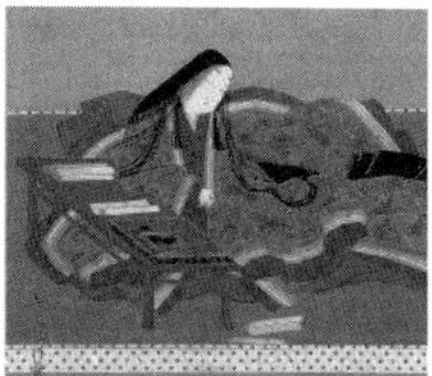

Murasaki Shikibu
（生没年不詳）
平安中期の物語作者。父は漢学者の藤原為時。母は藤原為信の娘だが、早く亡くなった。藤原宣孝と結婚し、一女を生んだが、間もなく夫と死別。その後、一条天皇の中宮彰子に出仕した。ほかに、『紫式部日記』や家集『紫式部集』を残している。

外国文学として読む？

「須磨源氏」という言葉がある。あまりに長大な物語なので、須磨の巻あたりまで読んで挫折する人が多いことを揶揄してのことだ。なぜ須磨止まりなのであろう。源氏が瀬戸内の寒村に都落ちして、わび住まいの日々を送るという淋しい巻のせいだろうか。しかし、私自身にしても、この古典を最後まで読んだのは、刊行して間もない頃のサイデンスティッカーの英語訳を頼りにしてであった（*The Tale of Genji*, Tuttle edition, 1978）。動植物の英語の訳名を調べるという半ば必要にせまられた読み方ではあったが、外国文学として初めてゲンジに出会ったことになる。作家の正宗白鳥が、原典よりもアーサー・ウェイリーの英語訳を愛読していたという本人の述懐する有名な話は後で知った。

サイデンスティッカー訳で、早くも巻頭で興味深い言葉に遭遇した。「桐壷」の訳 The Paulownia Court だ。paulownia（桐）は、ロシア皇帝の皇女アンナ・パヴロヴナにちな

”私も一言

以前、源氏物語のなかの一章「浮舟」を、現代小説に翻案したことがある。注釈に頼りながらも原文に向き合うと、浮舟の

んだ呼称で、したがって、ロシア宮廷の雰囲気を帯びないこともない。ロイヤル・タイラーの新訳でも、The Paulownia Pavilion とあり、異文化な感触が面白い。ちなみに、ウェイリーは Kiritsubo と固有名詞で処理している。ウェイリー訳では、なぜか「鈴虫」の巻が省かれている。虫の音を愛ずる感性は、西欧人には理解が難しいからであろうか。サイデンスティッカー自身が説明していることだが、好感を持ちえる唯一の虫の音は cricket(コオロギ)なので、「鈴虫」は bell cricket と訳し、タイラーもそれにならっている。

　サイデンスティッカーはウェイリーの不完全な翻訳を批判するのであるが、しかしその英語訳によって『源氏物語』が世界文学の古典として知られるようになった功績は大きいし、同じブルームズベリー・グループに属するイギリスの作家ヴァージニア・ウルフに魅力的なエッセイ「『源氏物語』を読んで」(川本静子訳『病むことについて』所収)を書く機縁をもたらしたり、フランスの女性作家マルグリット・ユルスナールが、失明した光源氏の花散里との宿命的な再会と死を描く傑作短編「源氏の君の最後の恋」(多田智満子訳、『東方綺譚』所収、アンソロジー『この愛のゆくえ』中村邦生編にも収載)を生む創作的刺激を与えたことだけでも特記すべきことだ。私がはじめて読んだヨーロッパ人による源氏物語論である、ドイツのマックス・コメリルの「源氏物語」(川村二郎訳『現代評論集』〈世界文学全集〉所収)もまたウェイリー訳によっている。このウェイリーの英語版をもう一つの『源氏物語』(佐復秀樹訳)として日本語に反訳した興味深い試みもある。谷崎潤一郎をはじめ、数多い現代日本語訳も合わせ、この古典テキストの多言語的複数性こそ、約一千年の時をこえてなお衰えぬ輝きの証明なのだ。

(中村)

苦悩が乗り移ってくるような気がした。そのとき改めて感じたのが、この物語が歌によって牽引されていくということ。浮舟は最後、出家するが、そもそも歌の創作自体、この世からの出家という意味合いを持ってはいなかったか。現代人が源氏物語を読むという行為もまた、それに等しいことかもしれない。(小)

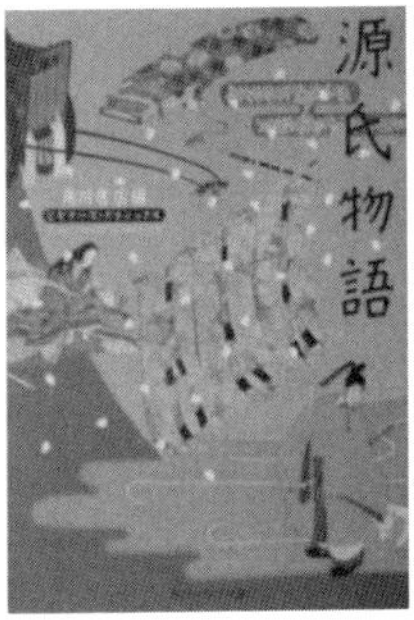

『源氏物語』(小学館、〈古典セレクション〉、全十六巻)/『源氏物語』(角川書店、〈ソフィア文庫〉全十巻)〈写真〉、他多数

［これぞクラシック］

百年の孤独

Cien Años de Soledad (1967)

Gabriel José García Márquez（1928-2014）
コロンビア生まれの作家。新聞記者などをしながら小説を書き、『百年の孤独』でラテンアメリカを代表する人気作家となる。他に『コレラの時代の愛』『族長の秋』など。1982年にノーベル文学賞受賞。メキシコで逝去。

ガルシア＝マルケス

孤独の体臭

表紙を眺め、つくづく思う。臓腑に染みわたる、いい題名だ。物語は最初、マコンドという小さな村の誕生から始まる。「先史時代のけものの卵のようにすべすべした、白くて大きな石がごろごろしている瀬を、澄んだ水が勢いよく落ちていく川のほとりに、葦と泥づくりの家が二十軒ほど建っている」。そんな村は、「ようやく開けそめた新天地なので名前のないものが山ほどあって、話をするときは、いちいち指ささなければならなかった」。ここを読んだだけで、わたしの胸は、はや、新鮮に高鳴った。厳かな神話の幕開けである。

村を創設したのはホセ・アルカディオ・ブエンディア。妻はウルスラといい、彼らはいとこ同士だった。過去、血族同士が結婚したために、豚のしっぽをつけた男子が生れたことから、彼らの結婚は親戚一同の大反対にあうが、それでも二人は、「愛よりも強いきずな」、「同じひとつの悔い」によって結ばれ、子孫を増やす。

”私も一言

創世、ノアの洪水、黙示録などを思わせるところもあって、聖書に似た小説だと言った人がいる。正否はともかく、この小

石臼を回すように描かれていく一族の百年。人間の記憶に挑戦した書物だと思う。一大叙事詩といってもいい。あるいは予言の書。膨大な歳月が、最後、一瞬に圧縮され無に帰すその構造、そして作品細部に散らばる、斬新で奇抜な比喩の数々を見ても、わたしは、この作品を、世界最長の「詩」と呼びたい。読むこつは、これも詩のように、愚直に、一行一行を追いかけて行くこと。たぶん、それしかないだろう。読者のほうも、記憶を試される。世代が変わっても、同じ名前がつけられていたりするから、高密度な言葉に根負けして、数行を飛ばし読みしたりすると、誰が誰だか、いよいよ混乱する。さてこの人はどこからやってきた人だったかと、頁を戻ることもしばしばだが、それでもわたしたちは、この物語から離れられない。土を食べる秘密の嗜好を持つ少女レベーカやら村に伝染する不眠症を始めとして、次々出てくる奇抜なエピソードには驚かされる。しかし、不思議なことにどれも懐かしい。そう、記憶を掘り起こされていくような温もりがある。嫉妬、恨み、情欲、殺人、死、亡霊、戦争、婚姻。人間は続いていく。物語も続いていく。

ジプシー、メルキアスの残した運命の羊皮紙に、最後、一族の百年が圧縮されるが、末尾数頁の展開には、異様なスピード感がある。一瞬の砂嵐のごとく、本が、歴史が、記憶が閉じられる。反復はしない。一回しかおこらない。それが人間の生の時間だ。物語は終わった。だがその底は抜けたままで、わたしたちの頬は、いきなり「無」の断崖に直面する。だがその奥には、一点の、再び生まれてくるものの光が見える。すべて、人間の臍の緒は、この物語につながれているといっていい。

（小池）

説を読んだ人は、饒舌な文学の伝道師に成り代わる。大ほら話、奇想の噴出、むせ返るような熱気、哄笑、魂の震えを混ぜこぜに、話の順序もおかまいなく、どんどん喋りたくなる。二度も死んだのに徘徊する男、悪魔の与えた巨根を持つ男、空中浮遊を披露する神父、シーツに抱かれて空に舞い上がって消えた娘、五年の長雨と十年の旱魃……。これほど語りの奔放なエネルギーの放射する小説はない。(中)

『百年の孤独』鼓直訳(新潮社)

［付録］

この小説も忘れがたい——

私の偏愛する10冊

小池昌代 選

① マラマッド

『魔法の樽』（短篇集）（1958）

マラマッドは小説の職人。再読で、先の展開が見えている場合でも、それで読むよろこびが減るということはない。「はじめの七年」では、靴屋フェルドが娘にある「嘘」をつく。「どうしてこんなことを言ったのかよくわからないのだが」という繊細な前置きが挟まっていて、わたしは唸った。人間は自分のことだってよくわかっていない。そういう「弱み」を大事に描き、現実の内に、なおも残り続ける熾火のような希望を書いた。苦味のある名品「死を悼む人々」は必読だ。破れかぶれにも見えるラストは、もはや小説の技術を突き抜けている。

＊『魔法の樽』阿部公彦訳（岩波文庫）

② バーバラ・ピム

『秋の四重奏』（1977）

忘れ難いという言葉がぴったりの作品。ある時期まで「現代のオースティン」などと高評価を得たが、皮肉にもその後、長く忘れられ、「過大評価されている作家・過小評価されている作家」というアンケートで名前があがった（もちろん過小評価のほうで）。それを契機に、見事復活をとげたという。美しいタイトルだが、目立ったロマンスがあるわけではない。退職間際の同僚、男女四人の織りなす日々が担々と綴られていく。これが心にしみる。「同僚」という程よく遠い関係の距離感が、この小説の美点をもっともよく引き出している。大人の文学だ。

＊『秋の四重奏』小野寺健訳（みすず書房）

③ 久生十蘭

「母子像」（1954）

昨今、美しすぎる国会議員などと言う。含みのある褒め方である。本作に登場するのは美しすぎる母親。欲望が強く加虐的で、一人息子を愛さなかった。終戦直後、まだ幼かった彼は、自決の相次いだサイパンでこの母親に殺されかけた。そんな過去がありながらも彼は全身全霊で母を慕う。母に幻滅する出来事があり、絶望の果てに警察に捕まるが、そこで自己消滅を願って発砲事件をおこす。哀しみと残酷味とおかしみが入り混じる。十蘭ならではの絢爛な小説世界。吉田健一が英訳し、新聞紙主催の世界短編小説コンクールで第一席を取った。

＊『久生十蘭短編選』（岩波文庫）

④ ノヴァーリス
『青い花』（1802）

青春の夢あるいは永遠の憧れを、まるで皮膚から吹き出す汗のように、体感的に描いた詩小説。二十歳になったばかりの青年ハインリヒが、アウクスブルクに住む祖父をたずねるため、父と別れ、母や商人らと旅に出る。夢に現れた神秘的な「青い花」は、旅する間も、イメージのなかへ現れては、彼の精神を導いていく。いまだ自分自身が、なにものであるのかを知らないハインリヒ。やがて祖父の家で、彼はマティルデと出会い、詩人クリングゾールと邂逅する。わたしにとってこの本は、言葉で掴みきれない、「詩」の原点へと遡る旅だ。未完の書。

＊『青い花』青山隆夫訳（岩波文庫）

⑤ 高橋たか子
『怒りの子』（1985）

美央子、初子、ますみの三人の女に、初子の義理の弟、松男が絡み合い、怖ろしい心理劇が展開する。まだ若く己を知らない美央子。超越的存在の初子。美央子を挑発する人品卑しきますみ。言葉のやりとりから生じたもつれが、思わぬ嫉妬や妄想を呼び、憎悪を育てていくが、しかし真に目を瞠るのは、そのような表層を通して静かに現われてくる、人間の意識の底の、霊的な海である。どろどろの無意識が混濁して渦を巻く。美央子の内からほとばしった、煮えたぎった海の滴が、読者の額を叱咤するように強く打つ。

＊『怒りの子』（講談社文芸文庫）

⑥ 小川未明
『小川未明童話集』

夜の一本道を、たった一人でいくような、未明の童話。文字の底に、わたしたちの顔をぼんやりと照らす灯りがある。作品が書かれたのは、大正から昭和の初めにかけて。その頃を知るはずもないのに、なぜか郷愁がかきたてられる。わたしたちは、未明の童話を通して、この世の異形に触れ、世界の神秘を垣間見る。「金の輪」や「港に着いた黒んぼ」には、臨死体験にも似た、「私」の分身が登場。柔らかくみずみずしい子供の内に、しのびこむ死の気配。どうにもならない不幸の影。童話でしか書けない「真実」があることを知らされる。

＊『小川未明童話集』（岩波文庫）

⑦ ブッツアーティー

『タタール人の砂漠』（１９４０）

国境線上にある無用の「砦」に配属された将校ジョヴァンニ。目の前には「タタール人の砂漠」と呼ばれる砂漠が広がっている。いつか敵が責めてくるという妄想に取り憑かれ、気づけばそこで膨大な月日を浪費していた。誰に脅されていたわけでもない。自らそれを選んだのだ。均等に流れる時間の暴力性。色彩のない無機的な世界に、砂漠の砂や山々や風、遠くを流れる滝の音がかすかな変化を運んでくる。無用の砦で、ほとんど意味のない警備をして、ずっと何かを待ち続けた男。恐るべき砂のような日々を描いて、生の真髄をつかみ出した傑作だ。

＊『タタール人の砂漠』脇功訳（岩波文庫）

⑧ コーマック・マッカーシー

『ザ・ロード』（２００６）

物質のみならず、善なる精神も、何もかもが破壊された事後の世界。一体、何が起きたのか。核戦争？ 世界規模の原発事故？ 生き残った一組の父子が、食べ物と眠る場所を求め前進する。父と子が歩くそのリズムで、なだれこんでくる軽妙な言葉の群れ。エンターテイメント的要素を豊富に持ちあわせながら、哲学的な示唆に富み、暴力と詩が共存しているところは、同じ作者による『血と暴力の国』にも言えること。同書には、自分の命が賭けられているとも知らずに、コイン投げに参加させられるガソリンスタンドの店主が登場する。彼はわたしだ。

＊『ザ・ロード』黒原敏行訳（ハヤカワepi文庫）

⑨ クレア・キーガン

『青い野を歩く』（２００８）

まずは冒頭の一編、「別れの贈りもの」をどうぞ。力みのないさりげない導入部、点描画法のような寡黙な描写から、主人公の置かれた状況——どんな痛みを持ち、どうしようとしているのか——が瞬時にわかり、胸が痛む。作中の人々が心の奥に隠した、言葉にできないある思い。作者はその固まりに、静かな言葉の光をそっとあてる。クレア・キーガンが生まれたアイルランドは魅力的な妖精譚を持つ文学の国。足場は「現代」でも、古に繋がっているという、太さと繊細さが作品に同居している。豊かな幻想の流れをくむ、野性的で瑞々しい八つの短編。

＊『青い野を歩く』岩本正恵訳（白水社）

⑩ シュペルヴィエル

『ひとさらい』（1926）

子供をさらっては共に暮らす大佐がいる。彼の家はパリにあるが、南米が故国。悲劇的な話ではない。さらわれた子供たちは、さらわれた方が幸せに見える。子のない大佐も、子供たちを大事に扱う。随分変な誘拐犯だ。二部では一転して、美少女・マルセルと大佐の恋が取沙汰に。詩的なメルヘンかと思うと、土の匂いのするエロスが顔を出す。登場人物たちに完璧な人間はおらず、皆、どこかが欠けていて少しずつ悪い。人が都合よくいきなり死ぬ。十二分に奇妙な話である。が、好きになると、もはや理由もなく、丸ごと惚れてしまう。そんな物語。

＊『暗黒怪奇短篇集』澁澤龍彦訳（河出文庫）、『ひとさらい』永田千奈訳（光文社古典新訳文庫）

芳川泰久 選

① ミッシェル・ビュトール

『心変わり』（1957）

いきなりパリ発ローマ行きの列車に乗り込む主人公が二人称単数の主語で指呼され、姿を現す。列車が進むにつれ、さまざまな過去の時間に根ざす記憶が蘇り、翌朝早く列車がローマに着くまでに、まだ記憶になっていない主人公の期待に基づく想像（いや、妄想）が未来の時間を食いつくす。主人公は、パリに残した妻と離婚を決心し、ローマに住む若い愛人と新たなスタートを切ろうとしていて、そのことをサプライズで知らせようと、こっそり休暇をとってローマに行くのだが、妄想はその決心までも食らいつくし、ローマに着くときには、離婚の決意を翻意している。

＊『心変わり』清水徹訳（岩波文庫）

② クロソフスキー

『歓待の掟』（1965）

歓待というものが、本質的にどういうものかを考えさせられる作品でありながら、小説的な細部のたおやかさに魅了される。主人・女主人・異邦人という最小の関係のなかに、単なる寛容さとはまるで違う変容の機会が待っている。見ず知らずの者をどのように客人としてもてなすか。アントワーヌ、ロベルトという夫婦にとって、甥のオクターヴさえ異邦の存在となり、ゆえに、歓待の対象となる。

＊『歓待の掟』若林真・永井旦訳（河出書房新社）

③ ロブ＝グリエ

『反復』（２００１）

ロブ＝グリエの作品では初期の『迷路のなかで』も捨てがたいが、フィクションの軽快な展開という点で、多くの映画をつくってきた経験が生きているこの作品が秀逸。とりわけ訳者・平岡篤頼の日本語がすばらしい。第二次大戦後のベルリンへ、特殊工作員と思われる男が潜入すると、殺人事件やら少女の売春やらの出来事が、反復を繰り返しながら物語の筋とはいえない筋を形成してゆく。しまいには、その反復じたいを楽しんでいる自分がいて、ああ、この言葉による光景の反復こそがこの小説の醍醐味だな、と腑に落ちる。

＊『反復』平岡篤頼訳（白水社）

④ ラブレー

『ガルガンチュワ』（１５３４）

巨人の一族に生まれた主人公ガルガンチュワの破天荒で荒唐無稽な物語。この世に誕生する姿からして怪異であり、しかも、これでもか、これでもか、と食いつくし、飲みつくす姿に圧倒される。糞尿譚としても抱腹絶倒。中世の巨人伝説にちなんでいて、ラブレーの知の巨人ぶりにもお目にかかれる。日本に『源氏物語』がある、という意味で、フランスにはラブレーの本書がある、と言えるのではないか。少なくとも私は秘かにそう思っている。

＊『ガルガンチュワ』渡辺一夫訳（岩波文庫）

⑤ ムージル

『特性のない男』（１９３０）

第一次大戦直前のウィーンを舞台にはじまるこの小説は、20世紀の未完の大作の一つである。在野の数学者として外国で暮らした後にウィーンに帰ってきたウルリヒは、生活手段を持たない、父の庇護のもとに暮らす無職の男で、文字通り、特性のない男なのだが、この状況が、その文体とあいまって、得体の知れない宙吊り状況を生み出す。高等遊民の面白さ。別々に育てられた妹アガーテとの関係も面白いが、高等遊民の優雅さとその生き方の困難さが何といっても魅力。

＊『特性のない男』加藤二郎訳（松籟社）

⑥ 阿佐田哲也

『麻雀放浪記』（１９６９〜７２）

朝だ、徹夜だ！（阿佐田哲也）。これほど痛快な賭博小説はない。これこそまさに主人公の青二才「坊や哲」の、麻雀を通じてのビルドゥングスロマン（教養小説）である。自己をみがき、自己を成長させるのが賭け麻雀というところがミソ。そのリアリティー感とワクワクの娯楽感は比類がないと思うのだが、「青春編」、「風雲編」、「激闘編」、「番外編」とあるうち、やはり最初の青春編に強く惹かれる。いまとなっては、麻雀が学生の最大の娯楽だった時代の、ある意味では第二次大戦後の、民俗学的な価値さえ持つ小説。

＊『麻雀放浪記』全四巻（角川文庫）

⑦ **野坂昭如**

『騒動師たち』（1969）

これが岩波現代文庫に入って、読めることを何より寿ぎたい。野坂の小説で、個人的にはいちばん好きかもしれない。都市論などが流行る前から、本書は都市をアナーキーな祝祭空間に変えてしまう奇想天外なイメージにあふれていたのだ。そしてネガのように、戦後の焼跡・闇市派の著者の、戦争直後の浮浪児体験に裏打ちされている。本書の描く「騒動」によって都市をひっくり返そうという想像力は、大学生が社会にプロテストした六八年・六九年という時代の空気をまぎれもなく呼吸している。非日常が真剣に信じられていた時代の懐かしさでもある。

＊『騒動師たち』（岩波現代文庫）

⑧ **保坂和志**

『カフカ式練習帳』（2012）

この著者ほど、小説の可能性と不可能性を考えている者はいない。本作までの、ある種の気分をたたえた小説から、ギアをさらに上げた作品。特に好きなのは、カフカをだしに、作者が小説と見なせるものがどうして近代小説や探偵小説とは違うのか語ったところ。小説の歴史を、実作者の視点からこれほど見据えていることに驚くほかないが、小説を壊せる作家はいまのところほかに見当たらない。もちろん、壊しても、それもまた小説となってしまうところがこのジャンルの怖いところ。

＊『カフカ式練習帳』（文藝春秋）

⑨ **古井由吉**

「木曜日に」（1968）

古井由吉の小説から何を選ぶかでひどく迷った。それくらい、充実した作品が目白押しということだ。『山躁賦』も捨てがたい。随筆や紀行文のようでいて、そうでもない。女の影がちらつくような、ちらつかないような。途中で、ふとウグイスの鳴くところなど、泣けてくる。しかし一作としては、処女作をあげておく。一九六八年、雑誌『白描』に発表された短篇ながら、上った山頂での転落シーンの描き方に衝撃を受けた。こんな小説を書く人間が日本文学に現れたのか、とたった一作で瞠目させられた。

＊『円陣を組む女たち』（中公文庫）所収

⑩　吉田知子

『お供え』（1993）

『吉田知子選集Ⅰ　脳天壊了』『吉田知子選集Ⅱ　日常的隣人』について、この作家の小説集を出したくて、出版社を興すという人が現れるのだからすごい。それにしても、日本の小説界はこの作家を冷遇してはいないか。彼女ほど、想像力の途方もなさと文の足腰が達者な作家はいない。『無明長夜』も捨てがたいが、『お供え』はこの作家の恐ろしさがじわじわと伝わってきて、日常が見事に非日常に浸食される。家の前に花が置かれ、庭に金が投げ込まれるところから、最後にいたるプロセスが一気に読む者を引き込んでゆく。

＊『お供え』（福武書店）

中村邦生　選

①　林　京子

『ギヤマン　ビードロ』（1978）

一九四五年八月九日の長崎を起点とする人々の生と死の消息を、感傷を拒む簡潔で繊細な語りで描いた、作者初期の連作小説。作者は、十四歳のとき長崎で被爆した経験を持つ。読者には「空罐」「ギヤマン　ビードロ」「野に」から読むことをおすすめしたい。ここにあるのは小説的手法のみが刻み得る「現実」であり、その〈凄み〉はまぎれもなく私たちの魂を震わせる。できれば、五十四年後に訪れた、世界最初の核実験の地への旅を描く「トリニティからトリニティへ」との併読も。そこには、「被爆者の先輩」をめぐる、命への驚くべき洞察がある。

＊『祭りの場／ギヤマン　ビードロ』（講談社文芸文庫）

②　トマス・ピンチョン

『V.』（1963）

ある男のニューヨークでの懶惰な生活と別の男による謎の女V.の追跡という二つの物語が並置され、プロットの中断や時間の逆転、エピソード群のモザイク的配列などの先鋭な手法で、今日的な混沌が描かれる。まともな肖像写真すらない経歴不詳の作家だが、この作品は現代アメリカ小説でもひときわ異彩を放っている。すぐには脈絡を摑みがたい錯綜した言葉の奔流の中に見え隠れする〈陰謀〉（ピンチョンの多くの小説のモチーフである）とともに、物語は展開していく、この特異な作品の魅力には、抗しがたいものがある。

*『V.』小山太一+佐藤良明訳（新潮社）

③ **井上ひさし**

『吉里吉里人』（１９８１）

人口およそ四千人の東北の一寒村である吉里吉里村が、突如として日本から独立する！　このSF小説は、東日本大震災以降、ふたたび注目された。中央集権的な「国益」のために地域が荒廃にいたった、現状への諷刺と批判精神が、共感を呼んだのであろう。「俺達が独立を踏み切ったなぁ、日本国さ愛想もこそも尽き果てでだからだっちゃ」と東郷老人は言う。だが、描かれているのはユートピアなどではない。創意に富む卓抜な笑いの文体は、奔放な物語の楽しみを広げ、ときに笑いそのものも凍りつくような深い感情と大きな思考の振幅を生み出している。

*『吉里吉里人』（新潮文庫）

④ **吉川英治**

『宮本武蔵』（１９３９）

少年の頃にひたすら読みふけった小説だが、おそらく今日にいたるまで、このときほど無我夢中で物語の世界に入りこんだことはないかもしれない。宮本武蔵とシェーン（あのアラン・ラッドの演ずるさすらいのカーボーイ）抜きには、私の少年時代はないも同然だった。福祉施設に育ち、転校を繰り返していた私は、孤影を曳きながら流れ渡るヒーローに気持ちを託していたにちがいない。不穏な空気を自ら呼び寄せるような試練を生きる武蔵の魅力だけでなく、言葉の切れと粘りの交替が巧みなリズムを生む、吉川節の秀逸な語りがあってこその名作である。

*『宮本武蔵』（講談社吉川英治歴史時代文庫）

⑤ **プラムディヤ・アナンタ・トゥール**

『人間の大地』（１９８０）

四部作からなる壮大な歴史小説の巻頭の作品。インドネシア最高の文学として、各国語に翻訳されている。作者が政治犯として獄中にあったとき、夜ごと仲間に語り聞かせた話がもとになっている。時代背景は十九世紀末から二十世紀初頭のオランダ領東インド。主人公の青年ミンケと妻の混血美女アンネリース、その母でオランダ人の現地妻ニャイの錯綜した関係と社会との確執が、多層的な視点から劇的に描き出されていく。植民地下の混沌に生きる人間の苛酷なドラマは、日本人の高級娼婦の法廷陳述の挿話を読むだけでも心が揺さぶられるであろう。

*『人間の大地』押川典昭訳（めこん）

⑥ 永井龍男
『皿皿皿と皿』（1964）

永井龍男の小説だったであろうか、「車掌の手袋は汚れていた」と俳句的な簡潔性のある一文で「夕刻」を表現したのは。この作家の彫琢のあとを残さない巧みな平明な文に、ときどき目を凝らす。なかでも、この小説の〈あっさり感〉は格別だ。思い出もある。高校生のとき、姉の嫁ぎ先から毎月まとめて届く『週刊朝日』連載の「皿皿皿と皿」の切抜き帳を作っていた（まだ持っている）。当時は、ロール・キャベツとか、テニス・クラブとか湘南に住む家族の生活風景を仰ぎ見るような気分があったが、日常の細部にある小さな波乱の点描に心惹かれた。

＊『コチャバンバ行き』（講談社文芸文庫）所収。

⑦ チャールズ・バクスター
『世界のハーモニー』（1984）

大学生になり英語講読の授業で不覚の涙を流した短編がバーナード・マラマッドの「最初の七年」。以来、短編小説集でマラマッドほど読み継いできたものはない。が、かくも数多くのすぐれた翻訳に恵まれてきた作家も珍しい。そこで、あまり知られていないが、私が強く魅了されるバクスターの短編小説集の方を挙げておきたい。ヒンデミットの曲を基調に若き天才ピアニストの挫折を描く「世界のハーモニー」の人物造形の深さ、「ガーシュウィンのプレリュード第二番」のラストのシーンの情感のひろがりは、読後あたかも不思議な傷痕のように心に残る。

＊『世界のハーモニー』田口俊樹訳（早川書房）、『生の深みを覗く』中村邦生編（岩波文庫）に「ガーシュウィンのプレリュード第二番」を収録。

⑧ 董啓章
『地図集』（1997）

中国の現代小説では、老舎（『駱駝の祥子』）はまぎれもない傑作）はきわめて重要な作家だし、ノーベル文学賞を受けた莫言（私は必ずしも熱心な読者ではないが、『転生夢現』は大いに堪能した）の充実ぶりも注目に値する。しかし私は香港の董啓章の試みに関心を持った。『地図集』は未来の考古学者が、もはや消滅して伝説と化した「香港」を古地図と古文書を頼りに復元をめざす小説で、理論篇、都市篇、街路篇、記号篇と擬似学術的な構成と文体で書かれている。作中、ボルヘスもエーコもカルヴィーノも考古学的資料となっていて、思わず笑ってしまう。

＊『地図集』藤井省三・中島京子訳（河出書房新社）

⑨ 朴泰遠

『川辺の風景』(1938)

韓国の小説となれば、朴泰遠の友人であった金東仁(『金東仁作品集』)を挙げるべきだろうし、あるいはル・クレジオの愛読する李承雨(代表作の『生の裏面』よりも、私は『植物たちの私生活』を採る)を選びたいところだが、何といっても『川辺の風景』が忘れ難い。植民地朝鮮・ソウルの下町を流れる清渓川《チョンゲチョン》の川べりに生きる人々の哀歓が、登場人物の噂や逸話が連鎖をなしていくように、ゆるやかなテンポ感で、全五十章の物語として描かれる。川で洗濯をする女たちの賑やかなお喋りにせよ、日常風景がなぜこれほどまでに読む者の胸を熱くさせるのだろう。

*『川辺の風景』(作品社)

⑩ J・M・クッツェー

『エリザベス・コステロ』(2003)

ノーベル文学賞を受賞した南アフリカ生まれのこの英語作家の作品は、代表作『恥辱』をはじめ、いずれも〈問題作〉として読書界を騒然とさせてきた。その中にあって、私が最も好きな小説が『エリザベス・コステロ』だ。コステロは世界的に知られる作家で(もちろん架空の)、老いに差し掛かってはいるが、元気すぎて、どこに行っても誰と会っても問題発言を繰り返しては、顰蹙をかっている。講演の後、自分の「妄執」に落胆し、トイレにこもって煩悶する可愛い(?)面もある。この女性作家、二年後に『遅い男』にも乱入してきたときには驚いた。

*『エリザベス・コステロ』鴻巣友季子訳(早川書房)

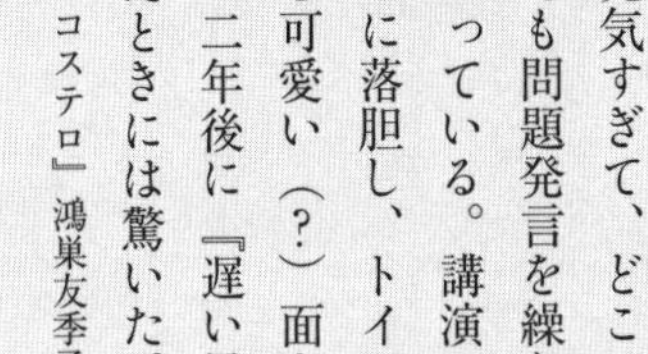

読者の一人として

小池昌代

この仕事を始めたとき、終わりが来るとはとても思えなかった。こうして「あとがき」を書いているところを見ると、どうやら、それが来たらしい。おまけにわたしは深いサビシサを味わっている。何もかもが予定外だ。

他のお二人に比べるとわたしの読書経験は狭く貧しい。しかし、いやだからこそ、最後、読書の悦楽を一番深く味わったのは、このわたしかもしれないと思っている。こう書くと、「いや、それはわたしだ」という声が双方から聴こえてくる。とにかく小説への「愛」にかけては（なにしろ三人分だし。いや、量じゃないのだけれど）、負けることのない本だと自負している。

若い頃に読んでも、挫折したりよくわからなかったという作品は多い。『グレイト・ギャツビー』などは、そのよい例で、今回、再読し、面白さに目覚めて、自分の皮がめりめりと破れていくような経験をした。中勘助の『犬』を読んだときには、天地が入れ替わるくらいに驚き胸ふるえた。わたしは『銀の匙』しか知らなかったのだ。こんな調子だから、わたしはあくまでも読者の一人として名前を連ねている。本書のコメントに、疑問や反論をはさみながら（うなづきや賛辞ももちろん大歓迎）、本体の小説を、豊かに読んでいただきたい。

最後に、編集部の日高美南子さん、山田豊樹さんに深い感謝を。お二人の励まし、粘り強いお仕事ぶりがなければ、形にならなかった本である。

浮力のついた執筆体験

芳川泰久

この年齢で、世界の名作を読み直すことができてよかった。かつて読んだ本との再会をはたすのに、ちょうどよい時間が経ったように思うからだ。その意味で、本書は、小説を読んできた自分をたどり直す作業ともなった。

考えてみれば、自分が担当した四十作と一言コメント四十作と偏愛小説十作の、あわせて九十作と向き合うのは、相当な作業量だ。それを三人が行なった。それだけでも何かがつまった本である。私はこれを、プルーストを訳しながら、つづいてプルースト論を書きながら、最後にはフローベールを訳しながら、ほどよい緊張のなかで行なうことができた。

それは、泳いでいた真水から、いきなり塩分濃度の濃い海水で泳ぐようなものだった。その浮力の差は、書く内容の違いがもたらす、いわば言葉の浮力の差である。プルーストの長文を訳していたせいか、原典に忠実にという意識のせいか、本書を書くことは、まるで別種の心地よさを感じる体験となった。その解放感が本書に刻まれていることを願っている。

小説と向き合うと、つい批評的に読むという自分の習癖を破る体験にもなった。一つ一つの名作と向き合っていると、不思議と最初に読んだときの記憶がよみがえってきて、この記憶のおかげで、自分の殻をいくらかは破ることができたような気がしている。

最後に、本書を通じて、読者の方々にご自分の名作との出会いを追体験していただければ、と思う。また、本書が名作との最初の出会いのきっかけにもなれば、と切に願っている。

三人の声音の違いと相互の応答

中村邦生

後書きを「後掻き」と表記したいほど、いまどうにも落ち着かない「むず痒さ」が全身を這っている。というか、もどかしく未練がましい気分が貼りついて離れない。

名作ガイドやアンソロジーの仕事でいつも経験してきたことではあるが、迷ったあげく選択を見送った作家・作品への未練をいつになく引きずっている。文学史的に重要な作というより、愛読してきた小説に対しての心残りなのだ。当然こうした結果を予期して、〈偏愛コーナー〉も用意したのだが、気分は変わらないどころか、欲深さはさらにつのった。

それだからこそ言えるのであるが、本書で選び出した小説に関しては、一読・再読に値する傑作ぞろいだと自負している。ただし、選ぶに当たって編者たちに明確な公準があったわけではない。共通に了解し合ったゆるやかな判断基準は、小説という表現形式の持つ歴史的な展開と今日的な可能性を念頭におくこと、思考を深く刺激し、感情をゆさぶる、読む愉しさにあふれた作品を選択するということであった。さらに、それぞれの読書の来歴で、里程標のような役割をはたしている作品もある。その結果、長編であれ短編であれ一作ごとの再読に費やす時間、読者に伝えたい読みのポイントの検討など、執筆以前の作業だけでも予想をはるかに越えるハードな仕事になった。しかし、まさしく千姿万丈の小説の世界にあらためて集中的に身を浸す経験は、ときに差し迫る原稿締め切りの現実を忘れるほど、贅沢な愉悦の時間でもあった。

お読みいただければお気づきになるとおり、本書は、小説ごとに体験した思考や感情の揺れの軌跡を、編者それぞれに三人三様のスタイルで書き進めている。作品と対話するその声音の違いが本書の特質と言えるかもしれない。同時に、作品紹介を受けて、〈私も一言〉の欄では、別の編者が新たな視点からの意見や読書情報を添えた。本文だけでなく、この相互的な応答の試みによって、さらに小説を読む楽しみへのヒントにつながることを願っている。

＊

本書の刊行にあたって、多岐にわたる細かい作業をまことに丁寧に進めてくださった編集担当の山田豊樹さんと日高美南子さんへの感謝は尽きない。この企画は日高さんが大修館書店に在職中に決まったものだが、定年退職後も引き続き日高さんには編集業務に加わっていただいた。ご配慮くださった大修館書店編集部にも御礼申し上げたい。

サ

タ

ラ

ワ

人名索引

ア

カ

ハ

マ

ヤ

作品名索引
（fは次頁まで続くことを示す）

［著者紹介］
小池昌代（こいけ　まさよ）
1959 年東京生まれ。詩人・作家
主要著作：『もっとも官能的な部屋』（思潮社）／『コルカタ』（思潮社）／『ことば汁』（中公文庫）／『産屋』（清流出版）／『たまもの』（講談社）／『詩についての小さなスケッチ』（五柳書院）、他。
＊公式ホームページ　koikemasayo.com

芳川泰久（よしかわ　やすひさ）
1951 年埼玉生まれ。早稲田大学文学学術院教授（フランス文学・文芸批評）
主要著作：『私をブンガクに連れてって』（せりか書房）／『歓待』（水声社）／『金井美恵子の想像的世界』（水声社）。翻訳：クロード・シモン『農耕詩』（白水社）／バルザック『サラジーヌ他三篇』（岩波文庫）／リシャール『フローベールにおけるフォルムの創造』（共訳・水声社）、他。

中村邦生（なかむら　くにお）
1946 年東京生まれ。大東文化大学文学部教授・作家
主要著作：『転落譚』（水声社）／『風の消息、それぞれの』（作品社）／『〈虚言〉の領域—反人生処方としての文学』（ミネルヴァ書房）／『この愛のゆくえ』編著（岩波書店）／『書き出しは誘惑する』（岩波書店）、他。
＊公式ホームページ　nakamurakunio.com

小説《しょうせつ》への誘《さそ》い——日本《にほん》と世界《せかい》の名作《めいさく》120

NDC908／x, 262p／21cm

初版第 1 刷——2015 年 2 月 20 日

著者————小池昌代《こいけまさよ》・芳川泰久《よしかわやすひさ》・中村邦生《なかむらくにお》
発行者————鈴木一行
発行所————株式会社 大修館書店
〒113-8541 東京都文京区湯島 2-1-1
電話 03-3868-2651（販売部） 03-3868-2291（編集部）
振替 00190-7-40504
［出版情報］http://www.taishukan.co.jp

装幀・本文デザイン———井之上聖子
印刷所———壮光舎印刷
製本所———牧製本

ISBN978-4-469-22241-8　Printed in Japan